公事宿事件書留帳九

悪い棺

澤田ふじ子

幻冬舎文庫

公事宿事件書留帳九　悪い棺

目次

釣瓶《つるべ》の髪

一

「えらい気味の悪い話やなあ」

「そうやがな。わしはその話をきいただけで、ぞっとしてしもうた。それからは喉《のど》が渇いても、あんまり井戸水はじかに飲まんようにしてますのや。どうしても背中が粟立《あわだ》ってきますさかい」

「お陰で井戸浚《さら》えの職人たちが、あっちこっちから引っ張りだこ。大忙しというやないか。わたしが知ってる職人なんぞ、一日に三つも四つも井戸浚えを頼まれ、これでは身体が保《も》たへんと嘆いてました。どこの井戸でも起こるわけではありまへんけど、あんな気色《きしょく》の悪い事件があると、念のため一度浚えておこかという気持にもなりますのやろ。裏店《うらだな》を持ってはる大家はんたちは、みんな店子《たなこ》から井戸浚えをせがまれ、えらい出費やと愚痴《ぐち》ってはります。わしんとこの旦那さまもそうどすわ」

「店子にせがまれたら、今時、大家もそうせな仕方ありまへんやろ」

裏店とはだいたい棟割り長屋。そこに住む借家人は、店子と呼ばれていた。

長屋を持つほどの大家は、町筋に面した場所に、表店を構えている場合が多い。表店に対して棟割り長屋を裏店といい、このため借家人は店子といわれるのであった。

「いってしまえばそうどすけど、五、六年か十年に一度ぐらいしかせえへん井戸浚えを、急いでせなあかんというのはえらいことどっせ。大家はんには大きな出費。井戸浚えの職人たちかて、手間賃は稼げるにしても、そうそう立て続けでは大変どすわ。これがちょっと暖かくなってきた時期やさかいええもんの、冬場どしたら風邪をひいてしまいます」

縄暖簾《なわのれん》の店ではなく、三条両替町に近い小料理屋「堺屋」の離れの小座敷。中年すぎの男たちが三人、それぞれ手酌《てじゃく》で酒を飲みながら噂《うわさ》話をつづけていた。

いずれもそこそこの大店に奉公する者らしく、小ざっぱりした身形《みなり》であった。

この堺屋は店の表に調理場と肘《ひじ》付き台、それと奥に、襖《ふすま》を立てない小座敷が二つもうけられている。表の土間から坪庭を隔てて小座敷が見通せる、小粋《こいき》な造りであった。

三人の男たちの隣の座敷でも、二人一組の客が向き合い、かれらの話をきくともなくきいていた。

「ところがその井戸浚えにしても、また変なことが起こるもんどすわ。西本願寺に近い花屋町の裏店の井戸から、銅造りの千両箱が一つ、まるごと揚がってきたのを知ってはりますか。箱には呉服屋三井家の紋が刻まれ、二十年ほど前、三井家の金蔵を破った盗賊が、奪っていった十二箱のうちの一つとわかったといいます。三井家では千両の半分を、井戸浚えの職人と長屋のお人たちに仲良う分けてもらえたらと、気前よう差し出さはったそうどすわ」

「ひえっ、そらまた突拍子《とっぴょうし》もない話どすなあ」

一番年嵩《としかさ》にみえる男が、盃《さかずき》を持つ手を口許《くちもと》で止め、驚いた声でつぶやいた。

「銅造りの千両箱、しかも中身まるごとどっせ」

語る当人も、いささか興奮した声色だった。

千両箱は一般には、厚板に金具をほどこしたものと考えられている。だがこれは小粒金などを入れる銭箱。小判のための千両箱は、ほとんど銅で造られ、きわめて重く頑丈であった。

こうした千両箱はかつて多く存在していたが、明治以降、銅製であったために鋳潰《いつぶ》され、姿を消してしまったのである。

銅造りの千両箱は、時代を経るにつれ青く緑青《ろくしょう》をふき、美しいものであった。

井戸浚えは一つの井戸に職人や人足たちが、四、五人一組で当たり、仕事を始めると、少しの休みも取らずに働きつづけた。

まず井戸に長い梯子《はしご》を下ろし、水を汲《く》み上げる。手早い動作で次からつぎにと汲み上げ、手送りで順に運び上げられた水は、近くの溝《どぶ》にぶち空《あ》けられる。

井戸底から湧《わ》いてくる水より、汲み上げられる水量のほうが多くなければ、作業は進まない。深い井戸ほど水は大量。〈底師〉と呼ばれる職人は、石積みのもろい井戸に当たると、生き埋めの覚悟も付けておかねばならなかった。

梯子に何人もの職人や人足が、足を掛けて取り付いている。薄暗い井戸の底から、運び上げられてくる手桶《ておけ》を順送りに揚げるため、かれらは濡鼠《ぬれねずみ》になっていた。

どれだけ汲み上げても、水湧きのいい井戸の場合は、容易に空《から》にならない。苦労して水を上げた後、井戸底に沈む茶碗や笄《こうがい》などを浚えている最中でも、湧き水が底師の足許をひたひた浸してくるのであった。

「この井戸はもう浚い終えたわい。ほんまに深い井戸で難儀やったなあ。さあ、わしは上がるで――」

職人が手桶を片手に、梯子から上がってくる。

井戸の中には、だいたい鯉《こい》などが投げこまれている。

かれが持ち上げてきた桶の中でも、大小の鯉が二匹、勢いよく跳ねていた。

「わあ、大きな鯉やがな」

「ぱくぱく口を開けていよる。今夜は長屋中で鯉汁を食べるのやろか」

面白そうに井戸浚えを見ていた長屋の悪童たちが、一斉に声を高める。

「やい、ばかなことをいうたらあかんねんで。この鯉は井戸に棲《す》み付いてはる神さまの化身やわい。中に落ちた虫や、人さまに害をなす悪いものなんかを取りのぞき、井戸をいつもきれいに護ってくれてはるんや。その井戸神さまを、鯉汁にして食おうとは横着なこっちゃ。あとで元通り水が満ちてきたら、二匹とも井戸へ放ってやるのや。ええなあ」

長屋の子どもたちは、褌《ふんどし》姿で浚えをすませた職人の言葉に、こくんとうなずいた。

それはいま京の町のあちこちで見られる光景の一つであった。

「あの事件が露見する発端は、釣瓶《つるべ》に黒髪が、からんで上がってきたことやそうどすわ」

「石臼《いしうす》に縛り付けられ、井戸に投げこまれてたその若い女の執念が、よっぽど強かったんどっしゃろ。べっとり釣瓶に髪がへばりついていたとは、さぞ口惜しおしたんやろなあ」

「それまでも長屋の人たちは、夜になるとその井戸の中から、人魂《ひとだま》がぽっぽっと上がり、屋根の上をすっと飛んでいくのを、何遍も見ていたそうどっせ。それを初めて目にしたのは、若い桶職人の女房。怖がってすぐ長屋の古女房たちに訴えたそうどす。けどほかの女房連中は、なにをしょうもないことをいうてはりますのや。それはおまえさんの気の迷い。あんまり旦那と仲良うしてるさかい、裏の正徳寺に葬られているどっかの女子はんが、焼き餅をやき人魂になって出てきはったんとちがいますかいなと、笑い飛ばしたといいます」

「そやったら、真っ裸の女が石臼に括《くく》り付けられて沈んでいるのを見て、その女房連中が一番肝《きも》を潰しましたやろ」

「四カ月も前に放りこまれたのに、死体は深い井戸の底で、蠟《ろう》のように堅くなっていたそうどすわ」

三人は同業の番頭たちらしかったが、商いの打ち合わせも忘れ、夢中で話しこんでいた。

その隣の部屋で向き合っているのは、魚問屋「魚秀」の番頭茂助と、高倉綾小路で川魚料理屋「美濃七」を営む清太郎だった。

魚秀はお信《のぶ》が働く三条鴨川沿いの「重阿弥《じゅうあみ》」にも、鮮魚を納めている。

二人はここで軽い昼食をとりながら、今年の鮎《あゆ》や鱧《はも》の仕入れ先と価格について、掛け合いをしていたのである。

川魚料理屋の美濃七は、京でも屈指の店。贔屓《ひいき》客たちは味にうるさく、毎年夏になると鮎や鱧の需要が一気に増えるのだった。

主《あるじ》の清太郎は手代《てだい》上がりの入り婿《むこ》。まだ若く、気弱で律儀《りちぎ》なうえに大人《おとな》しいが、商いに関しては強気になれる不思議なお人だと、同業者の間で評判されていた。

不幸なことに、かれは美濃七の家付き娘お夏と祝言を挙げた一年半ほど後に舅《しゅうと》の七左衛門《しちざえもん》に、さらにその一周忌もすまないうちに、お夏に死なれていた。

当時、お夏は四カ月の身重であった。

「亡くならはった七左衛門はんは、美濃の天領・笠松から出てきて、一代であれだけの店を構えはった。跡取り息子に小っちゃいうちに流行病《はやりやまい》で先立たれ、いっしょに苦労してきたお店《たな》さま（女主）にも死なれてしもうた。身内は娘のお夏はん一人だけやったわいな。その旦那はん亡きあと、美濃七はお夏はんのもの。さらにそのお夏はんにころっと死なれた清太郎はんは、若女房を失って気の毒やけど、下世《げせ》話《わ》にいうたら棚から牡《ぼ》丹《た》餅《もち》が落ちてきたみたいなもんや。先代の七左衛門はんは、娘を一生、大事にしてもらうつもりで、手代の清太郎はんを娘婿にしはったんやろ。けど、なんや思惑《おもわく》が大きくはずれてしもうたわけや。一番得をしたのは、若旦那におさまった清太郎はん」

美濃七が大店だけに、一家のことはあれこれ取り沙汰《ざた》されていた。

「さすがにお夏はんが亡くならはったときには、なにか邪《よこし》まなことが行われたのやないかと怪しまれ、町奉行所から軽いお詮議《せんぎ》を受けはった。けどお夏はんは子どものころから肝臓が弱く、ご禁裏《きんり》さまにも出入りしてはるお医者の野間さまが、ずっと治療に当たってたとか。それがわかれば、もう清太郎はんの潔白は証明されたも同然。もともと仲間（組合）のなかでも評判がようて、美濃七の板場や仲居などの奉公人にも好かれてはったさかい、どこからも文句はないわいな。今年の秋には、二代目七左衛門のお披《ひ》露《ろ》目《め》をしはるそうや。世の中には、こんな運のええお人もいてはるのやなあ。わしらかてほんの少しでええさかい、あやかりたいわな」

清太郎に対する世間の評判を要約すると、だいたいこんな調子になるのであった。

「美濃七の若旦那さま、お隣に集まってはるのは、やきもの問屋のお人たちみたいどす。それにしても、このあいだ上京《かみぎょう》の出水大宮《でみずおおみや》の裏店で起こった事件は、どこでも評判どすのやなあ。釣瓶に水に濡れた黒髪が、べったり貼り付いていたというのは、ほんまに気味悪うおすさかい――」

魚問屋の番頭の茂助が、食卓越しに首をのばし、清太郎に小声でささやいた。

どうしたことか、清太郎の顔は青ざめていた。

それでもかれは銚子《ちょうし》を取り上げ、茂助の盃に酒を勧めた。

「ああした話は、やっぱり人の心をそそるもんどすさかいな。人の噂も七十五日とはいいますけど、酌婦《しゃくふ》を殺して井戸に捨てた屋根職の夫婦が磔《はりつけ》にされんことには、噂話も鎮まりまへんやろ。隣からもきこえてくる通り、美濃七でも店にある二つと、離れの茶室の井戸を、急いで浚えてもらいました」

「それは魚秀でも同じどす。市中の豆腐屋や湯葉屋なんかは、商売柄、割高になってもええさかい早う井戸浚えをやっとくれやすと、職人や人足たちを拝み倒しているときさますわ」

「そらそうどすやろなあ。商いに水を使うている店で、水にまつわる悪い評判が立ったら、店仕舞いせなななりまへん。一度暖簾に傷が付いたら、なかなか元に戻れしまへんさかい。今度の事件が裏店の井戸だったのが、不幸中の幸いどしたわ」

「その裏店の井戸は、大家の指図で埋め戻され、反対の場所に新しい井戸が掘られたそうどす」

「そらそうどっしゃろ。あとからどれだけ新しい水が湧いて出たかて、死人が沈んでいた井戸の水なんか、気色悪くて使えしまへん。大家はんもそれくらいせな、長屋のお人たちからそっぽを向かれてしまいます。美濃七でもお店のついでに、五軒長屋の井戸を浚うてもらいました」

日頃の清太郎は口数が少ないが、今日は青ざめた顔ながらも、珍しく饒舌《じょうぜつ》だった。

女房のお夏に死なれてから、そろそろ半年になる。

かれについて噂していた町内や同業者、また市中の川魚料理屋で働く男女は、美濃七の入り婿旦那は、いつ後妻はんをもらわはるのやろと、いまではもっぱら取り沙汰していた。

「早うに亡くならはった先代のお店さまは、四条寺町を下がった大雲院の墓地に葬られてはるそうやわ。美濃七の若旦那は、大雲院に近い河（川）原町の石屋に、大きな五輪塔を三つも頼んではるときいてます。石屋はいまそれにかかりっきりとか。二代目襲名のお披露目の前にでも、大旦那さま夫婦とお店さまの供養をしはりますのやろ。結構なことどす――」

魚秀の茂助はそう耳にしていた。

お夏の死後、清太郎はなにかと気苦労が多いらしく、五日おきぐらいに会うたび、かれの顔はやつれていた。

隣の客座敷からきこえてくる不吉な話をこちらでも話題にしているだけに、なおさら清太郎の顔は憔悴《しょうすい》して見えた。

かれが大きな五輪塔を祀《まつ》ろうとしている大雲院は浄土宗。開基の僧貞安は、天正七年（一五七九）織田信長の命により、浄土宗と日蓮宗の間で行われた〈安土宗論《あづちしゅうろん》〉の勝者。その後、信長の帰依《きえ》を受けたが、本能寺の変で信長・信忠父子が死んだため、二条烏丸で二人の回向《えこう》を行ったのが同寺の始めとされる。

同十八年に、豊臣秀吉の命で四条寺町の地に移され、後陽成《ごようぜい》天皇から勅額《ちょくがく》が下された。寺名は織田信忠の法号によるもので、広い境内《けいだい》には本堂のほか開山堂、釈迦堂がもうけられ、塔頭《たっちゅう》ももとは十二院を数えた。

四条寺町の繁華な町中に構えられるだけに、寺の本堂では池坊の百瓶会もたびたび開かれた。

同寺はまた、安土桃山時代の盗賊・石川五右衛門の墓があることでも知られている。

もっとも、盗癖のある子を持つ親たちが、五右衛門の墓石の一部を水に溶かして飲ませれば、その悪癖が直るとして、こぞってこれを削ったため、かれの墓は丸く欠けていた。

「それにしても、出水大宮の裏店に住む屋根屋の職人夫婦が、どんなわけで若い女子《おなご》はんを殺し、井戸に投げこんだんどす」

これは隣からの声だった。

「なんでも女子は、北野遊廓に近い居酒屋で働いていた酌婦。自分はまだ独り身やと嘘《うそ》をついてた屋根職人と、深い仲になってたそうどす。職人が実は世帯《しょたい》持ちやったとわかった後も切れようとせず、あげくは長屋にまで押しかけ、うちはおかみさんと三人で暮らしてもええとまでいうたときいてます」

「純なのも結構やけど、そんなにしつこく付きまとうたらあきまへんわ。自分から好んで殺されに行ったも同然どすがな。屋根屋の女房にしたら、そんな娘はかないまへんやろ」

「男みたいなもん、世間にはどれだけでもいてますのになあ」

「酌婦いうても、世の中には意外におぼこい娘がいてるんどすなあ。よっぽどその屋根職人が好きどしたんやろ」

「なんでも丹波の篠山《ささやま》から西陣の機屋《はたや》へ奉公にきたもんの、親の借金のため、居酒屋に奉公替えをしたんやそうどす」

「ええ加減な親どすなあ。北野の居酒屋のすぐ先には、遊廓の灯《ひ》が見えてますがな。殺された娘はんは、やがて自分がそんな妓楼《ぎろう》に売られていくのを、どうにかしたいと必死に思うてましたんやろ」

「うぶな女子が罪造りな男にしがみ付き、あげく殺されるとは、気の毒な話どすわ」

「井戸から人魂になって迷い出たくもなりますやろ」

隣の座敷からとどいてくる話をきき、どうしたことか、清太郎の箸《はし》を持つ手が小さく震えていた。

「美濃七の若旦那、どないしはりました」

茂助が訝《いぶか》しげな顔でたずねかけた。

「いや、どうもしてしまへん。風邪でも引きましたのやろか——」

かれは話をそらしたが、その顔色はいっそう青くなっていた。

茂助の目には、ただごとではないように映った。

二

新緑が鮮やかになっている。

きのうも今日もぽかぽか陽気だった。

公事宿《くじやど》が軒を連ねる大宮姉小路《おおみやあねやこうじ》通りでは、どの店でも小僧や小女たちが表に姿を現し、手付き桶の水を柄杓《ひしゃく》で撒《ま》いていた。

「陽気がようなってきたと思うと、今度は表に砂埃《すなぼこり》がたってたまりまへんなあ」

公事宿「鯉屋《こいや》」の帳場では、喜六《きろく》がそろばんを弾《はじ》いていた。

そばであぐらをかき、膝《ひざ》に置いた猫のお百《ひゃく》の頭を撫《な》でる田村菊太郎《たむらきくたろう》に、相槌《あいづち》をもとめた。

水を撒いていた小女のお与根《よね》は、手付き桶を持ったまま、台所に消えていた。

「人間は暑くなったら暑い暑いともうして寒い冬を恋しがり、冬になれば早く暖かい季節にならぬかと願う。わしとて同じだが、まったく勝手じゃわい。だがこの時期、ここら界隈《かいわい》の砂埃はわしも苦手じゃ。大宮通りはちょっと風が吹くと、どうしてこうも砂埃が舞うのだろうな。お陰で鯉屋の店内《みせうち》まで、なにか埃っぽいわい」

「そんなこと、わたしが知りますかいな。もっとも下代《げだい》の吉左衛門《きちざえもん》さまがまだ若いころ、ご隠居の宗琳《そうりん》（武市）さまにきかされたところでは、昔、仰山《ぎょうさん》の水をたたえていた大きな御池を埋めて二条城を築いたとき、西の大将軍村や木辻村の田圃《たんぼ》なんかから、とにかく土を無茶苦茶運んできたんやそうどす。そやさかい土の性根が悪いのやと、ご隠居さまはいうてはったとか」

「もともとこの界隈は、桓武《かんむ》天皇が平安京をお造りになられたとき、堀川に通じる大きな池沼があったゆえ、御池の名が付けられたのじゃ。その名残《なごり》がいまの神泉苑《しんせんえん》。弘法大師は旱天《かんてん》がつづいた折り、その神泉苑で雨乞いの祈禱《きとう》を行い、見事に雨を降らせたそうな。そののち次第に埋め立てられ、あのように小さくされてしまったのじゃ。また堀川は鴨川のごとく川幅が広く、往古は淀川などから船がのぼってきていたともうす」

堀川は京都の中央を流れる水位の低い川だが、上流で一旦大雨が降ると、すぐ暴れ川となった。

『中右記《ちゅうゆうき》』の長承《ちょうしょう》三年（一一三四）五月十七日の条《くだり》は、堀川河原に小屋掛けして住んでいた人々が、大勢、大洪水に流されて死んだことを録しており、この川が相当な大河だったことがわかる。平安・鎌倉の時代には、たびたび大きな被害をもたらしていた。

しかし時代が下るにつれ、堀川は鴨川と同じように治水が進んで整備され、物産集散の運河と化していった。

五条堀川には、桂川から運ばれてきた丹波材木取り引きのための市《いち》が立つほどであった。近辺には材木屋が集住し、材木座が組織された。さらに近世後期には、くわえて染織業者が集まり、一種の同業者町を形成するにいたった。

「菊太郎の若旦那さまは、なんでも知ってはりますのやなあ」

「喜六、さよう長ったらしく呼ばずに、菊さまとか居候《いそうろう》どのとかでよいと、もうしたであろうが。長々と呼ばれると、なにやら次第に顔がのびてきそうじゃわい」

「せやけど、最初からの癖で、つい菊太郎の若旦那さまというてしまいますわ。店の者も追い追い改めますやろけど、しばらくは堪忍《かんにん》しとくれやす」

「菊さまのほうが、歯切れがよかろうがな」

「あほらし、ここは色町ではありまへんで。北野遊廓あたりどしたら、菊さまと呼ばれ、にやついておいやしたらよろしゅうおす。そやけどここは公事宿。普段は静かに見えてますけど、ほんまは人の世の修羅場《しゅらば》となるところどっせ」

「なるほど、人の世の修羅場か。公事宿と坊主と医者は、人の不幸に付けこんで生きる糧《かて》を得ているからなあ」

「その公事宿と坊主と医者いうのんは、なんどす」

喜六は目を白黒させてたずねた。

主の源十郎《げんじゅうろう》は吉左衛門と丁稚《でっち》の鶴太《つるた》をともない、奉行所詰めに出かけていた。

「わしはそなたの言葉を、くだいてつづけたまでじゃ。公事宿と坊主、医者の手にかからねばならぬ者は、すべて不幸を背負っているであろうが。公事宿や医者の世話ならまだ望みもあろうが、坊主の手にゆだねられれば、最早なんとも し難い。それですべてが終わりじゃわい。されど坊主と医者は、それでも人からなにかと崇《あが》められておる。それにくらべ公事宿は、公事訴訟は代言肥《だいげんご》やしとの諺《ことわざ》があるように、悪くもうされるばかりじゃ」

この諺は、公事訴訟は代言人（公事宿）だけを儲《もう》けさせているといっているのである。

公事三年――の語もあるように、公事はだいたいにおいて長引いた。

「公事訴訟は代言肥やしどすかいな。そんなふうに悪くいわれてますけど、この鯉屋かて、金儲けのため公事訴訟を長引かせているわけではありまへん。公事宿に相談を寄せてきはるお人は、自分の都合のいいことだけを並べ、そのくせなんやかんやと交渉に文句を付けはるからどすがな。公事と病は長く扱うべしと、平気でいうてはるお人もございますわ」

喜六はしらっとした顔で、もう一つ諺をいってのけた。

訴訟と病気は気長に対するべきで、あせると負けるというのである。

「喜六、そなたなかなかもうすではないか」

膝にかかえたお百が驚くほどの強さで、菊太郎が自分の膝を打ったとき、おいでやすとのお与根の声が、表でひびいた。

「ごめんくださりませ――」

暖簾をかき分け、羽織姿の男が、静かな物腰で鯉屋の土間に入ってきた。

「おいでなさいませ。なんのご用でございまっしゃろ」

喜六が腰を浮かせ、笹《ささ》を詰めこんだ大きな竹籠《たけかご》を手に下げる男にたずねかけた。

だがすぐ顔をほころばせ、これはこれはとつぶやいた。

「錦小路《にしきこうじ》の魚秀の茂助はんやございまへんか――」

「へえ、茂助でございます。今日は播磨屋《はりま》さまから、活《い》きのいいうちに鯉屋さまへ届けてもらいたいと頼まれましたさかい、こうして持参させていただきました」

魚秀の番頭茂助は、店の床に坐る菊太郎に、軽く頭を下げて答えた。

播磨屋は菊太郎の異母弟・田村銕蔵《てつぞう》の妻奈々《なな》の実家。錦小路で手広く海産物問屋を営み、魚問屋の魚秀とはすぐ近くだった。

娘の奈々を気遣ってか、鯉屋に居候している菊太郎のために、四季ごとに鮮魚を届けさせていた。

それは数こそ少ないものの、高台寺《こうだいじ》脇の一軒に隠居し、妾《めかけ》のお蝶《ちょう》と暮らしている鯉屋の先代・宗琳にも行われていた。

「おお、魚秀の茂助どのか。ここしばらく会《お》うていないうえ、羽織姿のため、すぐにはそなたとわかりかねたわい」

「手代や小僧ならともかく、番頭のわたしが鯉屋はんに寄せさせていただくのに、普段着のままでは失礼になりますがな。そやけどお仕着せに、ちょっと羽織を引っかけてきただけどす」

「ところで今日はなにを持ってきてくれたのじゃ。播磨屋助左衛門《すけざえもん》どのも、鯉屋の一同やわしに、毎度気を遣うてくださされるものよ」

「活きのいい鰹《かつお》を三匹、持参させていただきました。すぐ台所の地下蔵へ入れておいてもらわななりまへん」

「この季節にもう鰹だと。まだ一月《ひとつき》ほど早いのではないのか」

「それが今年はどうしたわけか、泉州から早々に届いたのでございます。いつもの年より早うに、黒潮が近海に流れ寄せているのでございまっしゃろ。こんなことが数年前にもありました」

「鰹とはありがたい。籠の具合からうかがうと、相当大きな奴じゃな」

「鯉屋のお店の方々にも、十分いただいてもらえます」

かれの声が奥まできこえたのか、源十郎の妻お多佳《たか》が、小走りで店の土間に出てきた。

「これは鯉屋のお店さま――」

「ご無沙汰ばかりしていますのに、よう届けてくださいました」

「これは播磨屋さまからのお届け物で、魚秀からの鰹ではございまへん」

「茂助はん、もとは播磨屋さまのご注文でも、そこに魚秀はんのお気持がくわわっているくらい、うちらにかてわかってますえ」

「お店さまからそないいわれてしまいますと――」

「茂助どの、それを台所の地下蔵に入れるか、すぐそなたにさばいてもらうか、お多佳どのにきいてくれ。そのつもりで、おそらく包丁ぐらい持参しておろうが」

菊太郎がかれをうながした。

「いまどしたら、まだお造り（刺し身）で食べていただけます」

「そしたら二匹はそうしてもらいまひょか。あとは切り身にして煮付けにでもするとして、ともかく地下蔵に入れておくれやす」

お多佳は声を弾ませ、お与根に案内をせかした。

京の大店では冷蔵のため、台所の一部に地下蔵をもうけている場合があった。

これは京都に藩邸を置く大名や上層公家たちの屋敷にも、そなえられていた。

周囲を石で囲われた幅の狭い階段を下りると、すぐひんやりした空気に包まれる。

「お与根、そしたら今夜は夕飯を早めにし、鰹尽くしにしまひょうかいな。お奉行所に出かけてはる旦那さまにもその旨《むね》を伝え、まっすぐ戻っていただかなあきまへん」

「お店さま、ほな正太《しょうた》を使いに行かせ、旦那さまにそない耳打ちをさせまひょか」

「喜六さん、そうしておくんなはれ」

「承知いたしました」

土間からやり取りを見ていた正太が、喜六の合図を受け、すっと店の外に消えていった。

「菊太郎の若旦那さま、初鰹ときいたら、今夜はどこへ行く気にもならしまへんやろ」

「そうだな。折角、播磨屋どのが魚秀に頼んで届けさせてくだされた初鰹。食べるだけ食べさせてもらい、そのあとで出ていくわい」

お百は魚の匂いを嗅《か》いだためか、お多佳や茂助たちとともに、台所のほうに去っていた。

ほどなく、茂助が羽織を脱ぎ、店の表に戻ってきた。

「鰹は三枚におろし、夕御飯の前に切るだけにしてあります。ともかくみんな、地下蔵に入れさせてもらいました」

「ありがたい、そなたには世話をかけるなあ」

「魚問屋が忙しいのは朝のいっとき、あとはお得意先廻りか荷の手配だけどす。あんまり気にせんといておくれやす。わたしは包丁さばきは得意なんどすわ」

「お多佳どのやお与根とは、くらべものにならぬともうすのじゃな」

「へえ、その点では誰にも負けしまへん」

「そなたが持参してきた包丁、さぞかし切れ味がよかろうな」

帳場のそばに坐りこんだ茂助に、菊太郎が話しかけた。

「そうどすけど、菊太郎の若旦那さまの差し料には、大分劣りますわ。ところで若旦那さまに喜六はん、出水大宮の長屋の井戸から揚がった娘の死体、お牢に捕らえられた屋根職の夫婦は、どないになりました。銕蔵さまからなにもきいてはらしまへんか」

魚秀の茂助は、興味深そうな目で、二人の顔をうかがった。

「あれはほんまに陰惨《いんさん》で、かわいそうな事件どす。井戸に釣瓶を下ろしたら、頭から抜けて水面に浮かび上がっていた娘はんの黒髪が、釣瓶にごそっと引っかかってきたそうどすなあ。水汲みにきた長屋の女子はんは、さぞかし大きな悲鳴を上げはりましたやろ」

「鋳蔵の奴によれば、屋根屋の夫婦は娘を絞め殺したあと、一旦は床下に穴を掘って死体を埋めたそうじゃ。されど夜な夜な夢に娘の幽霊《ゆうれい》が現れ、ひどくうなされたともうす。あげく前後の判断もなく、裸にして井戸に投げ棄てたというわい」

「殺した娘の幽霊どすかいな。むごいことをわが手でしただけに、そら恐ろしゅうおしたやろ。そやけど、なにも自分の長屋の井戸に棄てんかてよろしゅうおすがな。もっと遠くで棄てたら、ひょっとしたらばれへんかったかもしれまへん」

「夫婦ともまあ狂乱状態に陥《おちい》っていたのじゃな。まさか頭から髪の毛が抜け浮き上がってくるとは、考えもしなかったのだろうよ」

喜六の疑問に菊太郎が説明した。

「夫婦は娘殺しの共犯。こんなときでもお奉行さまは、二人をやっぱり別々のお牢に入れはるのどすか――」

「茂助はん、それはあたりまえどす。屋根屋の男は男牢、女房は女牢に決まってますわいな。

夫婦者かていっしょにはせいしまへん。それが御定法どすわ」

「そうでございまっしゃろなあ。それでお取り調べは、どないになっているんどす。教えておくれやすか——」

「鯉屋にきたからには、それをしっかりききかねば店に戻りかねるともうしたいのであろうが」

　菊太郎は幾分苦々《にがにが》しげな顔で、茂助を睨《にら》み付けた。

「へえ、無理にとはいいまへんけど——」

　かれは表情を強張《こわば》らせてつぶやいた。

「この種の事件は、一通りのお取り調べさえすめば、あとは簡単じゃ。夫婦者に死罪がもうし付けられるだけよ。もっとも女房は女牢の中で気が変になり、娘の幽霊が見えると叫び、脅《おび》えているときいておる」

「気が変になり、幽霊が出るというてはるんどすか。なにやら気の毒どすなあ」

「ああ、男のほうは女房と若い娘を手玉に取り、酌量《しゃくりょう》の余地はない。だが女房どのはとっさの嫉妬《しっと》にかられたとはもうせ、いかにも哀れじゃわい」

　菊太郎の沈痛な声が、喜六や茂助の表情を曇《くも》らせた。

「そやけど、正気でなくなってしもうたのは、むしろ幸いやったんと違いますかいな。いくら酷《むご》い人殺しの女子でも、まあいうたら好き勝手をしていた夫からの被害者。処刑されることはありまへんやろ。世間は屋根屋の女房に、同情を寄せてますさかい」

茂助はいくらか明るい顔で問い返した。

「ところがなあ、茂助どの。そうともまいらぬのよ。どれだけ正気を失っていようとも、奉行所では乱心者として普通に処罰いたすのじゃ。悪賢い奴に、気が変になったように装われたら、困るのでなあ」

江戸時代の御定法では、はっきり乱心者とわかっても、処刑するのが常であった。当時、心神喪失《そうしつ》とか耗弱《こうじゃく》といった概念はなかったのである。

「かわいそうに。そうでございますか」

「誰の手でも、これればかりはどうにもならぬのじゃ」

「なるほど、気が狂《ふ》れたうえに、幽霊が出るのでございますな」

なぜか茂助はぼんやりした表情になり、天井を仰いだ。

「幽霊が出るのは、女子が閉じこめられてる六角の女牢。ほかのどこかでも幽霊が出るんどすか。茂助はん、まるであんたはんが幽霊を見たようなお顔どっせ」

喜六が眉《まゆ》をひそめ、かれにたずねた。

「へえ、実は昵懇《じっこん》にしていただいている川魚料理屋の若旦那が、亡くならはったお店さまの幽霊が出るといわはり、最近、すっかりやつれてはるんどす」

かれが若旦那というのは、美濃七の清太郎のことであった。

「ついでとはもうせ、また妙な話をきくものじゃ」

菊太郎は暗い目付きで茂助の顔をうかがった。

三

初夏の訪れが近いのか、庭から水の匂いがかすかに漂ってくる。

川魚料理屋の美濃七は、昼間のいっときと、日暮れから夜の五つ（午後八時）ごろまで、ひどく賑《にぎ》やかであった。

だがこの時刻をすぎると、客は潮の引くようにもどっていき、店はしんと静まった。

まだ忙しいのは、幾つもの太ろうそくや油皿の火に照らされた調理場と洗い場だけだった。

やがてそこの物音も絶え、二階のあちこちに点《とも》されていた行灯《あんどん》をはじめ、一つひとつ火が吹き消され、真の静けさが美濃七を包みこむのであった。

「火元をよう改め、早う風呂に入って寝るこっちゃ。わしの目が届かへんというて、花札なんかしてたらあかんねんで。寝不足と不摂生《ふせっせい》は、料理の味にすぐ出るさかいなあ」

板場頭の卯吉《うきち》が、住みこみの若い見習いたちに怒鳴っている。

焼き方や煮方などの料理人たちは、美濃七が持つ近くの長屋にもう帰っていた。

店には老若の仲居も住みこみ、部屋数の多い店の一階、調理場に接した小部屋が、彼女たちに宛《あ》てがわれていた。

帳場や調理場の反対側が主たちの住まいで、美濃七の建物は長柄《ながえ》をつけた鉤状《かぎじょう》。鉤の曲がった部分に、住みこみの見習いや仲居たちが寝起きし、長柄の部分が母屋になる工合であった。

広い庭には、常に植木屋の手が入っている。

調理場とほとんど対角になる庭の隅に、亡くなった先代七左衛門の好みで、古蒼な四畳半の茶室がもうけられていた。

七左衛門は居抜きでこの川魚料理屋を買ったという。茶室は裏千家の高弟・川上宗雪の工夫になり、しかも洛北の相応寺から、解体して移築したものだった。

茶室には釣雪庵《ちょうせつあん》の号が付けられていた。

かたわらに、いつも青竹の覆《おお》いをかけた井戸があった。

「美濃七での茶会は風情があるわい。去年は雪見の茶会やったさかい、今年は蛍を見て、夜《よ》噺《ばなし》の茶会をするのもおもろい（面白い）かもしれへん」

「あそこの庭に蛍が出るのどすかいな」

「ああ毎年、庭の池からきれいに飛び立ちまっせ。夢みたいな光景どすわ」

「それはよろしゅうおすなあ」

「蛍の季節、町の子どもたちが黒塀の外で、長柄のついた網を持って待ち構えてます。塀を飛び越えてくる蛍を捕らえますのや」

美濃七の贔屓筋では、釣雪庵の茶室は重宝され、茶会の客に出される懐石料理も、板場頭の卯吉の工夫で好評だった。

その茶室に付けられた名前の釣雪は、一種の雪遊び。糸の先に小さな雪の塊《かたまり》をぐっと握って付け、釣り糸をあやつるようにとんとんと雪の面を叩《たた》くと、雪の塊が次第に大きく、炭団《たどん》ほどになってくる。釣雪庵とは、こうした意味からの命名。これも客に雅《みやび》だと親しまれていた。

家付き娘のお夏も茶事を好み、釣雪庵によく籠《こ》もっていた。

そんな彼女が死んだのは、去年の十二月中旬、冬の寒い日であった。

三月ほど前から臥《ふ》せりがちだったお夏には、付き女中のお重が懸命に看病に当たっていた。

お重は三十歳。お夏より八つ、清太郎より四つ年上だった。

清太郎が洛北の鞍馬《くらま》村から、炭屋の紹介で美濃七へ奉公にきたのは十四歳のとき。お夏は十で、すでにお重が付き女中としてしたがっていた。

「お重はんには、言い交わしたお人がいてたそうやわ。そやけどそのお人が死んでしまわはったさかい、お夏さまの付き女中として、ずっとここに奉公させていただくのやと。少し気が強うおすけど、器量《きりよう》もそない悪くない。死なはったお人に操《みさお》を立て、独り身ですごすこともあらへんのになあ。宇多野村の実家では、世帯を持たなあかんとせつくさかい、盆正月でもなかなか帰れへんそうや」

「どうしたつてで奉公にきはったのか知らんけど、旦那さまやお店さまに気に入られ、お嬢さまの付き女中にならはったときいたわ。お夏のお嬢さまはお重はんが大好きで、いくらぐずっていたかて、お重はんがあやさはると、すぐ機嫌を直さはるのやて。うちがあやしたら急に大声で泣き出さはり、うちはなんや工合が悪おす」

「まあ人には好き好きがあるさかい、そんなん気にせんときやす」

美濃七の仲居のこんなやり取りを、清太郎がふときいたのは、十六、七のころだった。

清太郎の奉公は調理人としてではなく、帳場務め。番頭の儀平《ぎへい》や手代の松三にしたがい、仕入れから客の案内、客間のあれこれに気を配ることにまでおよんだ。

同じ年頃の朋輩《ほうばい》として、新八がいた。

「わたしらみたいに、店の表に顔を出してご奉公する者の、心得をいうときます。まずお客さまをお部屋に案内するとき、決して先に立たんことどす。先脇《さきわき》という言葉がありますけど、先に立つ場合は、必ず脇にひかえななりまへんのえ。ついで履物《はきもの》を間違いなくそろえておくのは、いうまでもありまへん。履物が雨に濡れてたら乾かしておく。冬どしたら下足場の火鉢のそばに置き、暖めておくぐらいの気遣いが必要どす。お客はんが草履《ぞうり》や下駄に足袋《たび》の足をのせ、なんや温かいなと気づかはったら、美濃七へまた料理を食べにこよと思うてくれはります」

当初から清太郎は、儀平や松三に懇々《こんこん》と諭《さと》されてきた。

「さらに心得なならんのは、客間の床飾《とこかざ》りどす。京のお人たちは目が肥えてますさかい、今日の客にはどんな絵が好まれるのか、よう考えなあきまへん。京狩野《かのう》のお人たちの席に、土佐派の絵どしたらお叱《しか》りを受けますやろ。町のお人たちは、だいたい円山四条派の絵を好まはります。けど冬場に夏の図柄の絵をかけておくようでは、帳場奉公は務まりまへんのやで。床掛けの絵を見分ける修業、花を上手に活けるのも、羽織を手早く畳むのも、みんな大切どす。一つでも気を抜いたら、料理が台なしになると思いなはれ」

清太郎は儀平たちの期待に実直に応えた。

店と主たちの住まいは、暖簾をかけただけの長廊口で分けられていた。

美濃七の広い土間に入ると、右が主たちの住居部分。中央部と左、それに二階が、客間として使われていた。

　主七左衛門の家族とは、奉公にきたとき挨拶《あいさつ》しただけで、接触がほとんどなかった。

「京の大店では呉服屋でも料理屋でも、だいたいみんなそんなものやわいさ。旦那さまのご家族と奉公人は、まあいうたら天皇《みかど》と地下人《じげにん》ほどの隔たりがあるのや。おまえも粗相《そそう》のないようしっかり働き、お店大事に務め上げるんやなあ。奉公次第では、番頭にしていただけるかもしれへん。年を取ってからのことも考え、小金を溜《た》めておかなあかんねんで。幸いこの家では、兄さんがわしの炭焼きを継いでくれている。おまえは安心して、お店でご奉公に励むんじゃ」

　数年後の藪入《やぶい》りのとき、父親の助五郎が、兄の清市と茶碗で濁り酒を飲みながらいってい
た。

　かたわらでは、母親のお常が柴を手折《たお》って囲炉裏《いろり》にくべ、義姉のお里が赤子をあやしてい
た。

　お夏の付き女中のお重は、美濃七の誰ともあまり口を利《き》かなかった。

　奉公人はお夏と顔を合わせると、みんな深々と頭を下げ、彼女とお重が通りすぎるのを待つのだった。

　お店さまと呼ばれていた七左衛門の妻お加世が亡くなったとき、葬儀は四条寺町の大雲院

本堂で、盛大に執行された。

奉公人たちも本堂の隅にひかえさせられ、最後に一人ずつ焼香をしたのだった。

美濃七は喪中として五日間休業し、六日目から再び営業をはじめた。

「弔いにきてはったんは、同業者や取り引き先のお人たちがほとんどで、旦那さまやお店さまの身内らしいお方は、さっぱりみかけまへんどしたなあ」

「そらそうやがな。旦那さまご夫婦は、遠い美濃・笠松の生まれ。昔、京都に出てきはり、お身内とはもうお付き合いが切れてますさかい」

美濃七に奉公して五年目、清太郎が十九歳の春だった。

そのころから主の七左衛門は、娘お夏の外出の供を、かれにときどきもうし付けた。習い事の送り迎え、ときには付き女中のお重とともに、南座へ歌舞伎見物のお供もした。

「お夏さまはお店さまがお亡くなりになったあと、哀しい顔を店の誰にも見せんと、じっと耐えてはりました。そこをお察しして、注意して口を利かなあきまへんのえ。旦那さまは清太郎はんの人柄をよく見極めたうえ、お夏さまのご意見もきいて、お供を仰せ付けられたんどす。そこも承知しておきなはれ」

お重はいくらか清太郎に打ちとけていた。

こうしてかれが二十三歳になったとき、突如、お夏の夫として美濃七の入り婿になる話が、番頭の儀平から切り出された。

「と、とんでもございまへん。わたしみたいな貧乏な炭焼きの息子が、こんな大店の入り婿やなんて、無茶でございます。美濃七は贔屓客の多い店。京都の大店のどこからでも、婿にきてくれはるお人はいてはりまっしゃろ。そのほうがお店のためになります。何卒《なにとぞ》、この話はご辞退させておくれやす」

清太郎は思いがけない話をきき、呆然《ぼうぜん》としながらも、必死に断りつづけた。

自分のこれからの人生を考えれば、降って湧いた幸運。だが予想もしなかったその幸運が、清太郎には恐ろしかった。

こんなことがうまく運ぶはずがなかろう。

いずれきっと良くないことが、倍になって返ってくるにちがいない。律儀で小心なかれは、頭からそう決めてかかっていた。

「清太郎、おまえはそないいうけどなあ、京都で代々店を営んできはった老舗《しにせ》のお人たちは、ほんまのところ美濃七なんか、相手にしてはらへんのや。まずこの店の暖簾は浅く、またお夏さまが乳母日傘《おんばひがさ》で育てられたのが、駄目やというてはるのやて。老舗では、家付き娘でも奉公人に愛想をふりまき、家業に精を出してますわなあ。そやさかい二、三男とはいえ、婿にはやれへんといわれているそうどすわ」

清太郎は番頭の儀平にこう説得されたが、よろこびの気持など一向に湧いてこなかった。むしろずるずる古沼に引きずりこまれるような気分にさせられていた。

やがてこの縁談には、町年寄も乗り出してきて、清太郎も諾《うん》といわざるをえなくなった。

だが驚いたことに、全く思いがけない条件が一つ付けられた。

「親兄弟はもちろん、あらゆる親戚と今後一切、縁を切ってもらいたい。縁者は舅の七左衛門と、妻とするお夏だけと心得るべし」

これには一瞬、考えこまされたが、入り婿の話が進行しているときだけに、断りかねた。

父親の助五郎や兄の清市も、清太郎のためならとうべない、町年寄や町役加判《かはん》のうえで、縁談は成立した。

「旦那はどこまでも、お夏さまがかわいいのやわいな。清太郎を入り婿にしたはよいが、変な親兄弟や親戚が、これ幸いと清太郎に食いついてきたら大変。美濃七の身代《しんだい》を、食い荒らされかねへんさかいなあ。旦那はそこまで案じてはるのや。まあそれは当然かもしれんわい」

十数人いる奉公人たちは、板場頭の卯吉から仲居、帳場の見習い小僧までの誰もが、こういっていた。

「ふつつか者でございますけど、どうぞ末長く添いとげさせておくんなはれ。うちは清太郎はんを供にして、南座へ芝居見物に行ったとき、そこで買うてもろうた祇園《ぎおん》の豆平糖《まめへいとう》を、いまでも半分、こうして大事に持ってます。この美濃七をお父はんの気持に添うて、これからも繁盛させていっとくれやす。どうぞお願いいたします」

内々で祝言を挙げ、東山の料理屋を借り切り、盛大な披露宴をすませたその夜、お夏は初夜の部屋で、しおらしく両手をついて清太郎に挨拶し、白い紙に包んだ豆平糖を広げて見せた。

祇園の豆平糖は江戸初期、祇園村で売り出された大豆《だいず》を棒状に並べて飴《あめ》で固めたもの。いまも末吉町の古くからの店で売られている。

清太郎の気持がこの飴を見て、にわかになごんだ。

お重は今後、夫婦の世話に当たるとして、店の商いとはまた別にされた。

美濃七はこうして清太郎を婿に迎え、みんなが新しい気持で商いにのぞんだ。

番頭の儀平も手代の松三も健在。大きく変わったのは、帳場に陣取っていた七左衛門の代わりに、店の者から若旦那さまと呼ばれるようになった清太郎が、坐っていることだった。

当初、かれは居心地悪そうにしていたが、半年ほどあとには、大分それにも馴《な》れてきた。取り引き先との駆け引きにも、そつがなくなっていた。

七左衛門はそうした清太郎の性格や資質をじっくり見極め、かれをお夏の婿に選んだのだろう。

だが一年半ほどすぎ、思いがけないことが起こった。

七左衛門が心臓の発作で倒れ急逝《きゅうせい》したのだ。

そのうえ、まだ一周忌もすまないうちに、今度は肝臓の弱かったお夏が床につき、医者やお重の手当の甲斐《かい》もなく死んだのである。

清太郎は呆然自失の連続であった。

——これは自分みたいな未熟者が、美濃七の入り婿になった報いなんやわ。

かれは意味もなく自分を責め、日ましに憔悴の度を深めた。

傍《はた》の者は、大店がかれの懐に難無く転げこんだとうらやんだが、清太郎はそれにもひどく罪悪感を覚えていた。

お重はそんな清太郎を励まし、お夏に尽くしてきたように、甲斐甲斐しく仕えていた。

最初の異常は早朝、お重が真っ青な顔で、帳場に坐る清太郎に告げてきたのであった。

「だ、旦那さま——」

彼女は口をわなわな震わせていた。

「お重はん、どないしはりました」

「ち、ちょっと奥にきておくれやす」

訴える表情で、お重は清太郎をうながした。

奥に通じる暖簾をくぐり、かれはお重につづいて長廊を端のほうに向かった。

「なにがどうしたんどす。お重はんはわたしをどこへ連れていくんどす」

「茶室、庭の茶室に行っておくれやす」

お重は庭下駄を清太郎にも履《は》かせ、庭石を伝い、釣雪庵の扁額《へんがく》をかかげた茶室にいざなった。

「旦那さま、そこの席を見ておくれやす。旦那さまはきのうも今朝も、ここでお茶など点《た》ててはらしまへんやろ」

「わたしはお茶事は苦手やさかい――」

「ほんならここで誰がお茶を点てやしたんどっしゃろ。しかも亡くならはったお嬢さまが、日頃から大事にしてはった仁清《にんせい》の茶碗で――」

お重は炉端に置かれた仁清の「色絵花唐草文」の茶碗を、脅えた目で眺めてつぶやいた。

茶碗のそばに茶筅《ちゃせん》、水指《みずさし》、茶入などが配され、どれもお夏が好んで用いていた茶道具ばかりだった。

炉には霰釜《あられがま》がかけられ、炭を焚《た》いた跡も残っていた。

「こ、これはいったいどうしたこっちゃ」

「昨夜、うちが厠《かわや》に起きたとき、茶室にぼんやり明かりが点され、誰かがいてはるみたいどした。うちは妙やなあと思うたんどすけど、そのまま布団をかぶって寝てしまいました。朝になって確かめてみると、この通りどす。お嬢さまがこの世に思いを残して死なはり、茶室に出てきはりましたのやろか」

お重は小声になり、清太郎の耳許でささやいた。

「お、お夏がこの世に思いを残して現れたんやと。幽霊になってどすか――」

「へえ、幽霊になって現れはったとしか、考えられしまへん」

お重は肩を小刻みにふるわせて答えた。

茶室から外に出て、二人が再びぎょっとしたのは、茶室のそばにある井戸の竹覆いがめくられ、釣瓶が水に濡れているのを目にしたからだった。

仁清の茶碗で茶を点てるため、あの世から現れたお夏は、釣瓶で井戸から水を汲み、湯を沸かしたのだ。

「お重はん、店の商いに障《さわ》りますさかい、このことは誰にも話さんといておくれやす。頼みましたよ」

清太郎はかすれた声で辛うじて命じた。

お夏の幽霊が出たのだ。彼女はお父はんの気持に添い、店を繁盛させていってほしいといっていた。この美濃七の店に、強い執着を残して死んでいったのだろう。

ひそかに罪悪感を抱いていた清太郎は、いっそう脅えて憔悴した。

「だ、旦那さま、たったいまお嬢さまが、白いきもの姿でうちの枕許に立たはりました。おなかの子に美濃七を継がせられなかったのが、残念で恨《うら》めしい。おなかの子のため、百両欲しいと嘆いてはりました。うちはもう怖くてたまりまへん。なんとかお嬢さまに、百両差し上げとくれやす。旦那さまが寝てはるお部屋とうちの部屋は、壁一つ隔てただけどすさかい、お嬢さまのお声をきかはりましたやろ」

数日後の夜中、お重があわただしく清太郎の部屋にやってきた。

彼女はお夏の幽霊がよほど怖かったらしく、かれの布団にもぐりこんで訴えた。

「そ、そないいわれたら、確かに哀しそうな女子はんの声をきいたように思いましたけど、やっぱりお夏どしたんかいな」

「百両欲しいと、恨めしそうにいうてはりました」

「百両なあ。それでええのやろか――」

清太郎は茶室の一件があってから、すっかり耗弱状態になっている。顔を青ざめさせ、辺りをはばかって問い返した。

「ぶ、仏壇のお位牌の前か茶室にでも、置いておきまひょか」

「ああ、こうなると、そうするしかありまへん」

「それとは別に、お嬢さまに成仏《じょうぶつ》していただくため、大雲院さまに一日、お経を上げてもらいまひょうな。わけを明かす必要はありまへんさかい」

「お重はん、ええことを思いついてくれはって、おおきに。早速、そないしますわ」

清太郎は二つをすぐ実行に移した。

翌日、仏壇に供えた百両が、いつの間にか掻《か》き消えているのに気づき、清太郎は背筋を粟立たせた。

そのころから夜中、部屋の外で衣ずれの音がしたり、お夏が夢に現れたりするのは再々になった。

「お夏がまたわたしの枕許に立ちました。わたしは独りでいるのが怖おす。おまえの部屋に居させてくんなはれ」

お重の部屋に、清太郎が這《は》い寄ってくる夜もあった。

「お嬢さまはよっぽどおなかの子どもに、この美濃七を継がせたかったんどっしゃろ。仏壇のお位牌の前にまた百両、でき上がった大雲院の五輪塔の前に百両お供えし、なんとか成仏していただきまひょ」

お重はすっかり窶《やつ》れ果てた清太郎にいい諭した。

こんな折り、出水大宮の裏店の井戸から、屋根屋の夫婦に絞め殺された若い娘の死体が揚がったのである。

この噂が京の町にぱっと広がった数日後、美濃七の茶室の井戸の釣瓶にも、水に濡れた黒髪がからみ付いていた。

発見したのは清太郎だった。

「怖いこっちゃなあ。幽霊いうのは、ほんまにあの世から現れるもんなんやわ。わたしはもう食べ物も喉を通らへん。このままでは、気が変になってしまうわ。お夏が腹の子どものため、店の身代に執着して成仏できへんのやったら、蔵の鍵を渡すさかい、みんなあの世に持っていったらええのやがな」

げっそり痩せた清太郎は、お重にいっていた。

四

「いまもどったぞよ――」

鯉屋の黒暖簾を右手でかき上げ、帳場から立ち上がりかけていた吉左衛門に、菊太郎が声を浴びせた。

「へえ、菊太郎の若旦那さま——」

吉左衛門は動きを止め、こう答えたものの、かれの目は店先の暖簾の外を見ていた。

「お信はんにお清《きよ》ちゃん、さあ中に入っとくれやす。少し廻り道をさせてしまいましたけど、いっぱいお茶でも飲んで、帰っとくれやすな。お清ちゃんは、公事宿がどんなところか一度見てみたいと、若旦那にいうてはったそうどすなあ」

「はい、確かにそういいました」

「そしたらどうぞ、入っとくれやす。商い物はなんにも置いてしまへんけど、まあ普通の商家どすわ」

「お清ちゃん、遠慮せんとお入りやすな。今日はいっしょで楽しおした」

最初の声は鯉屋の主源十郎。あとは手代の喜六につづき、丁稚の正太であった。

「昼間からご馳走《ちそう》にあずからせていただき、ありがとうございました」

お信はお清とともに鯉屋の敷居をまたぎ、源十郎にまた低頭した。

「お店さま、旦那さまがお信さまたちをお連れして、おもどりでございます」

吉左衛門が奥に大声をかけ、すぐお多佳が、台所につづく土間から走り出てきた。

お清は一廻り大きく育っていた。

源十郎や喜六にうながされ、つぶらな目で鯉屋の店内を、きょろきょろ珍しそうに眺め、ついでお多佳に行儀よく頭を下げた。

普段は静かな店先が、鶴太やお与根まで迎えに出てきて、いつになくにぎやかであった。

「お信はん、今日はお世話さまどした。まあ上がってひと休みしておくれやす」

「とんでもございまへん。旦那さまからご馳走になっただけで、お役に立ったのかどうか、心もとのうおす」

「お信、さようへりくだらぬでよい。そなたもお清ちゃんも、大いに役立ってくれた。喜六も正太もじゃ」

「ほんまにそうどす。二、三人で料理を食べに行ったかて、座が保たしまへん。総勢六人やさかい、美濃七の店内の工合や雰囲気を、じっくり確かめられましたわいな」

「旦那さま、ご馳走をたらふく食べ、真っ昼間からお銚子にもありつける。こんなお役目やったら、毎日でも結構どすわ。おい鶴太にお与根、川魚料理屋・美濃七の食事は、それは豪勢やったで――」

喜六が源十郎にいい、つぎに土間の二人にうそぶいた。

「喜六はん、まだ酔うてはりますのかいな」

お与根がすかさずいい返した。

「うちは初めから仕事やと思うてましたさかい、なにを出されても、旨《うま》いと感じまへんどしたわ」

　正太が喜六に、頬をふくらませていった。

　いま鯉屋にもどってきた六人は、美濃七の仲居や奉公人に怪しまれず、少しでも長く店のようすを探るため、示し合わせて出かけたのである。

　お清を連れたお信と菊太郎の呼吸は、ぴったり合っていた。源十郎は手代と丁稚をしたがえ、三人を接待する体《てい》を装った。

「お信、そなたはお多佳どのの居間で、茶などご馳走になり、長屋にもどってくれ。このあと、わしと源十郎には客があるのでなあ。今日はまことに厄介《やっかい》をかけた。だいたいわしらが推察した通りであった。心身とも疲弊し切った若い男を惑わせるのは、造作もなかろう。心を萎《な》えさせていれば、幽霊も簡単に信じるわい」

「ほなここで失礼いたします。お清とともに待っておりますさかい、また早くおいでくださりませ」

　床に上がった菊太郎に、お信は慇懃《いんぎん》に頭を下げ、暖簾の向こうに消えるその後ろ姿を見送った。

　あとに源十郎がつづいた。

　店の居間では、先ほどから魚秀の番頭茂助がきて、二人のもどりを待っていたのである。

かけた。


「茂助どの、待たせたなあ」

「ご苦労さまでございました。それで、どうでございました」

かれは座布団から下り、目前であぐらをかく菊太郎と正座した源十郎に、せわしくたずねかけた。

「茂助はん、あの幽霊話はやっぱり狂言どすわ。清太郎はんはえらい災難どっせ。付き女中やったお重にすっかりたぶらかされ、見るも無残なありさま。傍目《おかめ》八目《はちもく》、美濃七のお人たちにはわからしまへんのやろうけど、はたから清太郎はんやお重を見ると、すぐに察せられます。わたしらは仕事柄、いくらか人を見る目がありますさかいなあ」

源十郎が顔に笑みを、かすかににじませて伝えた。

傍目八目の〈おか〉は傍、かたわらの意。八は数が多いという表現。囲碁をそばで熱心に見ている人は、実際に打つ当人より、八目も先を見越すことができる意から、当事者より局外の者のほうが、物事の真相をよく見極められるとの諺なのである。

「お重はんの狂言――」

「ああ、そうじゃ。あの女、一見しおらしげじゃが、店や清太郎を見る目配りなどからうかがい、尋常《じんじょう》な奴ではないぞ。哀れなのは清太郎。あんな女に忠義面で手玉にとられ、憔悴の極みじゃ。このままではいずれ自ら首をくくるか、茶室の井戸にでも身を投げようぞよ」

「お夏さまが死なはったあと、清太郎はんのお世話を、お重はんが甲斐甲斐しくしているようにに、わたしは見てましたけどなあ」

「そなたには魚の善《よ》し悪しは見分けられても、人のそれはわからぬのじゃ。人は生き物、難儀なことに、知恵をそなえておるのでなあ。腹の子に美濃七の店を継がせられなかったのが、残念で恨めしい。だから百両欲しいの、もっと欲しいのと、お夏の幽霊があの世からたびたび出てくるとは、そもそもおかしいとは思わぬか。幽霊になんで現世の金が必要なのじゃ。思いがけなくお夏の婿になり、美濃七の主におさまった清太郎。懐妊していたお夏に死なれたのは、なにより痛恨事《つうこんじ》であっただろうよ。その痛みに付けこみ、陰惨な幽霊話を作り出すとは、お重は大変な女子じゃぞ」

「茂助はん、おまえさまがあんまり清太郎はんの工合を案じるさかい、わたしらは身許を偽って出かけ、あれこれ美濃七のようすを探ってきましたわ。茂助はんの紹介と知り、清太郎はんが座敷に挨拶にきはりました。けどあの姿はもう死人も同然。魂を抜かれ、ふらふらになって辛うじて生きている状態どっせ。ちょっと話の途中、お重でございますといい、その女子が清太郎はんを呼びにきました。わたしにはすぐ、ひと癖もふた癖もありそうに見えましたえ。なんでも金がからむと、人はだいたい妙に変わってしまいますさかいなあ」

源十郎は姿勢を正したままつづけた。

「それにしても、清太郎はんを脅《おびや》かしている狂言、どうもお重一人で考えたとは思えしまへん。これは若旦那も喜六も同じ意見どす。それで一人でないとすれば、仲間の相手はおそらく男。しかも美濃七の外ではなく、中にいる者どっしゃろ。そこでいろいろ考えたすえ、手代の松三に行き当たったんどすわ。松三は清太郎が奉公に上がったころ二十六、七。清太郎が突然婿に選ばれ、そら口惜しい思いをしましたやろ。妬《ねた》みほど人を動かすものはなく、松三が怪しいと考えるのはそこどす。そやけどお重があれほどの悪巧《わるだく》みをするには、ほかにも理由があるかもしれまへんなあ」

源十郎の言葉を、茂助は一つひとつうなずきながらきいていた。

「源十郎、これは強請恐喝《ゆすりたかり》。町奉行所に伝え、銕蔵の奴にお重をふん縛ってもらい、すべてを吐かせるのが早かろうよ」

菊太郎は人の欲深さにうんざりしたといった顔で、首を傾けてひねった。

「菊太郎の若旦那、それはいささか無理どすわ。わたしらの推測や、幽霊に金をせびられているというだけでは、銕蔵さまもお困りになりまっしゃろ。やっぱり証拠が必要どす」

「強引なお調べはならぬともうすのじゃな」

「はい、明日は月の十五日で、美濃七は休日。もしかしたらお重が動くかもしれまへんさかい、それを確かめてからにしたら、どないどっしゃろ」

源十郎があっさり提案した。

「明日は十五日か――」

「へえ、美濃七は毎月十五日に休んではります」

茂助が菊太郎の顔を見据えていった。

「では源十郎の意見にしたがうとするか。さしずめ喜六に美濃七を見張らせ、お重の動きをうかがうといたそう」

「田村の若旦那さま、清太郎はんのため、何卒、そないにお願いします。わたしが変な話をしたばっかりに、ご迷惑をかけてすんまへん」

「茂助、これは変な話でも、迷惑でもないぞよ。幽霊の正体を暴くのは、ひどく面白い詮議じゃわい」

かれは清太郎の身を気遣う茂助をいたわった。

翌日、美濃七はやはり店を閉じていた。

菊太郎と喜六の二人は、美濃七から少し離れたそば屋に陣取り、ようすをうかがっていた。

そば屋の主に不審がられないため、異腹弟の銕蔵に町奉行所の御用からだと伝えてもらい、酒好きの福田林太郎《りんたろう》だけを借りてきた。

「林太郎どの、そなたはそばを肴《さかな》に酒を飲んでいてくれたら、それでよいのじゃ。あとはわしらの腹中にありでござる」

「さようにもうされると、好きな酒もむしろ飲み辛うござる」

それでもかれは、五つ半（午前九時）ごろから正午すぎまでに銚子を七本空け、顔色も変えなかった。

美濃七の表戸脇の潜《くぐ》り戸がそっと開き、お重の姿が現れたのは、八つ（午後二時）を廻った時分だった。

「若旦那さま、お重が小さな包みを持ち、出てきよりましたわいな」

「一人でか――」

「へえ、そうどす」

「ともに後をつけるぞ。見失ってはならぬ」

「それくらい承知してますわ」

菊太郎は林太郎の銚子を取り上げ、三人でお重の追跡に当たりはじめた。

なにもかも源十郎のいった通りだった。

彼女は綾小路をまっすぐ東に歩き、一旦、寺町筋に出ると、ずらっと並んだ大小の寺の間にのびる小路をたどった。

河原町通りを横切り、西高瀬川の古めかしい小さな暖簾茶屋に入っていった。

「菊太郎の若旦那、入りよりましたがな」

「ああ、あの枡富《ますとみ》ともうす店で、誰かと会うつもりなのじゃ」

「わたしらも行くんどっしゃろ」

「いや、ちょっと待て。もうしばらくここから枡富をうかがおう。お重と示し合わせた相手の奴が、そのうちまいろうでなあ。林太郎どの、それでよろしゅうござろう」

「さようでござるな」

林太郎がのんびりした声で答えた。

三人はまたもや近くの竹籠屋を訪れ、手籠を一つ買いもとめた。籠編みに精を出す初老の男を相手に、土間に坐りこんで無駄口をたたいていた。

「わ、若旦那、見こまはった通りきましたえ。やっぱり美濃七の松三どすわ。狂言を演じていたのは、お重と手代の二人やったんどすな」

「店の向こうは高瀬川。よもや逃げられることはあるまい」

「いかにもでござる」

さすがに林太郎の声色ががらっと変わっていた。

「御用の筋じゃ。先ほど別々に入った男と女の許に案内いたせ」

林太郎が十手をひけらかし、枡富の女中に小声で命じると、彼女は顔を震わせ、こくんとうなずいた。

　いきなり座敷の襖を開けたとき、お重と松三は、百両ほどの小判を二つに分け合っている最中であった。

「美濃七のお重に松三、わしはきのう店に訪れた田村菊太郎ともうす者じゃ。いささか町奉行所と関わりがあってな。死んだ若いお店さまが幽霊となり、婿養子の清太郎に金をせがむときいた。あまりに奇怪な話ゆえ、ちょっと探りを入れさせてもろうたのよ。幽霊は作り話、二人で狂言を演じたのじゃな」

「そ、そんな——」

　松三は膝許の小判を菊太郎にぱっと投げつけ、高瀬川にむかい逃げかかった。

「おのれ、逃げれば叩っ斬《き》るぞよ。今度こそまことの幽霊となり、この世に迷い出てくるつもりか」

　菊太郎の叱咤《しった》を食らい、松三がへたへたと坐りこんだ。

「み、美濃七の大旦那さまは、うちの身体を弄《もてあそ》び、一生楽に暮らさせてやると約束しながら、なんにもせんと死んでしまわはりました。松三はんかて、後からきた清太郎に婿に納まられ、口惜しい思いをしてきはったんどす。律儀どすけど、あんな肝っ玉の小さな清太郎に、美濃七はもったいないのうおすわ」

お重は菊太郎が抜き放った刀に怯《ひる》みもせず、眦《まなじり》を吊り上げて啖呵《たんか》を切った。

「全く、世の中は一筋縄ではいかぬわい。林太郎どの、いかがいたそう」

刀を鞘《さや》に収め、菊太郎が林太郎たちに嘆いた。

高瀬川の水の匂いだけがさわやかだった。

悪い棺

一

若葉がすっかり緑の色をそろえ、比叡山《ひえいざん》から華頂山《かちようざん》、稲荷山《いなりやま》へとのびていく東山が、まぶしく光っていた。

公事宿が軒を連ねる大宮姉小路界隈《かいわい》では、つばめが路上をさっとかすめ、翼をひるがえし、再び青空へ飛翔《ひしよう》していく姿が、たびたび見かけられた。

「下代はん、もうほんまにすぐ夏どすなあ。また暑い暑いと愚痴《ぐち》をいわなならなりまへん」

「鯉屋」の手代・喜六が、帳場で古い目安《めやす》（訴状）を読んでいた。中暖簾《なかのれん》から吉左衛門が姿をのぞかせると、手許から目を上げていいかけた。

「いきなり改まった口調で、すぐ夏どすなあとは、いったいなんどす」

感慨深そうな喜六の言葉をきき、吉左衛門がたずね返した。

「へえ、ついいましがた、この鯉屋の表暖簾をくぐり抜け、一羽のつばめが土間に飛びこんできたんどす。巣作りの場所でも探しているのか、羽根をばたばた打たせ、鴨居《かもい》の辺りを飛び廻ってました。けどここでは駄目と思うたんどっしゃろ。またさっと出ていったんどすわ」

「つばめの巣作りどすか。暖こうなると、つばめは南のほうから一斉に飛んできて、巣作りを始めます。けどそんな姿は、先頃からさかんに見かけてまっせ。おそらく遅れてやってきて、巣作りを急ぐどじなつばめがいてるんどっしゃろ。人間だけではのうて、鳥や獣にもどじな奴がいてますのやな。軒先でも土間の鴨居でもかましまへん。早う巣作りのええ場所が、見つかるとよろしゅうおすなあ」

「そうどすけど、あのつばめの奴、きっと鯉屋の土間に入ってきて、猫のお百の匂いを嗅《か》ぎつけたんどっしゃろ。見ててもかわいそうなくらい、あわてて表に飛び去っていきましたさかい」

突っ立ったままの吉左衛門を、喜六は見上げて苦笑した。

「そら、気の毒をしましたなあ。お百は菊太郎の若旦那さまが、しっかり躾《しつけ》てはりますさかい、つばめが巣を作ったかて、悪さを仕掛けることはありまへんやろ。けどつばめにしたら、そんなんわからしまへんさかいな。いまおまえにいわれて気づきましたけど、ほかの公事宿ではちょいちょいつばめが巣作りをしているのに、この鯉屋では一遍もそんなことがありまへんどしたなあ」

「やっぱりつばめには、猫が怖いのとちがいますか。卵を産んで雛《ひな》がかえっても、猫にちょっかいを出されて食われてしもうたら、困りますさかい」

吉左衛門は天井の隅から隅までを眺め渡しながら、喜六の話をきいていた。

「人間でもどんな生き物でも、とにかく一生の間には、あれこれ危ない目に遭《あ》いがちどす。万事に気を付けて生きていかなあきまへん。一羽のつばめが、それを改めて示してくれているのかもしれまへん。わたしらみたいに人の揉《も》め事を取りさばいて治める公事宿は、まあいうたら因果《いんが》な商いどすわ。せやけど町奉行所と同じで、こんな商売もなければ、世の中がますますややこしゅうなってしまいます」

「それにしても、つばめがお百を恐れているのではないかという推察、菊太郎の若旦那さまには決していわれしまへん。お百の悪口にきこえますさかい」

「猫かわいがりいうのは、ほんまにあれどすわ。若旦那さまはここ二晩、お信さまの長屋に出かけてはるみたいどすけど、今夜あたり店におもどりになりまっしゃろ。おまえは大の猫嫌い。下手《へた》につばめと猫の話をしたら、お百を嫌うあまり、首を摑《つか》んで土間に叩《たた》きつけでもしたのやないかと、疑われかねまへん。お留守のときで幸い。その話はもうこれくらいで止《や》めときまひょ」

吉左衛門は喜六に近づいてたしなめた。

「噂《うわさ》をすれば影といいますさかいなあ」

ぺろっと舌を出し、喜六は首をすくめた。

下代とは江戸時代、近郷の村民が訴訟のため城下や陣屋、代官所在地などに出たとき宿泊する〈郷宿《ごうやど》〉の手代を指す言葉だった。

だがいつの間にか、公事宿の番頭をこう呼ぶようになっていた。

二人は口を閉ざし、そろって帳場でそれぞれの仕事をはじめかけた。

そのとき鯉屋の表から、子どものわめき声がひびいてきた。

「やい、このど阿呆《あほ》。わしをなんで公事宿なんかに連れてくるんじゃ。どうせやったら、町奉行所か六角の牢屋敷へでも連れて行き、そこのお牢にぶちこんだらええやないか」

「こいつ、減《へ》らず口ばかり利《き》きおってからに。わしがど阿呆やったら、てめえは大阿呆じゃ。まだ餓鬼《がき》のくせしてからに、しゃらくさい口を利きおって。まあちょっとは考えてみいな。てめえみたいな餓鬼を、町奉行所や六角のお牢にぶちこんでおけへんやろ。少しはこっちの身にもなって思案せんかい」

「へえっ、えらく思いやりがあるのやなあ。わしは今更そんな慈悲をかけてもらわんでも、奉行所のお白洲《しらす》へでもどこへでも行くつもりやわい。さては公事宿の座敷牢に、わしを入れるのやな」

「そうでもせな、てめえは逃げてしまうやろ」

鯉屋の表で揉み合っているのは、田村銕蔵《てつぞう》の配下・福田林太郎の手下《てか》を務める松五郎と、まだ十歳前後の小童《こわっぱ》だった。

童は罪人のように後ろ手に縛られ、その縄尻を松五郎が握っていた。

「わしはお奉行さまにやったら口を利いたるけど、十手持ちはもちろん与力や同心、ましてや公事宿の主《あるじ》や下代なんかに、なにもいわへんで。それでもええんやったら、どうとでも勝手にせいや」

「こいつ、横着なことばかりほざきおってからに。さっさと中に入らんかい」

蝮《まむし》の異名を付けて呼ばれる松五郎は、その小童を、よほど手こずりながら鯉屋に連れてきたらしい。最後には分別を忘れ、怒鳴り声になっていた。

店の外から二人が、荒々しく転がりこむように入ってきた。

吉左衛門も喜六も、すでに床に立ち上がっていた。

奥の台所に通じる土間の端から、鶴太と小女《こおんな》のお与根が、不安そうにのぞいている。

「これは松五郎はん、どないしはったんどす。そんな小さな子どもに縄を掛けはって、なんどすのや」

子どもは松五郎にひどく抵抗したとみえ、粗末な膝《ひざ》切りの前がはだけ、髪もざんばら、土まみれであった。右膝を擦《す》りむいており、血がにじみ出ていた。

「鯉屋の吉左衛門はん、そないいわはったかて、この小童、そうでもせな、逃げ出しよるからどすわ」

「そやかて、そうまでぎゅっと縛らんでもよろしゅうおすがな。その子が痛がってまっせ」

喜六も子どもの姿に哀れを覚え、松五郎に非難の声を浴びせつけた。

二人から同情の声をかけられ、張り詰めていた気持をふと緩ませたのか、子どもの気勢が少し萎《な》えた。一瞬、哀しそうな色が顔をかすめた。

だがそれはすぐ拭《ぬぐ》い取られ、また勝気な表情が、土で汚れた顔にぐっとのぞいた。

「そやけど吉左衛門はんに喜六はん、この餓鬼を一目見たら、どないにもならんのがわかりますやろ」

「そら、わからんこともありまへん。けどなにしろ相手は、まだ子どもどすがな。お奉行さま以外には口を利いたらへんと、この子は叫んでました。それで鯉屋の座敷牢に入れるため、引っ張ってきはりましたのかいな。いったいこの子がなにをしたんどす。まあそれはあとでゆっくりきくとして、ともかく後ろ手に縛った縄を、解《ほど》いて上げとくれやすな。おまえ、名前はなんというのえ。わたしはこの公事宿鯉屋の下代で吉左衛門、ここにいてるのは手代の喜六どす」

吉左衛門は膝を折り、床近くに立つ子どもに、優しげな声でたずねかけた。

「わしは修平いうのや。修は修学院の修、平は平等院の平やわ」

かれはふてくされた口調で答えた。

「修平いうんかいな。そらええ名前やなあ」

「松五郎はん、さあこの子の縄を解いて上げとくれやすな」

吉左衛門につづき、喜六がかれをうながした。

「全く手こずらせおってからに。やいこの糞《くそ》餓鬼、今度逃げ出したりしたら、優しい言葉をかけてくれはったこの下代はんたちを、困らせることになるんやで。そのつもりでいてるこっちゃ」

「へん、大きなお世話じゃ。それくらいおまえにいわれんでもわかってるわい」

「吉左衛門はん、これやさかい、どうにもならんのどすわ」

「なにをおいいやすのやな。修平はんのいわはる通りどすがな。ようきき分けてはるのとちがいますか」

名前を名乗るについて、洛北の修学院と宇治の平等院を挙げた修平に、吉左衛門は好感を抱いたようすだった。

松五郎がかれを縛った縄を解き、それを、肘《ひじ》と手を使ってくるくる巻いている。

そばで修平は、両の手首を互いの手で撫《な》で、つぎには肩を動かし、身体をほぐしていた。

「鶴太にお与根、そんなところからこっちをうかがってんと、早う修平はんを風呂場に連れていき、身体に付いた土を洗い流してあげてんか。ついで鶴太、大きくてもええさかい、おまえのきものを一枚、貸して上げなはれ。擦りむいた膝小僧の手当もせなあきまへん」

吉左衛門にいわれ、すぐ鶴太が修平のそばに走り寄ってきた。

お与根は急いで湯でも沸《わ》かすつもりなのか、台所のほうへ駆けこんでいった。

「さあ、こっちにおいでなはれ。修平いうんやったなあ。十手持ちの松五郎はんがどういわはったかて、下代の吉左衛門はんや手代の喜六はんが付いてはるさかい、悪いようにはしはらへんわ。わしは鶴太、この店の丁稚《でっち》やけど、わしもおまえの敵ではあらへんでえ。わかってるわなあ」

鶴太に手を引かれ、修平はおとなしく土間から台所に消えていった。

「やれやれ松五郎はん、あの小童がなにをしたんどす。少々腕白そうどすけど、自分の名前をしっかり名乗ったことからして、そう無茶をするとは考えられしまへん。こっちに上がり、わけをきかせておくれやすか」

松五郎は意外におとなしく台所に消えていく修平の後ろ姿を、呆然《ぼうぜん》と見送っていた。

へいと間の抜けた返事をし、帳場に上がりこんできた。

かれの女房はお勝といい、三条東洞院《ひがしのとういん》の近くで、髪結い屋を営んでいた。

松五郎が蝮と異名されるのは、これはと思った事件や人物を、執拗《しつよう》に追いつづけるからだった。町奉行所の与力や同心、また同役の中では仕事熱心、町の人々の間では、相談甲斐《がい》のある十手持ちだと頼りにされていた。

「吉左衛門はんは、なんやわしを悪者扱いしてはりますのやなあ。あの小童を捕らえようとしたら、手も付けられんほど暴れて逃げようとしたさかい、仕方なく縛ったままでどすわ。それにあの悪態、きこえてましたやろ」

かれは迷惑そうに眉をひそめた。

「あの坊主の利かん気、店の中できいてました。それでなにがあったんどす」

「えらいことなんどっせ。町奉行所から福田の旦那のお供をして、わしらが御所八幡の前を通りかかったんどすわ。そしたら高倉通りの上から、立派な葬列がやってきました。喪服姿のお人たちが、三十人ほどしたがってはりましたやろか。寝棺には金襴《きんらん》がかぶせられ、葬列は御所八幡町の米屋・松野屋から出たもの。松野屋の前には、葬式飾りが仰山《ぎょうさん》並んでましたわいな。ところが金襴をかぶせられたお棺に、いきなり石が投げ付けられたんどす。最初に投げたのはあの利かん坊主。あとにばらばらと見物人の中から投石がつづき、葬列はわやくちゃどすわ」

「葬列に石が――」

「お棺に石が投げられたんどすかいな。そら、あんまりどすなあ」

吉左衛門と喜六は、松五郎の顔を啞然《あぜん》として見つめた。

「そうどっしゃろ。石を投げる物にもこと欠いて葬列、お棺にどっせ」

松五郎は憮然《ぶぜん》とした表情でつぶやいた。

御所八幡町は御池通高倉東入ル、京の町のほぼ中央に位置した。

『京町鑑』には「御所八まん丁」とあり、『坊目誌』は「御所八幡ノ社此地あり故に名《なづ》く。御所とは足利氏第を云ふ。其《その》鎮守たる八幡ノ社なり」と記している。

江戸時代の初期、この町内には茶湯者《ちゃのゆしゃ》として有名な金森宗和が住んでいた。

「あの修平という坊主、お棺に石を投げ付けるとは、なんちゅう無茶をしよりますのや。下代はん、つい同情しましたけど、ひょっとしたらわたしらも、甘い顔をしてられんかもしれまへんなあ」

「喜六はん、そない急に態度を変えんときなはれ。小童はここのお店にきてから、おとなしゅうしてますさかい。福田の旦那とわしは、最初に石を投げ付けおった餓鬼を追って引っ捕らえ、まだ葬列に石を投げつづけてる老若男女十人ほどを、怒鳴り付けて追い散らしました。それで福田の旦那が、こういわはったんどす。お棺に最初に石を投げたのは小童。されどこれには、なにかわけがありそうじゃ。小童を町番屋に預けて理由を糺《ただ》すわけにもまいらぬ。されればとて、町奉行所や六角の牢屋敷にともなうのも大人げない。とりあえず、鯉屋の座敷牢にでも預かってもらおうとどすわ」

「へえ、そうどすかいな。それで福田さまはどないしはりました」

「あとに残り、界隈で事情を探ってはりますわ。それにしてもあの小童をここまで連れてくるのは、そら大変どしたで。初めは手を摑んで引っ張ってました。けど見とくれやす、わしの右手首。いきなり嚙《か》みつき、逃げようとしましたさかい、追って捕らえ、やっと縄をかけたんどす。全く猿みたいにすばしっこい奴どすわ」

「そら、往生しはりましたやろ。そやけど葬列の棺に石を投げ付けるいうのは、容易なことではありまへん。悪戯《いたずら》にしても度が過ぎてますわなあ」

「福田の旦那によれば、あの小童が最初に石を投げただけで、あとに立派な大人が、同じ行為をつづけている。仏によほどの恨みがあるのだろうとのことどすわ。わしもそうではないかと、一応、思うてますのやけど――」

松五郎は言葉を濁し、鯉屋の奥に耳をそばだてた。

水音が大きくひびいている。

女主・お多佳の指図する声もとどいてきた。

「松五郎はん、心配しはらんでも、鶴太やお与根だけではなく、お店《たな》さまもあの子の面倒をみてはります。そんなに悪い小童とも思われしまへん。もう逃げたりしまへんやろ」

「そやけど下代はんに松五郎はん、お奉行さまにやったら口を利いたるけど、十手持ちはもちろん与力や同心、ましてや公事宿の主や下代なんかに、なにもいわへんでというのは、穏やかではありまへんなあ」

「そこどすねんやわ――」

松五郎は腕を組んで首をひねった。

三人が帳場でふと黙りこんでいると、中暖簾をかき分け、お多佳が姿を現した。

「これはお店さま、なにかありましたやろか」

吉左衛門が腰を浮かしてたずねた。

「いいえ。そやけどあの子、意地っ張りな変わった子どすなあ。身体を洗うて鶴太の古着を着せてやると、自分からさっさと座敷牢に入っていき、その中でお与根から、膝小僧にできた傷の手当を受けてます。気持をほぐしてやろうとうちが笑いかけても、にこりともしてもらえしまへん」

「鯉屋のお店さま、えらいご面倒をおかけしました」

「松五郎はん、きつう手荒をしはったのでありまへんやろなあ。あんな小ちゃな子に無体《むたい》をしはったら、うちが承知しまへんえ」

お多佳が珍しく柳眉《りゅうび》を逆立てていた。

「お店さま、それこそ無体どっせ。文句がおしたら、福田の旦那にいうとくれやすな。わしはお指図にしたがったにすぎまへんさかい」

「松五郎はん、うちもちょっとお調子に乗って、いわせてもろうただけどす」

急に表情を和《なご》ませ、お多佳がかれに笑いかけた。

二

「おもろい（面白い）ことどすわ」

喜六が奥のほうにちらっと目を這《は》わせ、帳場でつぶやいた。

「喜六、なにがおもろいのどす」

昨夜、鯉屋の源十郎は、出先から遅くにもどっていた。正午《ひる》近いこの時刻、店の表に顔をのぞかせ、中暖簾のそばから立ったまたずねかけた。

宿預《やどあずけ》として鯉屋に託された小童の一件は、簡単な経過をすでにきいていた。

「御所八幡町の界隈で、米の値段がちょっと安うなってるそうなんどす。松野屋だけではのうて、どこの米屋でも一升について十文ほど、値下げしているといいますわ」

喜六に代わって答えたのは吉左衛門だった。

「なんと、それはおもろいどころではありまへんなあ。座敷牢でぶすっとしている修平とかいうあの坊主の悪さが、おそらくそうさせたんどっしゃろ」

「旦那さまもそう思わはりますか。葬列の棺に石を投げ付けられては大変。米屋たちにしてみれば、我が店が案じられますさかい。貧乏なお人たちの機嫌を、ちょっとでも取っておこうと考えたんどっしゃろ。長屋の子どもの修平が、どないしてあんな乱暴をしたのか、いまのところまだわからしまへん。けど米屋や質屋は、貧しいお人たちからいつも恨まれてますさかい、火付けや打ち壊しにでも遭《お》うたらかなわんと、先手を打ちましたんやろ」

喜六が苦笑を交えていった。

「その日その日を稼ぎ、やっと食べているお人たちにとって、米や麦が一文でも安うなるのは、うれしいことどす。どこの米屋でも、これまで頭の高い商いをしてきましたさかいなあ。

きのうの夕刻、福田さまが松五郎はんともども店に立ち寄られ、嘆いておいでになりました。座敷牢にいるあの小童が、棺に石を投げたのに誘われ、ばらばらと投石をした老若男女がいたのは確かだ。だが御所八幡町の界隈で、松野屋の評判をきいて廻ると、当人たちを番屋に引っ張り、不埒《ふらち》のかどで咎《とが》めるのも、はばかられるとのことどすわ。松野屋では、米の升目《ますめ》をごまかして売ってたといいます」

「そない強欲《ごうよく》な米屋、誰かが一つ石を投げたら、わしもという気持になりますやろ。福田さまはそこをご斟酌《しんしゃく》されたのどっしゃろ」

吉左衛門に喜六がつづけた。

店の隅に置かれた小机にむかい、手代見習いの佐之助《さのすけ》が、帳面を繰ってはなにか書き出している。そのかれをはじめ、丁稚の正太と鶴太が、三人のつぎの話をそっとうかがう気配であった。

「あんな小さな子どもの行いが、意外に大きな波紋を呼ぶもんなんどすなあ」

「米屋はそれぞれ、どこか後ろ暗い思いを持ってますのやろ。これが京の町全体に穏やかに及んでいけば、それはそれでようございます。けど旦那さま、思いがけない荒々しい事態には発展せんようにと、わたしは切に願うております」

「ほんまにそうやわなあ。米の値段もひどく高いわけではなし、御所八幡町の界隈だけで、ひっそり終わってほしおすわ。大きな騒動になってしまうと、奉行所でも子どもとはいえ、あの子と父親を咎めななりまへん。それは福田さまの本意ではありまへんやろ」

「福田さまは組頭の田村銕蔵さまにも事情を打ち明け、できれば穏便《おんびん》にことをすませたいともうしておられました」

吉左衛門はいくらか沈痛な表情であった。

いま座敷牢に預かっている修平は、御所八幡町に近い扇屋町の裏長屋に住む人足・七造の息子だった。

室町時代、足利尊氏はこの扇屋町に館を築いていたのである。

きのう福田林太郎は、父親の七造から事情を聴取するため、夕刻までかれの帰宅を待っていた。

だが七造はここ数日、頼まれて奈良まで出働きに行っていると、長屋の女たちに告げられ、やむなく引き上げてきたのであった。

「修平ともうす童は、いかなる子どもか教えてほしいのじゃが——」

かれがたずねても、女たちは詳細を語らない。母親が三年前に死んだことと、去年の末、姉娘の於《お》さんがどこかへ奉公に行ったことを、短く話題にしただけであった。

誰もがなにかを隠して口をつぐんでいる。

修平が松野屋の主・十左衛門の棺に石を投げた一件は、みんなすでに知っており、一様に修平は、近所の童たちから頼りにされる利発で良い子だといっていた。

「松野屋十左衛門の棺に、修平が石を投げたについては、強欲な米屋への恨みはともかく、明らかにただの悪戯ではなさそうじゃ。子どもの行いに大人が付和雷同《ふわらいどう》するとは笑止の沙汰《さた》。だがこれにもまたなにかの理由があろう。修平が自らすすんで座敷牢に入っていったとは驚きじゃが、まあ今夜は旨《うま》い物でも食わせ、ゆっくり休ませてやってもらいたい」

林太郎は吉左衛門や喜六、お多佳にくれぐれもと頼み、東町奉行所にもどっていった。

「下代はん、お牢の錠前をかけてはりまへんやろ」

表で林太郎と松五郎を見送り、帳場に坐りかけた吉左衛門に、鶴太がたずねかけてきた。

「ああ、かけてしまへん。あの子に厠《かわや》へは、潜《くぐ》り戸を勝手に開けていきなはれというてあります」

「さすがに鯉屋の下代はんや」

「鶴太、おまえ調子のええことをいうて、わたしをからかうと承知しまへんえ」

「へえ、そこのところは堪忍《かんにん》しておくれやす。ついでにもう一つどすけど、これは佐之助はんにも相談したうえでのお願いどす。今夜、わしと正太の二人を、座敷牢の中に布団を敷いて、あの子といっしょに寝させていただけしまへんやろか。十歳足らずの子どもを、座敷牢で独り寝させるのも、問題やと思われしまへんか」

「おまえはええことをいうのやなあ。福田さまからお預かりしたあの子になにか起こったら、菊太郎の若旦那さまからきつう叱《しか》られますわなあ」

「わしを褒《ほ》めておくれやすけど、これは佐之助はんや正太と相談してのお頼みどす。お与根はんが、夜は双六《すごろく》でもして遊んでやったらどうえというてはりました」

「座敷牢の中で双六かいな」

「へえ、おもろそうどっしゃろ」

鶴太はいまから牢内での夜遊びを期待してか、明るく笑った。

双六とは、各自がさいころを振り、そこに出た数で区画から区画へと駒《こま》を進め、上がりの早さを競う遊びをいう。

新聞紙大の刷り物に、太い線と円で記された宿場の名前。富士山、大井川、木曾川、さらに琵琶湖も大きく描かれている。

江戸・日本橋から東海道五十三次を西へ競い、京で上がりとする双六遊びが一般的だった。

「そらおもろいやろうけど、なんや大人が牢屋の中で、丁半博打《ちょうはんばくち》をやるのに似てますなあ」

「お店さまが、ただ上がり双六をするだけではつまらないやろう。飴玉《あめだま》を差し入れて上げますさかい、それを賭《か》けて遊びなはれと、いうてくれはりました」

「おまえたちは、もうお店さまを抱きこんでいるのかいな」

吉左衛門は自分の返事を待ち構えている佐之助や正太たちを、笑って睨《にら》みつけた。

「下代はん、大きな声ではいわれしまへんけど、あの子と双六遊びをしながら、どうして松野屋の大旦那の棺に石を投げつけたのか、軽く鶴太たちにきかせてみるつもりでいてますのや。修平いう小童、よっぽど強情らしく、泣き顔も見せんと、むっとして座敷牢の中に坐ってます。けど鶴太や正太が、遊びながらそれとなくたずねたら、ぽろっととんでもない事情を明かすかもしれまへん」

「なるほど、それはええ思案どす。相手が子どもだけに、いくら強情でもふと漏らすかもわかりまへんわなあ」

　こうして鯉屋では、夕膳の皿に〈めばる〉の煮付けが盛られ、吸い物は若布《わかめ》、漬物は赤かぶ漬となった。

　鶴太と正太の膳は、座敷牢の中に持ちこまれ、修平と三人で食べた。

「若布の吸い物、おいしいおすやろ。お代わりやったら、まだありますのえ」

　お与根がお盆をたずさえ、台所から座敷牢をのぞきにきた。

　三人のかたわらには、炊きたての御飯を入れた御櫃《おひつ》が置かれていた。

　狭い座敷牢の中には、太いろうそくが三本も点《とも》され、まぶしいほどだった。

　食事がすむと、鶴太と正太は早速、双六の紙を大きく広げた。

「飴玉は二十個。こっちの六つは、舐《な》めながら遊ぶ分どす。三人のうち誰が、一番多く飴玉を取りますのやろ。喧嘩《けんか》せんとしなはれや」

　琥珀色《こはくいろ》の飴玉を持ってきたのはお多佳だった。

「すんまへんお店さま、今夜は修平のお陰で、わしら盆と正月がいっしょにきたみたいどすわ」

「そら、よろしゅうおしたなあ」

お多佳は正太にうなずき、修平をちらっと眺めたが、かれの顔付きはまだ硬く強張《こわば》ったままだった。

下代の吉左衛門は座敷牢のようすをうかがうため、近くの長屋にももどらず、帳場に坐っていた。

「鶴太はんと正太はんが、ときどきあの子に話しかけてはります。けどあの子は黙々とさいころを振るだけで、なにもいいしまへん。そやけど手許には、飴玉がもう七つもありますのえ。あの調子どしたら、飴玉の大半を取られてしまいますやろ。二人ともほんまにどじとしかいいようがありまへん」

お与根が吉左衛門のそばにきて、小声で愚痴った。

「修平は与力や同心、ましてや公事宿の主や下代なんかに、なにもいわへんでと、いうてたんやさかい、まあ諦《あきら》めな仕方ないのかもしれまへん。下代はんに喜六はん、わたしの浅知恵どしたわ」

佐之助が暗い顔で、吉左衛門と喜六につぶやいた。

「そない功をあせらんでもええがな。子どもを座敷牢に入れたまま、一人で夜をすごさせんよう計ろうた知恵だけで、上出来やわいな。一晩、ゆっくり遊んで寝たら、あの子の気持もほぐれるかもしれまへん」

吉左衛門が佐之助を慰めているとき、主の源十郎が出先から店にもどってきたのである。かれに早速、ことの次第が伝えられた。

「それにしても葬列のお棺に石を投げつけるとは、いったいなんでどっしゃろ。仏に鞭打《むちう》つ行為どすさかい、よほど深い仔細がありますのやろなあ。福田の旦那も大弱り、松五郎はんも手こずりましたやろ」

「相手が子どもだけに、叩くわけにも蹴飛《けと》ばすわけにもいかんと、松五郎はんが嘆いてはりました」

「まあそのうち親父はんの口から、なにかわかりますわ。正太と鶴太は多分、代わる代わる眠るつもりでいてますやろけど、今夜はわたしも、座敷牢に気をつけさせてもらいまひょ」

それから吉左衛門は近くの長屋に帰り、鯉屋は夜の帳《とばり》に包まれたのであった。

「寒うないか。風邪を引いたらあかんさかい」

「厠に一人で行けるかいな。怖かったら、付いていったるで――」

「怖いことなんかあらへんわい」

鶴太と正太の声、それにはっきり返事をする小童の声をききながら、源十郎は眠りについたのである。

翌日、御所八幡町界隈の米屋が、早速、米を安く売り出しているときかされたのは、寝耳に水も同然の出来事であった。

「いまちょっとお牢の中をのぞいてきたけど、棺に石を投げ付けるような悪餓鬼には、見えしまへんなあ」

「旦那さま、そうどっしゃろ。先ほどお与根が大事な預かり人やさかいと、櫛《くし》で髪を梳《す》いてやってました。そしたらお姉ちゃんおおきにと、お礼をいうたそうどすわ」

「あれはなにかをぐっと嚙みこらえている顔どす。一寸の虫にも五分《ぶ》の魂いうところどっしゃろ」

「一寸の虫にも五分の魂か。わしにもさような魂が、残っているであろうかなあ」

源十郎が思案の吐息をついたとき、いきなり田村菊太郎の声がひびいた。

ここ数日、法林寺脇のお信の長屋に居つづけていたかれが、右肩に大きくふくらんだ袋をかつぎ、鯉屋にもどってきたのだった。

「これは菊太郎の若旦那さま――」

「朝帰りではなく正午帰り。そんなさまでは、五分どころか一分の魂もなかろうと、もうしたいのであろうが——」

「またよう平気でいわはりますわ」

源十郎が眉をひそめてつぶやいた。

「若旦那さま、肩にしはった袋はなんどす」

荷物を受け取るため、吉左衛門が近づいた。

「これは米じゃ。御所八幡町の松野屋ともうす米屋で買うてきた。良い米を安く売っているとかで、あちこちの米屋は大盛況じゃわい。その仔細は銕蔵からの使いを受け、もうきいておる。童は修平ともうすそうじゃな」

「はい、みなさまを相当、手こずらせているようでございます」

「手こずっているのは、童のほうかもしれぬ。大人どもはどうしてこうも理《ことわり》がわからぬのだろうとなあ。公事宿とはもうせ、お牢はお牢。そんな中に入れられ、誰が自分の気持を素直に明かそうぞ。さような者は、不心得をいたした奴だけよ。まあどんな童か、これから見てつかわすが、よほど根性をそなえた奴に相違ないわい。わしがその修平を連れ出し、堀川か鴨川縁《べり》にでも釣りにまいる。お与根に握り飯でもこしらえさせてもらいたい」

菊太郎の言葉をきき、吉左衛門がぱっと顔を輝かした。

源十郎はなるほどといいたげな表情だった。

三

川の対岸を荷駄車《にだぐるま》が行き交っている。

うららかな陽射しが、堀川の水面にきらめいていた。

二条城の東を流れる堀川は、鴨川ほど川幅は広くない。だがそれでも北の賀茂川や大小の河川の水を集め、雨期には相当な奔流《ほんりゅう》となる川であった。

江戸時代初期まで、下流の淀川から荷積船が、町中まで引き上げられてくるほどだった。

「お侍さまはあの公事宿でなにをしてるねん」

修平はまだ落ち着かないようすで釣り竿《ざお》をにぎり、並んで腰を下ろす菊太郎に、ちらっと目を向けた。

そばには鶴太が、神妙な顔でひかえている。修平の警戒心を、少しでも解くためだった。

「わしか、わしなら鯉屋の居候《いそうろう》のつもりじゃが、主の源十郎やそこにいる丁稚の鶴太たちは、用心棒のように思うている」

「するとお侍さまは、腕が立つのかいな。わしにはなんや、あんまり強そうに見えへんけど——」

「そうだな。まことをもうせば、腕自慢のほうではない。世間には滅法《めっぽう》腕の立つ武芸者は、数多くいるのでなあ。用心棒というより、居候が分相応であろうよ」

「そやけど店の居候を、みんなが若旦那さまと呼び、大事にするのは変なんとちゃうか。お侍さまはやっぱり用心棒なんやわ」

「おい修平、さきほどわしはそなたに、お侍さまと呼ぶなともうしたであろうが。お侍さまといわれると、背中がこそばゆくなる。わしの名前は田村菊太郎。菊太郎はんで結構じゃ。そなたの名前は修羅場《しゅらば》の修に、平気の平の修平。修学院の修に平等院の平もよい説明じゃが、この世は修羅場も同然。そんな世の中を平気な顔で渡っていく度胸も、持たねばならぬのだぞ。そなたが自分の名前を人にいうとき、誰がさよう説明したらよいと教えてくれたのじゃ」

菊太郎は釣り竿の糸を手許にたぐり寄せ、疑似餌《ぎじえ》を付け直しながらたずねた。

「わしにそういうたらええと教えてくれたのは、於さんの姉ちゃんや」

「於さんの姉ちゃんか。その姉ちゃんは賢い姉ちゃんのようだな」

菊太郎は修平に目を向けずにいったが、かれの顔に哀しげな表情が浮かんだのを、そばに腰を下ろす鶴太は、見逃さなかった。

「修平はん、ほら鮎《あゆ》が食ったんとちゃうか――」

鶴太の声で、修平は急いで釣り竿を高くかかげた。釣り糸の先で、小鮎が銀鱗《ぎんりん》をきらめかせていた。

「やったあ、これで六匹目や」

「わしはまだ四匹。そなたのほうがわしより釣りがうまいとは、まいったわい」

「菊太郎のおっちゃん、ゆうべ鶴太はんたちと双六をやって勝った飴をやるさかい、それを舐めながら釣ったらええねん。わしは縁起をかついでそうしてるのや」

「おおそうか。では飴玉を一つわしにくれい」

菊太郎にうながされ、修平は懐《ふところ》から竹皮包みを取り出して広げ、琥珀色の飴玉を摘まみ上げた。

「これは菊太郎のおっちゃん、もう一つは鶴太の兄ちゃん。どうぞ食べてくんなはれ」

「おおきに——」

鶴太も素直に手を差し出した。

「子どものそなたから、大人のわしが飴玉をもらって頬張《ほおば》るとは、あまり人に見られたくないざまじゃな」

菊太郎は苦笑して飴玉を口に入れた。

そんなかれの人柄が、頑《かたく》なになっていた修平の気持を、すっかり解きほぐしたようだった。

「修平はん、菊太郎の若旦那さまが堀川へ鮎釣りに行こかというてはるさかい、いっしょに連れてってもらおか――」

遅い朝食をすませ、座敷牢の中にぽつねんと坐っていたかれを誘い出したのは、鶴太であった。

「菊太郎のおっちゃん、強がりをいうたかて、そら仕方ないがな。鮎を仰山釣っているのも、飴玉をやったのも、わしなんやさかい。飴玉を上手に食べる方法を知ってるか――」

「そんな方法があるのか」

「そら、なんでも方法があるわいさ。飴玉は噛んでしもたらあかんのや。すぐなくなるさかいなあ。飴玉はゆっくり舐め、甘いのを味わうもんなんやわ。一つの飴玉をじっくりしゃぶっていると、一刻《いっとき》（二時間）ほど保《も》つねんで」

「よいことをきいた。すると飢《う》えたとき飴玉を舐めていれば、飢えを癒《いや》せるわけじゃな」

「飴玉一つ、上手に食べる方法も知らんとは驚いたわ。もっともこれは、長屋住まいの貧乏人の子どもの食べ方やけどなあ」

修平は釣り上げた鮎を鉤《はり》からはずして魚籠《びく》に入れ、疑似餌をまたととのえた。

昨夜、かれは鶴太のきものを着ていたが、今日はちがっていた。

お多佳が急いでどこかで手に入れてきた身丈の合った紺絣《こんがすり》の膝切り姿、真新しい藁草履《わらぞうり》をはいていた。

「修平はん、鮎がよう釣れますなあ。天気も良うて、今日はなんや楽しいわ。飴玉ももろうたさかい」

鶴太が青く晴れ上がった空を仰ぎ、心底からの気持をつぶやいた。

東の空に東山がなだらかに連なり、その左手に比叡山が大きく聳《そび》えている。

「楽しいには楽しいけど、これからわしは、いったいどうなるのやろうなあ」

修平は急に顔色を曇《くも》らせ、哀しそうな表情になった。

「修平、わしはいったいどうなるのやろうとは、いかなる意味じゃ」

「そない偉そうに問わはらんでも、菊太郎はんにはわかってますやろ。わしは病んでくたばりおった松野屋十左衛門の爺《じじい》の棺に、石を投げ付けてやった。そのうえ、わしを捕らえようとした町奉行所の同心の臑《すね》を蹴飛ばし、十手持ちのおっちゃんをさんざん手こずらせたあげく、右手にも噛みついた。みんな大変なことどっしゃろな」

かれは暗い顔でつづけた。

「それにしても、大人はものの道理がわかってえへん。わしは腹が立ってたまらんさかい、十左衛門の爺の棺に石を投げ付けてやったんや。子どものわしに出来る仕返しはそれくらいやわ。それでもわしの胸は、ちょっとも癒えてへんわい。町奉行さまやったら偉いお人やさかい、わしの気持をわかってくれはるかもしれへん。けど考えてみたら、偉い町奉行さまが、わしみたいな貧乏人の餓鬼の話を、きいてくれはるはずがないわなあ」

　しみじみとした声で嘆息した。

「修平、そなたはさようもうすが、町奉行さまとて見捨てたものではないぞよ。されど政治《まつりごと》や相談事ともうすものには、みんな手続きがあってなあ。公事宿とは町奉行さまのお裁きを受けるについて、一応、いたさねばならぬ手続きを、そなたみたいな者に代わって行う商いなのじゃ」

「揉め事を商いとしてとりなすからには、ただでというわけにはいかへんやろな」

「修平はん、それはちゃうで。問題によっては鯉屋だけではのうてどこの公事宿でも、銭のないお人の訴訟には、ただで手助けしてくれはります。鯉屋は特にそんな義俠心《ぎきょうしん》を持ってるお店どす」

　鶴太が真剣な表情でいいさとした。

「それにしても修平、葬列の棺に石を投げ付けるとは、そなた思い切ったことをしたものじゃ。仏の身内や参会者が激怒するのは当然。そなたが足蹴にした同心も、手首に嚙み付いた十手持ちも、子どものそなたをさような怒りから守るつもりで、公事宿に預けたとは考えられぬか」

「菊太郎はんからいわれたら、そうかもしれまへん。わしみたいな小汚い餓鬼を、お店のみんなは優しくしてくれはりました。そのうえわしの機嫌を取り、事情をきき出そうと、釣りにまで誘うてくれはってからに。わしには菊太郎はんの手の内ぐらい、読めてますわいな」

「ふん、勝手にもうしておれ。鯉屋やわしは、そなたの味方のつもりじゃが、そんなわしたちにも打ち明けられぬのなら、なにも話さぬでもよいぞ。だからといい、咎めたりはいたさぬゆえ、安心いたしておれ。畜生《ちくしょう》、また修平の鉤に鮎が食いつきおった」

菊太郎は気ぜわしく大声を上げた。

「菊太郎はん、わしが松野屋の爺の棺に石を投げ付けたのは、あの十左衛門の強欲が於さんの姉ちゃんを、強引に先斗町《ぽんとちょう》遊廓へ下女奉公にやってしまったからなんやわ。先斗町遊廓がどんなところか、子どものわしでもわかってる。下女奉公いうたかて、一、二年すぎたら、客を取らされるやろ。それも元はといえば、わしのちょっとした粗相《そそう》が原因。悪いことは認めるけど、あんまり無慈悲なんとちゃうか。寺の坊主や金持は、貧乏人のことなんか考えてもくれへん。わしが誤って蹴破った襖絵《ふすまえ》は、たいした絵でもなかったわい。わしがそのうち絵師になり、立派にまどしたろと思うたぐらいの襖絵やったわいな」

修平は急に顔を赤らめ、饒舌《じょうぜつ》になった。

まどしたろとは京言葉、弁償しようの意であった。

「姉さんが、先斗町遊廓へ下女奉公にやらされただと。寺の坊主だの襖絵だのともうし、いったいなにがあったのか、このわしに詳しくきかせてくれぬか。いずれもきき捨てにできかねることばかりじゃ」

菊太郎は釣り糸を堀川から手許に引きもどし、修平をうながした。

堀川の上流の岸に、濡れ布を山のように積んだ大八車《だいはちぐるま》が引っ張りこまれ、停められたところだった。

積まれた濡れ布は、染め上げられた友禅染。これから職人たちが、堀川の流れで糊落《のり》としの作業をはじめるのである。

こんな光景は、京の呉服所といわれる西陣に近い堀川では、日常に見られるものであった。

「去年の十二月末のことやけど、わしは近所の友だちと、寺町の本能寺さまで遊んでいたんや。みんな七、八歳から十歳。年が明けたらどこかへ、見習いや手伝いの奉公に行くと、決まっている者ばかりやったわいな。わしは絵を描くのが好きやさかい、お父はんに町絵師の許へ奉公したいとせがんでたんや」

本能寺は織田信長が明智光秀に討たれた寺として有名。大小の寺が建ち並ぶ寺町筋でも、特に大きな伽藍《がらん》をそなえ、寺域はほぼ押小路通りから姉小路通りにまでおよんでいた。

東は河（川）原町通り。御池通りも姉小路通りも、本能寺の西側から西にのびているほどの大寺だった。

もっともここに位置する本能寺は、信長が憤死した寺ではなく、同寺はもとは四条坊門西洞院《にしのとういん》に営まれていた。

兵火で焼失したあと、再建途中、豊臣秀吉の都市計画に応じて現在地に移り、天正二十年（一五九二）、本堂・大書院・祖師堂などを完成させたのであった。

同寺は本門法華宗の本山。卯木山《うきさん》といい、本尊は十界大曼陀羅《まんだら》。天明八年（一七八八）の大火で堂宇の大半を焼失させたが、それでも塔頭《たっちゅう》のいくつかは残り、再建も早く、寺町筋では隆盛を誇っていた。

当日、修平たちは間もなく別れ別れになる友だち十人ほどと、広い境内《けいだい》で遊んでいた。

そのうち仲間の幹太と勝次が、ささいなことから喧嘩をはじめ、勝次に殴られた幹太が、塔頭の一つに逃げこんでいった。

境内に僧侶や参詣者の姿はなく、閑散としていた。

「おい、止めといたれや」

修平やほかの友だちは、幹太を追って塔頭に飛びこんでいく勝次を制しようとした。

かれらが追いついたとき、二人は再び組んでは離れ、広い畳敷きの部屋で殴り合っていた。

そんな子どもたちのまわりには、濃彩《のうさい》の襖戸がずらっと立てられていた。

「止めとけいうたら、止めんかい」

みんなの中で一番年嵩《としかさ》になる修平が、勝次の背を両手でぐっと摑んだとき、どうしたことか修平の身体が、背中から襖戸の一枚に倒れこんだ。

ばりっと襖が破れ、音を立てて倒れた。

修平は倒れた襖絵の上に尻餅《しりもち》をついていた。

「誰じゃ、悪さをするのは——」

このとき奥から大声がひびき、中年すぎの僧侶が、荒々しい足取りで現れた。

「おのれら、なんということを。大切にされてきた狩野探幽《たんゆう》さまの襖絵を、無造作に破りおってからに。ただではすまされぬぞ」

かれに一喝《いっかつ》を食らわされ、修平たちは身体を縮めて坐りこんだ。

塔頭の名は大住院、院主は日観といった。

狩野探幽は徳川幕府の御用絵師として有名。宗家の中橋狩野家を末弟の安信に継がせ、次弟の尚信に木挽町《こびきちょう》狩野家を興させ、自分は鍛冶橋《かじばし》狩野家として、二家ににらみを利かせた。

武家の好みに応じた画体を確立して狩野家繁栄の基礎を築き、淡泊な水墨画から桃山様式の濃彩画まで描き、画域は広かった。

当然、修平たちが破った襖絵は、値付けができないほど高価な品とされていた。

詫《わ》びや修復をどうするかが、大きな問題になった。

「それは探幽さまがお描きやした大変な襖絵かもしれまへん。けど子どもたちはわざと損じさせたんではなく、誤って破ってしまったんどす。腕のええ表具師に委せたら、元通りきれいに直してくれるのとちがいますか。どうか穏便にお願いいたします」

子どもたちが住む長屋の大家たちが、三人そろって相談をぶち、大住院に懇願《こんがん》して、院主は半ば承知してくれた。

だが院の大檀越《だいだんおつ》をつとめる御所八幡町の米屋・松野屋十左衛門が、しつこくからんだ。

「そやけどどれだけ腕のええ表具師に頼んだかて、あれほど破れていては、容易ではありまへんえ。修理には半年から一年、また十両近い金が要《い》りますやろ。その金を誰が出すんどす。一番簡単ではっきりしているのは、事情はどうあれ、破いた当人の親が弁償することどすなあ。あれこれ泣き言を並べんと、そうしてもらいまひょか」

強引な十左衛門の要求に応えるため、十三歳の修平の姉・於さんが、五年の年季奉公に出ることになり、修復費七両を、十左衛門に支払ったのであった。

「わしがへまをしたさかい、お姉《ねえ》は先斗町へ年季奉公に行かされてしもうたんや。お父はんはお姉を一日も早く奉公先から取りもどすため、ろくに長屋にももどらんと、働きつづけてはる。わしは銭さえまとめてくれはるんやったら、どこへでも奉公に行きたいわい。強欲な十左衛門が寝付いて死んだとき、天罰がくだったんやと思うたがな。あの松鷹図の修理に、七両もかかるとはどうしても思われへん。世間では七両のうち五両は、十左衛門が懐に入れたに決まってると噂している。そやけど子どものわしにできるのは、爺の棺に石を投げ付けてやることぐらいや」

修平は涙声になっていた。

堀川の水が濁りをおびてきた。

遠くで友禅洗いの職人たちが、勢いよく水面に染め布を叩きつけ、糊落としをはじめたのだ。

四

鯉屋の土間で修平が、鶴太に塵取《ちりと》りを差し向けていた。

「じ、十手持ちのおっちゃん――」

表の暖簾をはね上げ、松五郎が入ってくると、修平は箒《ほうき》を構える鶴太にかまわず、土間の奥にさっと逃げかけた。

松五郎の背後から、銕蔵と福田林太郎の姿がのぞいた。

「これは松五郎の親分さまに、鋏蔵の若旦那さま、おいでやす」

さすがに鶴太は落ち着いて挨拶した。

「おい小童、わしを見て逃げんでもええやろ。わしはおまえを、またふん縛りにきたわけやないわい」

松五郎が修平に笑いかけた。

「逃げるんやないわい。土間の掃除を手伝ってたけど、急に嫌になったさかい、座敷牢にもどろうとしただけやわ」

「この野郎、相変わらず減らず口を叩きおってからに――」

鋏蔵と林太郎が二人のやり取りに苦笑し、互いの顔を見合わせた。

事件から三日目になっていた。

「おい修平、おまえはやはり座敷牢の中にいるのじゃな」

「あのときのお侍さま、先日は膳を蹴飛ばしたり十手持ちのおっちゃんに嚙みついたりして、堪忍しとくれやす。一応、座敷牢で寝起きさせてもろうてます。けど夜はその鶴太はんと正太はんがいっしょに過ごしてくれはり、寂しいことはあらしまへん。昨夜は居候の菊太郎はんと、四人で寝て楽しおした」

「居候の菊太郎はんだと。こいつ知らぬとはいいながら――」

「松五郎、なにもうさぬでもよい」

　銕蔵がすかさずかれを制止した。

「へえ。そやけど小童、わしのことを十手持ちのおっちゃんと呼ぶのは、止めて欲しいわ。わしは松五郎。東町奉行所・同心の福田林太郎の旦那から、十手を預けられている親分なんやで」

「それやったら、わしのことを小童というのも止めてんか。親分やったら偉いのやろ」

「まあな。町のお人たちがこれのお陰で、わしにぺこぺこしてくれはるわ」

　かれは腰から朱房の付いた十手を抜き出し、修平にひけらかした。

「そいつで思い切りごつんとどづかれたら、わしみたいな子どもなんか、頭をかち割られて死んでしまうやろうなあ」

「そんなん、誰に対しても滅多にせえへんさかい、安心してたらええわ。わしの旦那かて同じやわいな」

　かれら二人と銕蔵は、修平がいかなる理由で松野屋十左衛門の棺に石を投げ付けたのか、すでにきいていた。

「松野屋のあとを継いだ若旦那の道太郎が、あの子のお咎めはどうぞご容赦《ようしゃ》くださりませ、仏の供養《くよう》のためにもどすと、わしにもうしておった。普通なら相手が子どもでも、その父親ともども厳しいお咎めをもとめてくるはずじゃ。この態度はおそらく、仏となった十左衛門の後ろ暗いところを、道太郎はよく知っているからにちがいない。ともあれ、さような仔細があるとはわしも驚いた。されば石を投げられて当然という気もするわい。御所八幡町界隈の米屋が、一斉に米の値下げをしたのは、松野屋がさよういたしたゆえ。若旦那の道太郎はこれらから考え、なかなか機を見るに敏な人物であろう」

鯉屋の下代・吉左衛門が、菊太郎の名代として、町奉行所を訪れた。かれから修平の事情の詳細をきき終え、銕蔵が林太郎に漏らした言葉だった。

「菊太郎の若旦那さまは、明日、本能寺の大住院を訪れ、念のため修平が破いた狩野探幽さまの襖絵を、ご覧になりたいともうされてます。できますれば、銕蔵さまや福田さまにも、ご同道いただきたいと仰せどすけど、そこはいかがでございまっしゃろ」

吉左衛門は町奉行所の役部屋で、銕蔵と林太郎の顔をうかがった。

「兄上どのはおそらく松鷹図を修理するのに、果たして七両もの金がかかったのかどうかを確かめるため、大住院にまいられるのであろう。公事宿鯉屋の名を出しても、襖絵を見せてもらえぬ場合を考え、われらに同道をもとめておられるのじゃ。東町奉行所の御用の筋からともうせば、大住院の院主も断るわけにはまいらぬでなあ。兄上どのには、是非お供つかまつると、もうし伝えておいてくれ」

きのうのこうした経緯《いきさつ》から、鋏蔵は林太郎と松五郎をしたがえ、鯉屋にやってきたのであった。

「鋏蔵の若旦那さま、お迎えにすぐ出てこんと、すまんことでございました」

にぎやかな表の声をききつけたのか、奥の客部屋から源十郎と吉左衛門が現れた。

「源十郎、いろいろ世話をかけてすまぬな」

「滅相もございまへん。あの子のお陰で店はにぎやか。わたしもええ勉強をさせてもろうてます。まあ、ちょっと上がっとくれやすか」

源十郎は鋏蔵たちを上にとうながした。

「兄上どのはどうしておられる」

「へえ、それがまだお休みでございます。朝、一度目覚められましたけど、ここは寝心地がよいともうされ、また座敷牢の中の布団に、もぐりこまはりました」

「兄上どのらしいな」

「きのうは修平と、堀川へ釣りに行かはりました。ご自分たちで釣った鮎の塩焼きが旨いともうされ、それを肴《さかな》に五合ほどお酒を飲まはりましたさかい、まだ酔いが醒《さ》めてへんのかもしれまへん」

板間に上がった鋏蔵たちに、お与根が早速、お茶を運んできた。

「お与根、お茶もありがたいが、座敷牢にまいり、兄上どのを起こしてきてもらえまいか。わしが林太郎たちときているともうしてな」

「へえ、そしたら菊太郎の若旦那さまに起きてきてもらいます」

鋏蔵に答え、お与根が立ち上がっていった。

差し料をつかみ、菊太郎が姿を見せたのはすぐだった。

「つい寝過ごしたが、鋏蔵、出かけようか。林太郎どのも松五郎もご苦労さまじゃ」

かれは立ったまま、鋏蔵をうながした。

「兄上どの、お顔は洗われましたか」

「いや、洗っておらぬが、これでは悪いか」

菊太郎は髷《まげ》についで頬を、片手で撫でた。

「悪くはございませぬが、お百ではあるまいし、いささか不都合に思われまする。お待ちしておりますゆえ、どうぞ洗うてきてくださりませ」

「そなたは義母上《ははうえ》さまのような文句を、わしにもうすのじゃな」

「当然でございましょう」

鋏蔵は両手を出し、菊太郎の差し料を受け取った。

「わたしもお寺へお供しまひょか」

源十郎のもうし出には、公事宿の主まで出張《でば》れば、先方が大袈裟《おおげさ》に考えようと、鋏蔵が断りをのべた。

ために四人は、菊太郎を先頭にして東の本能寺にむかった。

「天明の大火で多くのお寺が焼けたもんの、さすがに天下の本能寺さま。どこのお寺より立派に再建されてますなあ。そやけど山門脇に立つ石標には、本能寺と刻まれてます。あれはどないしてどす」

本能寺の能は、本来ならこう書くべきだが、石標には〈䏻〉と記されていたのだ。

松五郎がいつも胸に抱いている疑問を、菊太郎に率直に問いかけた。

お上《かみ》から十手を預かる身として、かれにも見栄《みえ》があり、これまで誰にもたずねられなかったのである。

「松五郎、それはよい質問じゃ。この寺はなあ、織田信長さまが四条坊門西洞院で明智光秀に討たれたとき炎上、そのあと天明の大火でも伽藍を焼いてしまった。本能寺の能の字のつくりには、ヒが二つも付いている。ヒは火ゆえ、この火を忌《い》んで、能の字を䏻としているのじゃ。されど能を䏻に変えて用いたとて、防火の用には立つまいよ。現にまことの火ではないが、本能寺塔頭の大住院には、尻に火が付きかけているわい。いくら狩野探幽の松鷹図とはもうせ、修復に七両もかかるとは、わしにはどうも解しかねる。修平の奴が、あれくらいの絵やったら、自分が絵師になってまどしたるともうしておった。わしにはあの言葉が、なにやら気にかかってならぬのじゃ。いささか思い当たる節《ふし》があってなあ」

「襖絵の話はともかく、本能寺の紘には、そんな縁起話があるんどすかいな」

松五郎が興味深そうな顔で、なおも菊太郎になにかたずねようとするのを、銕蔵がさえぎった。

「兄上どの、その思い当たる節とはなんでございます。おきかせ願えませぬか」

「いや、これはわしがふと思うただけのことで、まだ人に語る段ではない。いずれあとで話してつかわすが――」

菊太郎は銕蔵の問いを曖昧《あいまい》にはぐらかした。

本能寺はこのあとも元治元年（一八六四）、長州軍の木屋町薩摩屋敷砲撃で、不幸にも灰《かい》燼《じん》に帰した。現在の建物は昭和造営のものである。

塔頭の大住院には、福田林太郎が訪《おとな》いを入れた。

中年すぎの納所《なっしょ》坊主が現れ、院主の日観にすぐ取り次いでくれ、菊太郎たちは広い方丈に通された。

「拙僧が大住院の日観でございまする」

しばらく待たされたあと、初老の日観が襖を開いて姿を見せた。

四人がなんとなく想像していたような、毒気をそなえた法華僧ではなかった。

「本来なら京都所司代を通すべきところを、東町奉行所同心のそれがしどもに快くお会いくだされ、かたじけのうございます」

鋏蔵が平伏したのにつづき、あとの三人もそれにしたがった。

「いや、さよう面倒な手続きをへずとも、いずれどこからか、なにかの話がまいろうと思うておりました」

日観の言葉に、菊太郎や鋏蔵たちはいささか驚いた。

「それはいかなる意味でございまする」

鋏蔵が日観に膝をすすめた。

「米屋の松野屋十左衛門どのは当院の大檀越。弔《とむら》いの導師をつとめたのは拙僧。棺に石を投げ付けた小童が、当院の襖絵を破いた者であったと、松野屋道太郎どのからききおよんでおりもうす。さればなにかの沙汰《さた》があるものと、思うていた次第でございまする」

かれは鋏蔵の後ろに平服で坐る菊太郎が気になるとみえ、かれの姿をちらちらうかがいながら答えた。

「なるほど、棺に乱暴されるやら米の値下げやらと、御所八幡町の界隈では、松野屋の噂で持ち切り。されば当然じゃわな」

端座していた菊太郎が、いきなりあぐらに改めた。

「そのご仁はどなたさまでございます」

「田村菊太郎ともうし、それがしの異腹兄。されど京都所司代ならびに両町奉行から、特別な扱いで遇されている者にございます」

「されば目付《めつけ》衆と思えばようございますする」

「いかようにお考えくだされても、一向にさしつかえございませぬ」

「日観どの、そこでお願いの儀にございまするが、問題の小童が破いたともうす狩野探幽が描いた松鷹図を、拝見させていただけますまいか。七両の大金で修復いたしたもの。さぞや立派に直っておりましょうなあ」

「おお、まずはそれでございまするな。元通りになっておりまするが、あれくらいの修理で七両とは、拙僧もいささか不審に思うておりますわい。されど大檀越にすべて委せましたのでなあ。さあ、こちらにおいでくださりませ」

日観は菊太郎や銕蔵を案内するため、立ち上がった。

林太郎と松五郎もあとにつづいた。

案内されたのは、方丈から廊下を踏み、すぐの部屋だった。

閉め切った襖を日観が開けると、正面に色鮮やかに描かれた四枚の襖絵が目についた。

雄渾《ゆうこん》な筆致で松が描かれている。

右から二枚目の襖では、鋭い目をした鷹が、横に這う松の太い幹を大きな爪でがっしり摑み、頭上を睨み付けていた。

「さすが探幽さまが描かはった松鷹図どすなあ。すごい迫力どすがな」

驚嘆する松五郎に、銕蔵が白い目をちらっと投げた。

「日観どの、もっとよく見えるように、左右の襖を開いてもようございまするか」

「ああ、ご自由にしてくだされ。この四枚の襖絵は、大檀越の松野屋十左衛門どのが、当院ゆかりの人々から千両の金を集め、ととのえてくだされたものでございます。当院随一の至宝。子どもの乱暴によって損なわれたものの、ほぼ元通りに修理され、ほっといたしておりまする」

林太郎と松五郎の手で、襖が左右に大きく開かれ、松鷹図がはっきり見えた。

菊太郎は松鷹図に近づいてしげしげと眺め、太い幹の隅に捺《お》された探幽の落款《らっかん》に、じっと目をこらした。

そこには「法橋《ほっきょう》探幽斎守信筆」と書かれ、守信の朱文瓢形印と、法橋探幽の朱文円内方形印が捺されていた。

ついで菊太郎がにやっと笑った。

「兄上どの、いかがいたされました」

　鋏蔵が菊太郎の笑いに眉をひそめた。

「ご院主の日観どの、この襖絵、それがしは八つ裂きにいたしたい気分でございますわい」

　菊太郎はいまにも差し料を抜き放ち、襖絵に刀を振りかねない気配であった。

「八つ裂きなどとはとんでもない。止めてくだされ」

　日観が絵の前に立ちはだからんばかりにして、脅《おび》え声を上げた。

「日観どのに鋏蔵、それに林太郎どのに松五郎、これは狩野探幽の真っ赤な偽物《にせもの》じゃ。落款の書体、印にも不審がある。書画の鑑定を生業《なりわい》とする古筆家に乞えば、たちどころに偽筆と鑑定するだろうよ。わしのような素人にも、一目でわかる下手物《げてもの》じゃわい。わしは京を飛び出して諸国を放浪していた折り、あちこちで随分、探幽が描いたといわれる偽物を見てきたわい。諸国には探幽はもとより俵屋宗達、尾形光琳《こうりん》など、なんでもあるものよ。探幽の子探信に、吉田百太郎ともうす弟子がいたときく。この男、探幽、尚信、久隅守景《くすみもりかげ》の偽筆を巧みに描き分け、金を何万両と稼いでいたそうじゃ。その金をなにに使ったのであろうなあ」

　松鷹図が偽筆とききき、その場にへたりこんだ日観の前で、菊太郎はあぐらをかいてつづけた。

「人は絵の出来ではなく、筆者を尊《とうと》んで金を出す。偽筆をつかまされたとて、わしはあまり同情いたさぬが、この偽筆の松鷹図を誤って破ったため、一人の娘が先斗町遊廓へ下女奉公に行かされているだけに、話はまた別じゃわい。日観どのは先ほど、松野屋十左衛門が千両の金を集めて襖絵を入手し、大住院に寄進したともうされた。松野屋はこれを偽筆と承知で、多くの金を我が物としたのではないのかな。いかようにお考え召されまする」

吉田百太郎については、朝岡興禎《おきさだ》が編述した『古画備考』の狩野門人譜に記されている。かれは探信守道の門人で、号を栄斎と称していた。

探幽画の偽筆を描いた者として、ほかに大館左一や東渓という人物がいたそうであった。

「わ、わしとしては松野屋の三代目に掛け合い、死んだ親父どのの不埒を、始末してもらうしかありませぬわい。松野屋は二代目十左衛門のとき、商いを大きくしたときいておる。さてはこの松鷹図の千両を用い、商いを広げおったのじゃな」

「こんな松鷹図、図体が大きいばかりで、一両にもならぬ襖絵じゃわ」

「偽筆とわかっていたとて、千両ともうした襖絵に、二分三分の修理費では、釣り合いがとれませぬ。松野屋の二代目は、それで七両ともうしたのでございましょう」

林太郎が自分の考えを、ぼそっとつぶやいた。

「林太郎どの、ここは日観どのに松野屋の三代目にねじこんでもらい、まず修平の姉を、先斗町遊廓から取りもどすのが先決。妓楼《ぎろう》に二倍、三倍返しとなろうとも、機を見るに敏な三代目なら、必ず応じるであろうよ。応じねば、鯉屋の源十郎の出番といたせばよい。いや、日観どのと源十郎の奴に、すべてを委せるのが早かろう」

「兄上どの、いかにもさようでございまする」

　銕蔵がすかさずいった。

「日観どの、松野屋十左衛門の棺に石を投げ付けた修平ともうす小童が、あんな絵ぐらい、わしが絵師になってまどしたるともうしていた。修平は絵師になりたいそうじゃ。わしらはわしらで当たってみるが、日観どのにさような絵師の知辺《しるべ》がいるものなら、罪滅ぼしのためお世話願えまいか」

　菊太郎は不機嫌そうな顔で、松鷹図を眺め上げながらいった。

　空をおおった雲間から陽が出たのか、新緑を通した明るい光が、部屋にさっと射しこんできた。

人喰《ひとは》みの店

一

店の外では夏の陽が熱く照りつけていた。

「菊太郎の若旦那さま、それでは先に行ってますさかいなあ——」

手代の喜六が、公事宿「鯉屋」の土間の草履《ぞうり》を拾った。奥でもたもたしている田村菊太郎に大声をかけ、暖簾《のれん》をかき分け、急いで表に出ていった。

帳場に坐る下代《げだい》の吉左衛門が、暖簾のゆれを訝《いぶか》しげに眺め、奥に視線を這《は》わせた。

「正太、いまのはなんどす。喜六の奴、わたしに挨拶もなしどっせ」

吉左衛門が、床の隅で紙縒《こよ》りをこしらえている正太にたずねかけた。

「喜六はんはなんのご用どしたんやろ。わたしにはわかりまへん。いっそ、若旦那さまにおたずねになったらいかがどす」

答えた正太も不審げな眼差しであった。

啞然《あぜん》とした表情で、屋号を白く染め抜いた黒暖簾と、奥の気配をみくらべた。

そこでは、正午《ひる》近い先ほどまで寝込んでいた菊太郎が、口をすすぎ顔を洗っていた。

それをすませると、かれは一旦、自分の部屋にもどった。差し料をつかみ、気の重そうな態度で、のっそりと店の表に出てきた。

「若旦那さま、喜六の奴が大声で言い置いて出ていきよりましたけど、なにがあったんどす。きかせておくれやすか」

「いや、それがな——」

菊太郎は短くいい、言葉を濁した。

「それがだけでは、わからしまへん。いい辛いことでもおありなんどすか」

吉左衛門に詰問され、菊太郎は困惑した表情を濃くにじませた。

「今日はなんか変どすわ。常の若旦那さまとは、ひどくちがいまっせ。どないしはったんどす」

かれは菊太郎を真っすぐ眺め上げた。

「下代はん、喜六はんがうちに、昼御飯の仕度は要《い》らんさかいといい、出ていかはりました。菊太郎の若旦那さまも同じどす。二人ともほんまに横着で、あきれ果てますえ」

土間の奥から姿をのぞかせた小女のお与根が、前掛けの端を握りしめて告げた。

「なにが横着であきれ果てるのや。わたしにきかせなはれ」

吉左衛門にうながされたが、お与根は立ちつくしたまま、後の言葉をつづけなかった。

「ただいま帰りましたよ」

そのとき暑い陽射しの照る外から、鯉屋の主《あるじ》源十郎がもどってきた。手代見習いの佐之助と丁稚《でっち》の鶴太をしたがえている。

朝から町奉行所の詰番を務めていたが、正午すぎから吉左衛門と交替するため、店に帰ってきたのである。

土間に入ってきた源十郎は、手拭《てぬぐ》いで首筋の汗をふき、土間のひんやりした空気にほっと安堵《あんど》の息をついた。

だが目が店の薄暗さに馴《な》れるにしたがい、そこに菊太郎とお与根が、凝然《ぎょうぜん》と立っているのに気づいた。

帳場に坐る吉左衛門も、自分にお帰りなさいませの言葉もかけない。正太もじっと坐ったままだった。

「みんな、どないしましたのやな。吉左衛門もお与根も、びっくりした顔でわたしを見てからに。菊太郎の若旦那も差し料をつかんで、なんでそこに立っておいやすのや。まるで案山子《かかし》みたいどすがな」

鶴太が主の濯《すす》ぎを用意するため、土間の奥に消えていった。

「下代はん、なんかあったんどすか」

佐之助がみんなのようすをうかがい、吉左衛門にたずねた。

「全く丁度のとき、旦那さまがお帰りになったんどす。喜六が若旦那さまに、先に行ってますと言い置いて出かけ、若旦那さまもお出かけになろうとしてはりました。そのときお与根が、二人ともほんまに横着であきれ果てますと、わたしに愚痴《ぐち》ったんどすわ。そやさかい、なにが横着であきれ果てるのやと、わたしがたずねたところどす。けどお与根は口をつぐんでいわしまへん」

「吉左衛門、まいったなあ——」

吉左衛門が一気に伝えるのをきき、菊太郎はばつの悪そうな顔で源十郎を眺め、床にへたりこんだ。

「菊太郎の若旦那、なにがまいったんどす。なんやお与根がわけを知ってるみたいどすなあ。お与根、そこにぼっと立っててんと、それをいうてみなはれ」

源十郎は白足袋《しろたび》を脱ぎ、鶴太が運んできた盥《たらい》に足を突っこみ、彼女をうながした。

「うち、いえしまへん」

お与根は頑《かたく》なな表情になって拒んだ。

「そらまたなんでどす。わたしにいえしまへんはないやろ」

「そやけど、どうしてもいえしまへん」

「お与根はん、口が堅いのは結構どすけど、旦那さまがおたずねになってはるんどっせ」

佐之助が源十郎の顔色をうかがいながらとりなした。

「それでもやっぱりいえしまへん」

「意地を張って、店から暇を出されることになってもかいな」

「へえ、そうどす。告げ口したみたいに取られたら、うちの人柄に関わりますさかい。そやけど、こんなありさまになってしまい、もう告げ口したのも同然どすわなあ」

お与根は急展開したいまの場面に、戸惑っているようすだった。

「お与根、そなたはもう向こうに行っているがよい。わしをかばい、主の源十郎に暇を出されることになってもいえぬとは、たいした覚悟じゃ。それでこそ公事宿鯉屋の女子衆《おなごし》。だが悪いのはわし。わしがなにもかも源十郎や吉左衛門に打ち明けねばならぬのじゃ。わしは昨夜からさっぱり付いておらぬわい」

菊太郎は左手で首筋を掻《か》いてぼやいた。

「菊太郎の若旦那、なにが付いていいへんのどす。首筋を蚊《か》にでも食われはったんどすか」

足を濯いだ源十郎が、床に立ち上がってたずねた。

「源十郎、さよう白々しく問われると、後の言葉がつづけにくいわい。実はな、昨夜わしは喜六を部屋に呼びこみ、二人で花札をやっていたのじゃ。銭は賭《か》けておらぬが、負けたほうが鰻《うなぎ》の蒲焼《かばや》きを奢《おご》る条件であった。ところが半刻《はんとき》（一時間）余りで、見事喜六にしてやられたのよ。そこで三条丹波屋町通りの近江屋で、鰻の蒲焼きを奢る次第となったのじゃ」

菊太郎はいいにくそうに告げた。

「へえっ、花札に負けて鰻の蒲焼きどすかいな。そら精が付きまっしゃろなあ。そやけど暑うなったというても、この鯉屋ではまだ誰も、鰻を食べてしまへんえ。昨夜、若旦那さまの部屋に遅うまで明かりが点《とも》ってて、喜六がお邪魔しているのは知ってました。若旦那さまが喜六になにか教えてはるのやと、わたしはてっきり思うてましたわいな。それが二人で花札、猪鹿蝶《いのしかちょう》で鰻とは驚きましたなあ。近江屋で鰻を食うて、また博打に精を出さはるおつもりどすか——」

「源十郎、そなたはきつい厭味《いやみ》をもうすのじゃのう」

「わたしは若旦那に、厭味をいうてるつもりはありまへん。当然の文句を付けさせてもろうてるだけどす。菊太郎の若旦那は、この鯉屋が公事宿なのを、ようご承知どっしゃろ。花札ぐらい、銭を賭けるかどうかは別にして、そら手慰《てなぐさ》みに普通にやられてます。そやけど博打は、御定法ではっきり禁じられてますわなあ。鰻の蒲焼きにしたところで、公事宿の家内《いえうち》で、賭けて花札をしてもろうたら困ります。外のお人がおききやしたら、そんな他愛ないもんを賭けてるとは、考えてくれしまへんやろ。了見の狭い奴やとお思いかもしれまへん。けどこれだけはきちんといわせていただかなかなりまへん」

源十郎の菊太郎への態度は、いつもとはちがい、かなり厳しかった。

かれの言葉で、菊太郎がしおしおとうなだれた。

日頃、闊達《かったつ》な菊太郎を見馴《みな》れているだけに、吉左衛門やお与根たちには、目を見張るほどの驚きだった。

「源十郎、すまぬ。わしが悪かった。座敷牢の納戸を何気なく開けたら、隅に花札が置かれていた。それで考えもなく、つい部屋に持ってきていたのじゃ」

「何年か前、預かっていた遊び人から頼まれ、買うてきたもんどすわ。座敷牢の中は退屈でたまらんというてましたなあ」

「これだけはもうしておくが、花札をいたそうと誘ったのはこのわし。断じて喜六ではない。喜六はそなたや吉左衛門に知れたら大目玉を食らうと、幾度も断りおった。それゆえ喜六を咎《とが》めるのだけは、止《や》めにしてもらいたい。ううむ、源十郎もわしがこうでは、店の者に示しがつくまいな。されば鯉屋で世話になるのも今日まで。わしはさしずめお信の長屋にでも移ろうと思うている」

菊太郎は殊勝《しゅしょう》な態度で告げた。

「菊太郎の若旦那、なにをまたいい出さはるんどす。どんな人間にも、ふと小さな過ちを犯すことはありますわいな。若旦那にお信はんの許に去られてしもうたら、鯉屋が困りますがな。第一、鉄蔵《てつぞう》の若旦那に、どない説明したらええのどす。若旦那はそれを承知で、いうてはりますのかいな。全く、ええ加減にしておいてほしおすわ」

源十郎は苦笑いしながら、懐《ふところ》に手を差し入れた。

「丹波屋町通りの近江屋では、喜六の奴が口に唾《つば》を溜《た》め、菊太郎の若旦那がきはるのを、じっと待ってまっしゃろ。さあ、これを持って行ってきておくれやす。わたしが銭をくれた、残りの金で鰻を買ってくるよう頼まれたといえば、喜六の奴もわたしの腹立ちを察しまっしゃろ。ほんまは強く文句を付けたいところどすけど、まあこれでお灸《きゆう》をすえたことにしておきまひょ」

懐から取り出した財布から、源十郎は小粒金を三枚、菊太郎の膝許《ひざもと》に置いた。

「旦那さま、今夜は鰻の蒲焼きどすか——」

佐之助が思わず口走った。

「ほんまになんちゅうことどすやろ。今朝、わたしはお多佳が用足しに出かけるとき、店のみんなに鰻の蒲焼きでも買うてきてやっとくれやすと、気《き》を利かせて頼んでおいたんどっせ。こうなったら、みんなに嫌というほど鰻を食うてもらいます。花札が招いた因果どすさかい、おまえも正太もそのつもりでいなはれ」

源十郎がまた苦笑して明かし、店の堅い雰囲気が急に和《なご》んできた。

そのころ、丹波屋町通りの近江屋では、喜六が菊太郎のやってくるのを、鼻をうごめかせて待っていた。

鰻を焼くいい匂いが濃くただよっている。

喜六は店の表の焼き場に目を凝《こ》らしたり、かたわらに掛けられた暖簾をうかがったりしていた。

だいたい鰻屋は、表に焼き場をもうけていた。鰻を焼く匂いと煙を辺りに撒《ま》き散らし、客の食い気を誘うのが、その目的だといわれている。だが本当のところは、脂分の多いその煙の排出を、第一に考えてのことだろう。

近江屋の店内には、飯台が七つ据えられていた。

喜六が腰を下ろした床几《しょうぎ》から、飯台を一つ隔てた向こうに、どこかで見かけた母親らしい女と十二、三歳の娘、九歳と八歳ぐらいの兄妹が坐っていた。

それぞれ前に置かれた平皿の鰻に、箸《はし》を付けていた。

——豪勢なもんや。四人とも鰻一匹ずつやで。それにう巻きとうざく、肝《きも》の吸い物まで付いているがな。鰻も極上のものらしいわ。

喜六はぐっと生唾を呑《の》みこみ、向こうの皿や吸い椀に、ちらっと目を這わせた。

腹の虫がぐぐっと鳴っていた。

「お客はん、なににさせていただきまひょ」

中年すぎの女子衆が、湯気の立つ湯呑みを置いてたずねたが、喜六は、すぐ相客がくるさかい、注文はそれからにさせてもらいますと、断っていた。

だが肝心の菊太郎は、なかなか現れなかった。

——若旦那はなにをしてはるんやろなあ。わしみたいに、うまく店を抜け出せへんかったんやろか。

——それとも花札に負けた腹いせに、わしだけこの近江屋で待ちぼうけを食らわせ、ご自分は「重阿弥」にでも、行ってしまわはったんやないやろか。それやったらわしは、自腹を切って高い鰻の蒲焼きを食い、店を出なあかんがな。お茶をご馳走《ちそう》になった以上、相客がきいへんさかい帰らせてもらいますとは、今更いえへん。わしにも見栄《みえ》があるさかいなあ。

かれはあれこれ胸の中で考えながら、母子四人の客に目を注いでいた。

最初、どこかで見た顔だと思ったが、母親はやはり鰻屋から二筋東の町筋、猪熊《いのくま》通り六角の長屋に住む女だった。

継ぎの当たった粗末なきものを着ており、世帯《しょたい》のやつれが目立っていた。

喜六が彼女を見覚えているのは、二年前、路地長屋の前を通りかかり、棺桶《かんおけ》に寄り添っていくその姿を見かけたからだ。哀しそうなそのようすが、ひどく印象に残っていたのである。

棺桶の仏《ほとけ》は彼女の夫のはずで、夫の仲間らしい人足風の男が二人、棺桶をかついでいた。確か幼い子どもたちも棺桶にしたがい、寂しいその葬列を、長屋の老若男女が木戸門で静かに見送っていた。

あれからまだ二年しかたっていない。貧しげな母子四人連れが、豪勢に鰻の串焼きを白御飯にのせ、食べておられるはずがなかった。

だが喜六は、そこまで深く考えなかった。

食い気に気をとられていたのと、菊太郎の遅いのに焦《じ》れていたのだ。

「太吉、がつがつ急いで食べんでもええのえ。一口一口、ゆっくり味わうのや。おまえも千江も、う巻きは初めてやろ。よかったらお母ちゃんの分も食べるか」

母親が弟や妹にいいきかせるのを横から眺め、十二、三歳の姉娘が、目に涙をふくれ上がらせていた。

「わしはええさかい、お母ちゃんこそ食べえな。う巻きいうのは、鰻を卵焼きで巻いたもんなんやなあ」

母親から太吉と呼ばれた男の子が、姉娘のほうに顔を向けてつぶやいた。

「太吉に千江、鰻の蒲焼きの味はどうえ」

「ほんまに旨《うま》いわ。お父ちゃんが生きてはったころ、一度食べさせてもろうたけど、味なんか覚えてへんさかい。肝の吸い物は特別な味がして、お椀も黒塗りできれいやがな」

「これでもう食べられへんのやさかい、仰山《ぎょうさん》、食べたらええねんで。なんやったら、もっと注文したろか」

「鰻は一匹で十分やわいな。お父ちゃんに持っていけるもんやったら持ってってやりたいけど、この世とあの世は別やさかい、そうもできへん」

太吉は元気そうにいった。

母親と姉娘は、自分たちはろくに箸を付けず、太吉と千江が旨そうに食べているのを見守っていた。

二人は哀しげな顔をしていた。

——どないしはったんやろなあ、若旦那は。これでもう食べられへんのは、当たり前のこっちゃ。三日後は土用の丑《うし》。貧乏人がそうそう値の張る鰻なんか食えるかいな。わしかて鰻は、今年に入って初めてなんやで。

喜六はまたごくんと生唾を呑みこんだ。

「お母ちゃん、ほんまにすんまへん」

姉娘が母親に詫《わ》びていた。

「お満《みつ》、なにをいうてますのや。みんなこれでええのどす。おいしい物を食べ、後は楽になりまひょ。おまえはなにも悪うないのえ。これは神さまが決めはったことや——」

食い気の勝った喜六は、母親と姉娘の話を、切れ切れにしかきいていなかった。

母子四人の食事は、ぐっと進んでいた。

「おいでやす。どうぞ奥に入っとくれやす」

客を迎える女子衆の声がひびくたび、喜六は菊太郎ではないかと、店の入り口に目を這わせた。

そのうち、母子四人の姿がいつしか消えていた。

二

鰻を焼く匂いが、いっそう濃くなっていた。

店が立てこんできたのである。

「菊太郎の若旦那さま、遅うございましたのやなあ」

かれが暖簾をかき分けて入ってきたとき、喜六は思わず床几から立ち上がった。

「待たせてすまなんだ。つい出そびれたのじゃ。悪くは思うまい」

菊太郎はなぜ出遅れたのか。喜六には説明しなかった。

「仕方ありまへんけど、こない旨そうな匂いを嗅《か》がされ、腹の虫がやいのやいのと催促してましたわ。それで若旦那、なにを奢っておくれやす」

途端に喜六は目を輝かし、注文の品についてたずねた。

「鰻丼に肝吸いでもよいが、どうせなら鰻の串焼きと白飯にして、とりあえずう巻きでも頼むか。酒は昼間からいささかはばかられるゆえ、互いに遠慮いたそう」

「ほんなら豪勢にいきまひょ。串焼きに白飯、う巻きとうざく、肝吸いにしまひょうな。土用の丑の日が近いせいか、店が混んできてますなあ」

喜六は菊太郎にいい、女子衆を目で探した。

「喜六、最初から注文の品を決めていたようじゃな」

菊太郎はすでに運ばれていた湯呑みを取り上げ、一口すすって微笑した。

「へえ、つい先ほどまで、猪熊通りに住む親子連れの四人が、串焼きに白飯、う巻きとうざく、肝吸いを、そろって食べてたんどす。そやさかい、わしもそうしよと思うていたんどすわ。花札をはじめるとき、若旦那さまは鰻丼だけとはいわはらしまへんどしたやろ」

「ああ、鰻の蒲焼きをどれだけでもともうした」

「どれだけでもといわれたかて、鰻はせいぜい一匹。大食いでも三匹も四匹も食えしまへん。

鰻は旨うおすけど、こんな脂っこい物を仰山食べたら、胸焼けがして嫌になります」

「旨いが多くでは嫌になるか。喜六、今日はわしとそなたには、嫌になる日かもしれぬぞ。出がけに源十郎から、鰻を食べに近江屋へ行くのなら、十人前買うてきてほしいと頼まれたからじゃ。そのうえ朝から他出されているお多佳どのが、鰻の蒲焼きを買うて帰られるはずだと、遅まきながらきかされた」

「な、なんどす、それは——」

「まあ今日は鰻づくしになると、覚悟しておくのじゃな。わしはここで鰻を食べたら、お信の許へまいるつもり。後はそなたに委《まか》すぞよ。さればいまの二人前と、そなたに店へ持ち帰ってもらう十人前を注文いたす」

「近江屋の十人前と、お店《たな》さまが買うてお帰りやす十人前。そらあんまりどすがな。わたしはそれをきいただけで、もう胸焼けがしてきたみたいどす」

かれが愚痴るかたわらで、菊太郎は店の女子衆に、てきぱきと注文の品を頼んだ。

自分は大宮姉小路の公事宿鯉屋の者、十人前を大皿に盛り、それを入れる岡持ちは借り受けたい、さよう主に伝えてほしいと告げた。

「若旦那さま、わたしはどないしまひょうなあ」

喜六が早くもげんなりした表情でつぶやいた。

「なにをどうするのじゃ」

「いま仰山注文しましたけど、串焼きとうざくは止めにして、う巻きと肝吸いだけにしたら、どうかと思いますねん」

「なにをもうす。花札でわしに勝ったとき、そなたは鰻の蒲焼きを存分に食べさせていただきますわと、断ったであろうが。今更、それは許さぬぞよ」

「そんな無体《むたい》な。あんまり殺生《せっしょう》どっせ」

「なにが殺生じゃ。それはわれらに食われる鰻どもがいいたい台詞《せりふ》であろう。串焼きに白飯、う巻きにうざくと肝吸い、一通りこれだけは食うてもらうぞ。猪熊通りに住む親子連れの四人が、食べていたからだともうしたではないか――」

「そやけど、いま改めて考えてみるとその五品、ちょっと妙な気がしますわ」

「なにが妙なのじゃ」

「へえ、その四人、路地長屋に住む貧しい親子のはずどす。そやのに、豪勢にひとそろい鰻を食べてるのが、妙なんどすわ。若旦那さまをお待ちして苛《いら》ついてましたさかい、ついしっかりきいていまへんどした。けど顔だけ見知っている母親が、小さな息子に、これでもう食べられへんのやさかいだの、息子が、お父ちゃんに持っていってやりたいけど、この世とあの世は別やさかいだのと、わけのわからんことをいうてました」

喜六は眉を翳《かげ》らせていった。

親子の会話が、急に不安をともない甦《よみがえ》ってきた。

「これでもう食べられへんのだと――」

「へえ、母親が八、九歳の息子にいいきかせ、姉娘のほうが涙ぐんでおりました。一番下の小さな娘は、鰻を旨そうに黙々と食べてましたけど、あれはなんどしたのやろ」

「喜六、おまえは阿呆《あほ》か。貧しい長屋住まいの母子が、豪勢に鰻料理をひとそろい食べているとなれば、それには相当な理由があろう。わしはここにまいる途中、それらしい四人連れと行きちがった。末娘が立ち止まってしくしく泣くのを、姉娘がなだめ、母親はそばの辻堂に身を寄せ、涙を拭うていたわい。一声かけてやらなんだわしも悪いが、そなたも公事宿の手代として迂闊《うかつ》じゃぞ。母子は丹波屋町通りを上に向かっていた。行く先はおそらく二条城のお堀。母子四人、お堀に身を投げるつもりに相違ないわい」

菊太郎は床几から立ち上がると、店の女子衆を呼び、懐から小粒金を取り出した。

「わしらが注文した品、代金はここに置く。暇になってからでよいゆえ、すまぬが大宮姉小路の鯉屋まですべて届けてもらいたい」

「若旦那さま――」

喜六がおよび腰で立ち上がった。

「さあ、二人で後を追うのじゃ。親子四人、有り金をはたき、この近江屋で最後の馳走を食べたに決まっておる」

差し料を摑《つか》み、かれは店の表に飛び出した。

喜六もはっとして、あとにつづいた。

店の客たちが、啞然としたようすで二人を見送った。

菊太郎は脱兎の速さで、丹波屋町通りを駆け上がっていった。

「死んだら楽になるさかい、早うお父ちゃんのそばにいこか。お父ちゃんがあの世で、みんなを待ってはるわ」

「あの世でお父ちゃんが、おまえを抱き上げてよろこばはるえ。死ぬとき苦しいことなんか、ちょっともありまへん。あっという間に、あの世へいけますさかい。そこにはきれいな蓮《はす》の花が咲いてて、貧乏なお人も病気のお人も、みんな楽しゅう暮らしてはるそうどす」

「お母ちゃんやお姉ちゃんが、わしやおまえに嘘《うそ》をついたことなんか、一度もあらへんやろ。わしはお母ちゃんたちのいうことを信じるわ。さあ、泣かんと早ういこ。お父ちゃんが待っててくれはるさかい」

末の妹をなだめる姉娘。一つ二つしか年のちがわない小さな兄が、妹の手を摑んだ。

四人は二条城のお堀に向かい、まだとぼとぼ歩いているはずだった。

辻堂のそばにたたずんでいた四人。菊太郎の耳朶《じだ》の奥には、哀しい母子のやり取りが、きこえてくるようであった。

「若旦那さま、待っておくんなはれ――」

後ろから喜六の悲鳴に似た声がひびいてきた。

「あ、あれは鯉屋の手代はんとちがうかいな。なにをあわてて、先を走るお侍さまを追うてはるんやろ」

「急がはるのは結構やけど、転んだら怪我《けが》をしますがな」

鯉屋が近いだけに、喜六を知る男女がかれを気遣い、足を止めて見送っていた。

現代、公事宿に相当する弁護士は、依頼人の用件をできるだけ短く簡略にきき、余分な話には耳を傾けなくなっている。

これは弁護士が、社会的地位の高い職業と一般に認識されたためと、依頼人は思いが募《つの》ってどうしても饒舌《じょうぜつ》になり、丁寧に対応していたら、切りがないからだろう。

これにくらべ、公事宿の主をはじめ下代や手代は、依頼人の用件を詳細にきくことを、専《もっぱ》ら大事と心掛けた。話によく耳を傾ける点において、辛抱強かった。

それで一件が争いに発展せず、内済《ないさい》（話し合い）ですまされる場合も多かったからだ。

親子が住んでいる長屋で心中を実行しないのはかれらの配慮。心中のあった長屋は、噂《うわさ》が立ち消えるまでの長い間、なかなか借り手が付かないからである。

京には水深の深い川は少なく、鴨川や高瀬川に飛びこんでも足がとどき、死ぬことはできない。入水は西の桂川か南の淀川、東山を越えて琵琶湖でとなる。

だが一カ所だけ、入水したら確実に目的を遂げられる場所があった。

二条城のお堀がこれで、幕府の二条城番衆はこれにそなえ、見廻りを厳重にしていた。だがそれにも拘《かか》わらず、その隙《すき》をついてお堀に飛びこむ者が絶えなかった。

「もはや戦国の昔とはちがう。いっそ水を抜き、空堀にしてしまったらいかがじゃ」

幕府の枢要では、こんな声まで起こっていた。

「されど二条城の近くには堀川が流れ、南には平安の昔から、神泉苑がいまなお残されておりもうす。空堀にしたとて、地下の水が少しずつ堀に染みてきて、いつしか元通りになるのは確実。それは京の地形をご存じないゆえのご発言でござる」

「いかにも、もともと京の地下には、大量の水がたたえられておるそうな。そのうえ地下水は、北山から絶えず豊富に流れこんでおり、空堀の知恵も捨てがたく存ずるが、いずれは無駄になりましょうな」

そんな議論のあげく、二条城はいつも多くの水をたたえていた。

菊太郎はきものの裾《すそ》をひるがえし、丹波屋町通りを一散に駆け上がった。

この通りの先は、目付屋敷で行き止まる。途中で東の猪熊通りに出なければ、二条城のお堀にはたどり着けなかった。

通りを見渡したところ、母子連れの姿は認められない。四人は途中のどこかから、早くも猪熊通りに抜けたようである。

菊太郎はそれを察し、猪熊通りに走りこんだ。

二条城の周囲は「武家地」とされ、広いお堀のまわりには、松の木が点々と植えられていた。

猪熊通りを武家地まで一気に駆け上がった菊太郎は、素早く辺りを見廻した。

——わしの推察に間違いはないはずじゃが。

かれは荒い息を吐き、胸の中で同じ言葉をくり返していた。

焦燥感《しょうそうかん》が胸を熱くさせている。

母子はすでにお堀に飛びこんでしまったのだろうか。武家地だけに人の姿はなかったが、お堀に大きな水音が立てば、東西南北の四方に構えられる二条城番衆の誰かが、気づきそうなものだった。

「菊太郎の若旦那、四人はおりましたかいな」

ようやく近づいた喜六が、辺りに目を走らせるかれに、声を飛ばしてきた。

「いや、見当たらぬわい。まさかとは思うが――」

「もう飛びこんだんどっしゃろか」

「不吉なことをもうすな」

喜六を叱《しか》りつけて転じた菊太郎の目が、太い松の幹の陰にいる四人の姿をとらえた。

四人はそれぞれ懐や袂《たもと》に、重しの石を入れているようすだった。

母親と姉娘らしき二人は、途中のどこかで拾ったのか、大きな石を布に包み、胸許に下げていた。

「まて、待つのじゃ――」

菊太郎は母子に向かって叫び、懸命に走った。

かれの声をきき、母子四人が狼狽《ろうばい》した。

早く入水しなければ、阻止《そし》されてしまう。彼女たちの動きが早くなった。

母親と姉娘は足首を紐で結んでいる。

水死したあとでも、見苦しい姿を見せない女としての心得だった。

「お母ちゃん、怖い――」

末娘の泣きじゃくる声がひびいてきた。

「なにも怖がらんでもええのや。お母ちゃんもお姉ちゃんもいっしょやがな」

「千江、ほんまにそうやで。この世からあの世へいくとき、ちょっとだけ苦しいかもしれんけど、すぐ楽になるわいさ。わしはもうこんな世の中、嫌になってしもうた。親切なお人たちもいてはったけど、この世は貧乏人には、どうにも生き辛いわい。これ以上、生きていたかて、もう楽しいことなんかあらへんやろ。そやけど、どうせ死ぬのやったら、癪《しゃく》に障《さわ》る奴を一人二人、思い切りぶん殴っておいたらよかったなあ。まあ、それもしょうがないか。あきらめたろ」

太吉はそういい、姉娘にひしっと抱きかかえられた。

「千江、お母ちゃんに抱いてもらい。気持が落ち着くえ。お姉ちゃんがどじやったさかい、おまえたちにもすまなんだなあ。その代わりあの世へいったら、うんと可愛がってやるさかい。お父ちゃんがこっちにきたらええと、いま、いわはりましたえ」

姉娘のお満は、母親とうなずき合い、菊太郎と喜六が自分たちに駆けつけてくるのを横目に見て、ぱっと地を蹴《け》った。

それぞれ重い石をたずさえているせいか、落下は早く、水音も大きかった。

「喜六、飛びこみおったぞよ」

菊太郎は走りながら腰の差し料を投げ捨て、つぎには帯をぐるっと廻してほどいた。きものを脱ぎ捨て、褌《ふんどし》一つの姿で、お堀に飛びこむつもりでいた。

入水した四人は一度も浮かばず、そのまま水底へ沈んだようだった。

菊太郎は口に小柄《こづか》をくわえ、両手を前にそろえ、堀端から小さな水泡を目がけ飛びこんでいった。

「菊太郎の若旦那——」

後から現場に駆けつけた喜六が、かれの差し料を拾い、さざ波の立つお堀の水面に向かって叫んだ。

「わし、わしはどうしたらええのや」

それでも喜六は帯を解き、褌姿になろうとしていた。

水音や叫び声をきいたのか、二条城番衆が、漆喰《しっくい》で塗り固めた東の御門橋の上に、ばらばらと走り出てきた。

「また身投げじゃ。誰かがつづいてお堀に飛びこんだぞよ」

「小舟を早くこちらに廻せ」

かれらは口々に喧《やかま》しく叫んでいた。

水に飛びこんだ菊太郎の前で、姉娘と弟が互いにひしっと抱き合ったまま、口から小さな泡を噴いている。

姉娘の髪がふわっと水に広がり、どこか不気味であった。

お堀の水は薄く濁り、視界は悪かった。

菊太郎は水を蹴って二人に近づき、小柄で石をくるんだ布包みを、姉娘の身体から夢中で取りのぞいた。

手順など考えなかった。

ついで二人の髪をつかみ、水面に向かって浮かび上がった。息が詰まり、死ぬかと思うほど胸が苦しくなっていた。

「き、喜六、そなたの帯を投げろ。早くじゃ。短ければ、わしが解き捨てた帯と結んで投げてくれ」

「へいっ――」

喜六は敏捷《びんしょう》に動いて二本の帯をつなぎ合わせ、腹這いになり、お堀の中へ放り投げた。

菊太郎はその帯先を、姉娘と弟の帯の間に通し、喜六にぐっと引っ張っているのじゃと命じた。

そして自分は再び水中に潜《もぐ》っていった。

もう間に合わぬかもしれない。だが水を飲み気を失っていても、その水を吐かせれば蘇生《そせい》することもある。

母親と末娘の髪やきものが水に広がり、その姿が薄暗い中にぼやっと見えた。

かれはまた夢中で母親の胸許から石包みを切り取り、袖も切り捨てた。

二人の身体がふわっと浮きかけた。

菊太郎は大小二つの身体を手で押し上げるようにして、お堀の底を足で蹴った。

櫓《ろ》の音が忙しくひびいてくる。

城番衆の船であった。

二条城の南門のほうからも、城番衆がわらわらと馳せつけていた。

「褌姿で助けに飛びこむとは勇ましい——」

「口に小刀、いや小柄をくわえてござる」

「なかなか頼もしげなお人じゃ」

「なにを感心してはりますのや。わたしは公事宿鯉屋の手代。あのお方は、町奉行さまのお声がかりのお人どっせ。早う手をお貸しになりまへんと、後でひどいお咎めを受けかねまへんえ」

喜六が姉娘と弟を結びつけた帯を引っ張りながら、城番衆に怒鳴った。

「おお、心得た——」

辺りが騒然となっていた。

三

「四人をわしの部屋で休ませてくれ」

「菊太郎の若旦那は今夜、どこで寝はりますのや。まさかお信さまのところへ、行かはるのではありまへんやろなあ」

「ばかな、この際じゃぞ。わしは座敷牢で寝るわい」

「ああ、そらええ考えどす」

鯉屋の源十郎は、もっともだといいたげな顔でうなずいた。

昼の立腹はすっかり忘れ、いつもの関係にもどっている。

喜六に苦情をのべることもなおざりにされていた。

だが台所には、近江屋の岡持ちが二つ置かれ、鰻の串焼き十人前と、菊太郎が店で注文した鰻料理ひとそろいの二人前が届いていた。

近江屋は肝吸いをさすがに二人分でははばかられると考えたのか、大きな土瓶《どびん》に五人分ほどの吸い物が入れられていた。

そのうえ、お多佳が買ってきた鰻の蒲焼き十人分も置かれ、旨そうな匂いをただよわせているのだった。

「うちには、なんでこないな有様になったのかわからしまへん。お与根、これだけの鰻を、どうしたらええのどっしゃろ」

台所に並んだ鰻を見て、お多佳が溜め息をついた。

「お店さま、困らはることはありまへん。幸い、お客さまも四人きてはり、あと吉左衛門はんに五人分ほど、長屋に持ち帰ってもろうたら片付きますやろ。親しいお人に分けていただいたら、よろしゅうおすがな」

「そらええわ。物が物やさかい、吉左衛門はんも断らはらしまへんやろ。そやけど近江屋の鰻は、うちが買うてきた品より立派どすなあ。菊太郎の若旦那さまが注文しはったそうどすけど、なにを思うてこんなんしはりましたのやろ」

お多佳の問いに、お与根はなにも答えなかった。

お堀から助けられた母子四人のうち、母親のお秀と末娘の千江は、大量の水を飲み、気を失っていた。

だが二条城番衆の一人が、巧みな手つきで胸を押さえて水を吐き出させ、二人とも息をふき返していた。

姉娘のお満と太吉は、喜六がお堀に投げ下ろした帯に引っ張られ、頭を水から出していて無事だった。だが二人はお堀の中で、怒号といえるほどの声で泣きじゃくっていた。

　誰かが気をきかせ、すぐ戸板が用意された。

　そのあと四人は、菊太郎の指図で戸板に横たえられ、鯉屋に運ばれてきたのである。

「若旦那さま、てっきり鰻を食べに行ってはると思うてましたけど、お堀で人助けどしたんか」

「これにはわけがある。とりあえずあの母子をゆっくり休ませ、あとで事情をたずねねばなるまい。母子が抱えた石を取りのぞくのにそなえ、小柄を口にくわえてお堀に飛びこんだ。だが二条城番衆の船に乗り移るとき、誤って小柄を水の中へ落としてしまったわい。あの柄には宗珉《そうみん》の仁王図が、片切彫《かたぎりぼ》りで彫られていた。惜しいことじゃ」

　宗珉は横谷宗珉。江戸時代中期の金工で、片切彫りは片方を深く、ほかを浅く切りこんだ技法。かれが創始し、絵画の付立《つけたて》の画法を、彫金に生かしたものだといわれている。

「仁王図の小柄どしたら、宗珉でもまああきらめなはれ、髑髏図《どくろず》みたいな絵柄では、縁起が悪うおすけど、仁王さまなら二条城のお堀のお守りになりまっしゃろ。代わりの小柄を、わたしが買わせていただきますさかい。それにしても咄嗟《とっさ》のとき、小柄を口にくわえて飛びこみ、石を包んだ布などを切らはるとは、さすがどすなあ」

「それはわしを褒《ほ》めているのか――」

「もちろんどす。さすがに田村次右衛門《じえもん》さまのご嫡男どすわ」

「父上の名をきくのは久しぶりだが、ではこれで、花札の一件を帳消しにしてくれるのか」

「はいはい、帳消しにさせていただきまひょ。花札みたいなもん、こだわることはありまへん。今度の人助けは、容易にはできしまへんさかい。ご立派なことどす」

源十郎はまだ髪の乾き切っていない菊太郎を眺め、快くいった。

「ところであの四人に、誰か付けておかんでもよろしゅうおすやろか」

「一度死のうとした者は、土壇場で助けられると、再び死のうとはせぬそうな。しばらくあのままにしておいてやれ。柔らかい布団でひと眠りすれば、気持も落ち着こう。団扇《うちわ》に蚊遣《かや》り、冷たい水を入れた土瓶を、お与根に運ばせておいてくれ」

「それはお多佳が気をきかせ、もう持参してますわいな。母親と姉娘がお多佳に両手をつき、お世話をおかけいたしますと、挨拶したそうどす」

「あの母子、死出の旅につく前に、近江屋で鰻料理を食べておる。今夜もまた鰻で気の毒じゃが、ともかくそのあとゆっくり母親と姉娘から、死なねばならぬ理由をきくことにいたそう。幼い兄妹は、正太や鶴太たちと店の表で夕涼みかたがた、線香花火でもさせてやってくれ」

耳に水でも入ったのか、菊太郎は首を傾け、こめかみの辺りを拳《こぶし》でとんとんと叩いた。

夕刻、鯉屋の店中に鰻を焼く匂いが充満した。

「お与根はん、二度焼きなんやさかい、気をつけな黒焦《こ》げになりまっせ。遠火でじわっと焼くこっちゃ」

「鶴太はん、男のくせに台所をのぞき、いちいち口出しせんときなはれ。それくらい、うちにかてわかってます。向こうで待っていよし。近江屋はんが垂れを小壺にたっぷり届けてくれてますさかい、味のほうは安心え」

お与根は笑顔でいい返した。

「ところでお店さま、肝の吸い物が半端な量どすけど、どないしまひょ。旦那さまとお店さま、菊太郎さまと吉左衛門はんに飲んでいただきまひょか」

「お与根、それはあきまへん。吸い物はお秀はん母子にお持ちしなはれ。幸い、若旦那さまのお部屋で食べていただきますさかい、こっちのことはわからしまへん」

台所には猫のお百まで坐りこみ、動かなかった。

その夜の夕食はにぎやかであった。

喜六をはじめ佐之助や正太たちの箱膳には、鰻の蒲焼きが平皿にのせて一匹ずつ、串から抜いて付けられた。

「旦那さま、お陰さまで旨い鰻の蒲焼きが食べられます」

「これで精がつき、夏ばてが防げますわ」

「近江屋の鰻はこの界隈で評判。そやさかい土用の丑の日には、川魚料理屋の下職が臨時に何人も雇われてきて、毎年、前日から一日中、鰻をさばくそうどすなあ」

「一般に鰻丼は手軽なご馳走どすけど、蒲焼きと白飯を別々にして食べるのが鰻料理の正式。焼き方にもじかに焼くのと、一度蒸してから焼くのと、二通りあるとききました」

「鰻の蒲焼きは旨うおすけど、こんな長いぬるっとしたものを最初に食べはったお人は、やっぱり気味が悪おしたやろなあ」

鯉屋の御飯は米七分に麦三分。だが今夜は特別、麦をくわえない米飯だった。

下代の吉左衛門も鯉屋で夕飯をとり、余った鰻を長屋に持ち帰ることになっていた。

「正太は堅田《かたた》の生まれやさかい、鰻なんかいつも食べてたやろ」

鶴太が黙々と箸を動かしているかれに、話を振った。

「阿呆なことというたらあかんがな。琵琶湖の漁師の家でも、売り物になる魚や鰻は、川魚問屋に持っていきます。自分たちが食べるのは雑魚《ざこ》ばかりなんやで。貸本屋の小僧になったら、本が読めると思うのと同じ。追い使われ、なかなか読めしまへんやろ」

「こない旨かったら、御飯がどれだけでも食べられます。食い溜めができたらええのになあ」

「佐之助、それこそ阿呆なこといわんときなはれ。獣や虫とはちがい、人間は食い溜めも寝溜めもできしまへん」

喜六が源十郎の顔色をちらっとうかがい、佐之助をたしなめた。

普通の商家では、主の家族と奉公人は、ほとんど別々に食事をとっていた。だが鯉屋では平等、いっしょだった。

「みんな喋《しゃべ》る口と食べる口が二つあるみたいで、喧しいことどすなあ。菊太郎の若旦那みたいに、少しは黙って食べられしまへんか」

源十郎が苦笑して一同の顔を見廻したころには、それぞれの箱膳の蒲焼きは、ほとんど平らげられていた。

鶴太と正太が、茶碗に白湯《さゆ》を注いですすぎ、それを飲みこんで箱膳を仕舞いにかかった。

「鶴太はんに正太はん、今夜は鰻御飯どしたさかい、脂がきれいに落ちてしまへんやろ。あとでうちが洗うて片付けておきますさかい、そのまま置いといておくれやす」

末席に坐っていたお与根が、かれらを制した。

「離れでも御飯がすんだみたいやわ。鶴太に正太、先ほどいうたように、太吉ちゃんと千江ちゃんを表に誘い、線香花火をしてあげなはれ。二人を上手に遊んでやらな、あきまへんのやで——」

「へえ、心得てます」

正太が鶴太に先んじ答えた。

母子が二条城のお堀に入水した一件では、源十郎が京都町奉行所と二条城番衆目付方に、すでに赴《おもむ》いていた。身柄の一時預かりと、事情聴取の許可をもらっていたのだ。

お堀に入水して助け上げられた者の扱いは、だいたい町年寄に委されていた。

京都所司代も町奉行所も、不憫《ふびん》だとして咎めないのが普通だった。

もっともこれは、一見して生活不如意の一家心中だけで、男女の心中やその他犯罪にからむ入水は、このかぎりではなかった。

男女の心中で生き残った者は、御定法で身分を剥奪《はくだつ》され、雑色《ぞうしき》の許に身柄をゆだねられるのである。

太吉と千江の兄妹が、正太たちに誘われ、店の表に出ていった。

それを見送り、源十郎と菊太郎たちは、お秀とお満の部屋にやってきた。

「どうでございます。少しは落ち着いてくれはりましたやろか——」

源十郎が部屋の敷居際に坐りながら、二人に柔らかい言葉をかけた。

かれの横には、菊太郎と吉左衛門がひかえていた。

「今日はそちらにおいでのお侍さまに命を助けられ、そのうえ旦那さまやお店さまにもご親切にしていただき、ほんまにありがとうございました」

　母子ともまだ垂れ髪。きものはお多佳の物をまとい、小さくなっていた。

　娘のお満はうなだれたままだった。

「わしに礼など無用よ。それにしても、まだ幼い子どもを道連れにして一家心中とは、咎めるつもりはないが、穏やかではないぞ。わしはそなたたちを助け、またこの公事宿の世話になる者として、そなたたちが死なねばならぬ理由をきかせてもらいたい。できれば、これから生きていく力になってやりたいと思うているからじゃ」

「わたしは鯉屋の下代で吉左衛門といいます。旦那さまやお侍の若旦那さまは、強うてやさしいお人たちどすさかい、なんでも困っていることを打ち明け、相談しはったらどないどす。決して悪いようには計らわれしまへんさかい――」

　吉左衛門が優しげに言葉を添えた。

　数拍の沈黙が両者の間に流れた。

「ご親切にありがとうございます。そやけど、これはもうどうにもならへんのどす」

　お秀が、娘のお満をちらっと見ていった。

「この世で起きたことは、この世で片が付くともうす。ましてやここは公事宿。片の付きそうもないことさえ、あれこれ工夫して付けるのが、務めでもあるのじゃ。こうして乗り掛かったからには、銭で困ったすえの無理心中なら、銭で片を付けてつかわす。親や姉とはもうせ、幼い兄妹の命を勝手に奪うのは、よくない了見だとは思わぬか」

菊太郎の言葉で、姉娘のお満が小さく嗚咽《おえつ》を漏らしはじめた。

「娘はん、この若旦那さまは、お母はんやあんたを責めてはるのとちがいますえ。生きる心得をいうてはるんどす。ただ当人にはわかりながら、どうしようもないときもありますわなあ」

源十郎がお満をなだめた。

「鯉屋の旦那さま、夫に死なれたあと、うちに甲斐性《かいしょう》がないさかい、このお満を三条御幸町《ごこまち》の瀬戸物問屋へ、子守り奉公にやったのが悪かったんどす」

「瀬戸物問屋へ子守り奉公じゃと――」

「へえ、口入れ屋の世話を受けてどした」

「そこでなにがあったのやな」

菊太郎に代わり、今度は源十郎がたずねた。

「庭にぶらんこを拵《こしら》え、三つになる男の子を遊ばせていたところ、お坊ちゃまが手を滑らせ、落ちてしまわはったんどす。大旦那さまがひどくご立腹され、もうどうにもならんようになりました」

「子どもが腕か足の骨を折ったのか」

「いいえ、ちょっと腰を打って、泣いてはりました。けどその夜から熱を出して寝こみ、お医者を呼んでの大騒ぎになってしもうたんどす」

うなだれていたお満が、急に顔を上げ、菊太郎たちに訴えかけた。

「大旦那さまも若旦那さまも、おまえはなんの恨みがあって、店の大事な跡取りをこないな目に遭わすのや、空《うつ》けになったらどうしてくれると、大変お怒りどした。そのあと有馬の湯へ、療養にお連れなさいました。そのことで大旦那さまから、強い催促を受けることになったんどす。孫の治療や療養には、何十両もの金がかかる。おまえ一人が店でどれだけ働いたかて、償《つぐな》えるものではありまへん。弟や妹がいるのやさかい、二人をここへ奉公に出しなはれと、口入れ屋といっしょにいわはるんどす」

お満は涙声であった。

「うちが娘によくたずねたところ、ぶらんこの麻縄から手を離したのはお坊ちゃま。うちの娘には、落ち度があってないようなもんどす。そやけど力のあるものには勝てしまへん。太吉は九つ、千江は八つ。そんな二人を償いのためとはいえ、お店へ奉公にやるのは不憫すぎます。そやさかい、どうせこれから生きていたとてろくなことはない、いっそみんなで死んでしまおうかと相談して、そない決めたんどす」

「三条御幸町の瀬戸物問屋は、なんという屋号のお店どす」

「へえ、泉屋はんどすけど――」

お満が答え、源十郎は顔を上げ、胸裏で町並みをなぞった。

「ああ、確かに泉屋という瀬戸物問屋がおましたなあ。そやけど、子守り娘がいくら大事な跡継ぎを怪我させたというても、親許にいてる弟はんや妹はんまで奉公させて償えとは、あんまり酷《ひど》すぎますがな。口入れ屋の桂庵《けいあん》も、泉屋の大旦那に味方して、なんちゅう無分別なことを強いるんどすのやろ。それはどこの桂庵どす」

源十郎は憤然《ふんぜん》とした口調になっていた。

口入れ屋をときに桂庵という。

桂庵の名は江戸時代初期、江戸に住んでいた大和桂庵という医者が、縁談や奉公の仲介をして人によろこばれ、そのためこうした斡旋《あっせん》を生業《なりわい》とする者が江戸に現れたからだった。それが経済の発展にともない、京大坂ばかりか、全国におよんだのであった。

京には源十郎が知るだけで、二十軒ほどの口入れ屋が営まれていた。

「口入れ屋は御池富小路の生田屋はんどす」

相手の理不尽とようやく争う気になったのか、お秀が決然とした表情で告げた。

口入れ屋は仕事を探している者にも、人手をもとめている者にも重宝な存在。ちょっとした場所さえあれば、暖簾をかかげて店が営め、仲間株（組合）の制限もなく、手軽な商いであった。

「源十郎、その泉屋といい、口入れ屋の生田屋といい、なにか癖がありそうじゃな。銕蔵《てつぞう》の力も借り、一つ当たってみるか——」

「はい、なんやうさん臭おすわ。そないしまひょ。お秀はんにお満はん、当分、気楽にしてここにおいやす。わたしたちが泉屋と生田屋に掛け合うてみますさかい」

二人を安心させるため、源十郎が強くいった。

表から線香花火の燃える匂いが、濃くただよってきた。

四

「うち、仕事があらへんわ」

お与根が喜六たちに笑顔でいったが、どこか困惑したようすだった。

「そやからといい、お店からお暇をもらい、去るわけにもいかんさかいなあ。わたしらもちょっと手持ち無沙汰《ぶさた》なんどすわ」

正太も鶴太も似たようなものであった。

お秀母子は鯉屋で一夜を明かした翌日から、四人とも猛然と働き出したのだ。

お秀とお満は台所仕事や掃除を行い、床や廊下だけではなく、奥の柱や座敷牢の太い木格子まで拭きはじめていた。

太吉や千江が、拭き掃除をする母親や姉の許に、桶で水を運んでくる。

竈《かまど》の番はいつもお満がしていた。

「お店さまに吉左衛門はん、どないしまひょ。余計なことをせんといてともいわれしまへん」

お与根が困った顔で相談をかけた。

「まあ、放っといたらどうえ。手伝いを断ったら、気を悪くしはりまっしゃろ」

「ここでお世話になってるさかい、少しでも役立ちたいと思うてはりますのやろ。太吉はんなんか正太が気に入ったのか、ずっと後にくっついてますがな。末娘の千江はんが、赤襷《あかだすき》をかけ表を掃いてはる姿は、甲斐甲斐しくてさまになってますわいな」

吉左衛門は満更でもない口調であった。

その分、手の空いた正太と鶴太を店の床に坐らせ、目安《めやす》（訴状）の書き方や、これまで扱ってきた事件の判例を読ませている。仕事がより多く習得できるというものだった。

「太吉はん、そこでちょこんと坐ってるんやったら、ここの小机を使うて、これを習うてなはれ。これはいろは四十七字のお手本どす。同じ字をなぞってたら、自ずと頭に入りますやろ」

鶴太がかれを手招きし、手習い本と何枚かの紙をあたえると、太吉はすぐさま筆を動かし、文字をなぞりはじめた。

「太吉はんは相当、頑固《がんこ》な子どもやわ。けど頑固な子ほど、先の見込みがあるもんどす」

太吉はお多佳が古着屋でもとめてきた単《ひとえ》の背中を汗で濡らしながらも、真っ黒になった紙に、ずっといろはの文字を書きつづけていた。

三日目、母親のお秀が猪熊通りの長屋に、当座必要な品物を取りに行きたいと、源十郎にもうし出た。

「死んだうちの人の位牌も、そのままにしてありますさかい、それだけでも持ってきたいんどす」

源十郎はお秀の顔を眺め、小さく溜め息をついた。

「お満はんが長屋に帰った。なかなか泉屋にもどってきいへんとなると、泉屋か口入れ屋の生田屋の誰かが、長屋へようすを見にきているはずどす。そこへ出かけていったら、悶着《もんちゃく》が起こるのとちがいますか。こっちは昨日から二つの店に、あれこれ探りを入れてますけどなあ。そしたらまあ用心のため、菊太郎の若旦那にでも付いていってもらいまひょか」

源十郎は、このお人は苦労してきたはずなのに、世の中の実情も知らんと困ったもんだと、いいたげであった。

ついで菊太郎にお秀の付き添いを頼んだ。

「源十郎、そなたのもうした通り、猪熊通りの長屋には妙な奴が二人、張り付いていたわい。お秀が家の中に入るのを見て、後を追いかけたが、わしの姿に気づき、顔を見合わせ引っこみおった。わしらの後をつけ、店の表まできたようじゃぞ」

半刻ほどたち、お秀とともにもどってくると、菊太郎は源十郎に伝えた。

お秀は長屋をうかがっていた二人の男が何者なのか知っているらしく、硬い表情で自分たちに宛《あ》てがわれた部屋に、真っすぐ走りこんでいった。

「源十郎、なにか物騒《ぶっそう》じゃなあ」

「これは銕蔵の若旦那さま――」

「銕蔵か、物騒なことは承知しておるわい」

直後、後を追うようにして現れた異腹弟の田村銕蔵に、菊太郎が低い声で答えた。

銕蔵は同心組頭だけに、黒紋付き羽織袴《はかま》姿。付き同心の曲垣染九郎《まがきそめくろう》は、着流しに三つ紋の短い羽織を着て、ともに朱房の十手を腰の後ろに差していた。

「胡乱《うろん》な奴が鯉屋をうかがっておりました。われらの姿を見て、路地にすっと消えましたが

――」

　染九郎が菊太郎たちに伝えた。

「わしらはもう気づいておる。叩っ斬《き》るほどではないが、これ以上わしの機嫌を悪くさせると、峰打ちでも食らわせてくれる」

「兄上どの、それは瑣《さ》末《まつ》事《じ》、どうぞおひかえくださりませ。きのう一日がかりで、瀬戸物問屋泉屋と口入れ屋の生田屋の内実を、探ってまいりました。兄上どのや源十郎が推察されていた通り、二軒ともそれはひどい扱いを、奉公人たちに強いておりましたわい」

「鎮蔵、そなたに文句をいいたくないが、口入れ屋はともかく、瀬戸物問屋は仲間株をもって営まれている。奉公人たちに酷《むご》い扱いをしておるなら、町奉行所がそれを早くつかみ、少しぐらい指導したらどうじゃ」

「菊太郎さま、われらとてさように心掛けておりまする。されどなにしろ手薄で多忙、目落としも多いのでございましょう。お奉行さまには必ず、組頭さまの口からもうし上げますれば、何卒《なにとぞ》、ご勘弁くださりませ」

「おいおい染九郎、勝手な約束を、兄上どのとしてくれるな。わしはお奉行さまどころか総与力さまにも、さような苦情をもうし上げる勇気はないわい。ご失政を諫《かん》言《げん》しているのも同然。場合によれば、切腹ものじゃわい」

「市民に役立つなら、誰かが切腹してもよかろう。まあ順からすれば、お奉行が最初だわな。高禄を食みながら下情もわからぬ奉行など、無用だとは思わぬか」

「菊太郎の若旦那、そんなことより、瀬戸物問屋の泉屋と口入れ屋の生田屋のことを、早うきかせてもらわななりまへん」

「ああ、それが肝心だな。されば鋏蔵、奥の部屋に上がってくれ」

店の隅で手習いをしている太吉の耳に、入れたくないからだった。

「泉屋の大旦那は芳兵衛、若旦那は芳之助。二人は金の亡者《もうじゃ》でございまする」

鋏蔵は部屋に坐るなり、つぶやいた。

「小島、岡田、福田の三名にそれぞれ調べさせましたところ、お満がぶらんこで遊ばせていた芳之助の子どもは、有馬の湯で療養などいたしておりませぬ。母親のお縞とともに上京の実家に滞在、涼しい清滝で水遊びをするなど、元気でございました。泉屋では主《おも》に、父親のおらぬ家の子弟を、奉公人として雇い入れておりまする。母親だけなら、いいなりになりがちだからでございましょう。それでちょっとした粗相《そそう》を大袈裟《おおげさ》にいい立て、年季奉公の期限をのばしたり、親許から弁償金を取ったりしている次第——」

「一番ききしにまさるのは、数年前、雑仕事をしていた男衆が、誤って盆栽を傷めた一件。男はそのあと償いとして無給で働かされ、あげくは首をくくって死んでしまったともうします」

染九郎が説明を添えた。

「泉屋は大旦那芳兵衛の先代が、小店から大きく興したもの。大店となりながらも、この七十年余り、誰一人として暖簾分けを受けた者も、店からよそに嫁いだ者もおりませぬそうな。はっきりもうせば、奉公人にあれこれ難癖を付け、店に縛りつけてきたのでございましょう。同業者たちは泉屋のことを、人喰《ひとは》みの店ともうしております。言葉通り、人を食うて身代《しんだい》を築いてきたのでございまする」

「このたびの一件も、お満に難癖を付け、幼い兄妹まで奉公させようと、悪知恵を働かしたもの。瀬戸物問屋は扱う品がこまごまとしており、年端のゆかぬ子どもでも、いっぱし役立つのでございまする」

銕蔵と染九郎が、代わる代わる菊太郎たちに説明した。やきものは尾張の瀬戸が古くから隆盛だったため、美濃、常滑《とこなめ》、信楽《しがらき》、越前、唐津、伊万里——などの窯業地で生産された品物でも、だいたい〈瀬戸物〉と総称されていた。

東から京にもたらされるやきものは、東海道や琵琶湖の水運が利用され、一方、九州や西国からの品は、淀川や高瀬川の水運を用いて運ばれてきた。

三条の高瀬船の船着場から西にのびる三条通りの寺町以西には、やきもの問屋が何十軒も大店を構えていたのであった。

「人喰みの店とは、よくぞいうたものじゃ。わずかな粗相をあげつらい、奉公人を無給で働かせ、ついには死に追いやるとは、強請《ゆす》りのうえの人殺しともうせる。さような話、町奉行所なり公事宿なりに相談を持ちこめば、なんとかなろうに——」

「兄上どの、貧しい者たちには、町奉行所や公事宿は敷居が高く、なにかと恐ろしく感じられるのでございましょう」

「そうではならぬゆえ、わしは町奉行の切腹をもうしているのじゃ」

「まあまあ菊太郎と銕蔵の若旦那さま、ご兄弟が口争いをしている場合ではございますまい。それで口入れ屋の生田屋は、どないでございました」

「源十郎、これがまた驚く店。主は中年の色っぽい女子でなあ。さる摂家に仕える諸大夫《しょだいぶ》が、寵愛してきた女子に営ませているともうす。金持の娘を宮中に仕えさせてやると誘い、法外な口利き料を取って稼いでいるとか。泉屋も生田屋も京の蛆虫《うじむし》。断じて放ってておくわけにはまいりませぬ」

「摂家であろうが清華家であろうが、諸大夫ごときに、それほどの勝手をさせておいてはなるまい。それで摂家のどこじゃ」

「はい、二条家の諸大夫・五味甚左衛門にございます」

摂家は五家。近衛、九条、二条、一条、鷹司《たかつかさ》の各家をいう。諸大夫とは、武家の家老職にひとしい立場であった。

摂家筆頭の近衛家では、諸大夫が六、七人。侍二十人。近習《きんじゅ》三、四十人。中小姓が十人。青士と小者合わせて五十人余り。上臈《じょうろう》、老女、女房たちが数十人仕えていた。

ほかの摂家では、だいたいその半数と考えればよかった。

「それをきき、わしはもう我慢できかねる。これより禁裏《きんり》付きの赤松綱《あかまつのつな》どのの許にまいり、禁中を監察しておられる禁裏付きの総目付に会わせてもらおう。なんとか処置していただかねばならぬわい。上の役職の者が凡庸《ぼんよう》では、世の中が無茶苦茶になるぞ。鋳蔵、わしに付いてくるか」

「はい、お供つかまつりまする」

菊太郎と話をするにつれ、鋳蔵の意識が次第に変わっていた。

瀬戸物問屋泉屋が闕所《けっしょ》（地所・財産の没収）に処せられ、一家が山城国中追放。生田屋が取り潰され、二条家諸大夫の五味甚左衛門が自刃したのは、それから半月後であった。

没収された泉屋の財産は、鯉屋の手で歴代の奉公人が可能なかぎり調べられ、かれらに勤めた年数に応じて遅配した給金として支払われた。

お秀とお満の家族には、監督不行き届きから迷惑をかけたとして、特に三十両の金があたえられ、小商売でもはじめよと、町奉行所から指図があった。

「菊太郎の若旦那はん、わし公事宿の丁稚にしてもらえしまへんやろか。いろはの文字もすらすら書けるようになりましたさかい、鯉屋の旦那さまに頼んでおくれやす」

一家が猪熊通りの長屋にもどると決まった日、太吉が菊太郎にせがんだ。

秋の気配がふと感じられる季節になっていた。

黒猫の婆

一

「今年の夏はなんや涼しおすなあ」

「涼しゅうて助かりますけど、雨がしょぼしょぼ降って、鬱陶《うっとう》しおす。梅雨がずっとつづいてるみたいどすがな」

「夏らしゅうかっと陽の照り付ける日は、まだ数えるほど。こんなんでは稲の育ちが悪く、米が値上がりするのやないかと心配どす」

「お天道さまも年によって気まぐれ。はっとお気付きやして、これまでぐずぐずしてた分を取りもどさなあかんと、猛然と陽射しを投げかけてきはるかもしれまへん。まだ祇園まつりがすんだばかりやおへんか――」

旧暦、京の夏は祇園まつりをもって始まる。

盆地特有の蒸し暑い夏は、東山の大文字山を筆頭にして点《とも》される五山の送り火までつづき、そのあと次第に、秋を感じるようになるのである。

下京・室町の横諏訪町の棟割り長屋。奥まった井戸端で、女たちが喧《やかま》しく話をしていた。

長屋の真南に、東本願寺の大きな伽藍《がらん》がそびえている。

大法要のときには、諸国から上洛してきた大勢の信徒たちの唱える和讃《わさん》の声が、潮のように届いてくるほどの距離だった。

「わしは法華の信者やけど、こんなとき法華太鼓を叩《たた》きもできへん。張り合うているみたいに思われるのもかなんさかい、法要の間だけは停めとくわ。ほんまは遠慮なんかいらんのやけど、寺内町《じないちょう》に近いこんな町内に住んでたら、やっぱりいささか気が引けるわいな」

そんな折りには、長屋に住む法華信徒の左官屋が、愚痴《ぐち》をこぼして毎朝の勤行《ごんぎょう》をひかえた。

寺内町とは、東西両本願寺に付属する町内。両本願寺は皇室と関係がなく、准門跡として一般門跡寺院と区別されていた。

だが幕府は、戦国時代以来のその特殊性から、両寺にある程度の自治を認め、寺内町はそのため京の中で、特殊な租界地《そかいち》を形成していたのである。

それだけに法華信徒の左官屋も、なんとなく遠慮の気持を抱いたのだ。

「ほんまに夏やったら、それらしい気候になってほしおすなあ」

井戸から釣瓶《つるべ》で水を汲《く》み上げ、青菜を洗っていた女がぼやいた。

「そやけどこれで暑うなったら、今度は暑い暑いと苦情をいうのやさかい、うちらも勝手なもんどすわ。それに——」

年嵩《としかさ》の女があとの言葉をつづけかけ、ふと口をつぐんだ。

股引《ももひ》き姿の初老の男が、蛸唐草の大風呂敷包みを背負い、両手に鍋釜《なべかま》を下げ、長屋の木戸門をくぐってきたからであった。

利休鼠《りきゅうねずみ》色の夏羽織を着た品の佳《よ》い老女が、かれにしたがっている。

男は井戸端に集まる女たちを見ると、小さな髷《まげ》を結った頭をひょいと下げた。

木戸門を入って三軒目、北向きの空家の前で立ち止まった。

「ご隠居さま、どうやらこの家らしゅうおすわ。大家は御影堂筋《みえいどうすじ》で宿屋をしてはる越後屋《えちごや》七右衛《え》門《もん》さま。番頭はんがあとでのぞいてくれはるそうどすけど、まあ中に入らせていただきまひょか」

かれはまた長屋の女たちに頭を下げ、右手に持った釜を足許に置くと、腰板障子戸を開けにかかった。

だが一度力をこめただけでは、戸はすぐに動かない。途中で何度かつかえた末、重くきしみながらようやく開いた。

「建て付けの悪い戸どすなあ。ご隠居さま、あとで直しておきますさかい——」

かれは老女に辞を低くしていうと、彼女を先に立て、家の中に入っていった。

「いま思い出したけど、越後屋の番頭はんが、数日のうちにお年寄りが一人、引っ越してきはりますさかいよろしくと、いうてはりましたえ。あのご夫婦が、そうなんどっしゃろか」

「あのお年寄りには違いおへんやろけど、お二人はご夫婦ではありまへんで。うちらに頭を下げはった男はん、おばあちゃんのことをご隠居さまと呼んではりましたがな」

「ご隠居さまどすかいな――」

「すると、あれは男衆《おとこし》はんなんやろか。洗い晒《ざら》しのきものに、股引き姿どしたさかいなあ」

「それにくらべ、あのおばあちゃん、絽《ろ》の羽織を着はって、いかにもええとこのご隠居はんみたいな格好どしたえ。こんなぼろい棟割り長屋には似合わしまへん。まるで掃《は》き溜《だ》めに鶴どすがな」

赤い前掛けに紅襷をかけた女が、盥《たらい》のそばから立ち上がり、年嵩の女にいった。

「絽の羽織にも驚きましたけど、あのおばあちゃん、胸に黒猫をかかえてはりましたなあ」

「黒猫どすか。それはうちら、見てしまへん」

「その猫、銀色の目でこっちをじっとうかがってましたえ」

「掃き溜めに鶴やったらええけど、うち、猫はあまり好きやおへん。なんやそうきくと、気《き》色《しょく》悪うおすわ」

「若い時分に働いてた奉公先で、化け猫でも見たんかいな」

「冗談でも、変なこといわんといておくれやす」

井戸端で女たちが声をひそめこんなやり取りをしているころ、初老の男は長屋の部屋で、背負ってきた風呂敷包みを解きにかかっていた。

中から団扇《うちわ》を取り出し、老女にどうぞと差し出した。

「重助《じゅうすけ》、そんなもの要《い》りまへん」

古畳の上に行儀よく坐った老女は、帯の間から小振りの扇子《せんす》を抜き出すと、器用にそれを打ち振って扇面を広げた。

そこには涼しげな朝顔図が描かれ、法橋光琳《ほっきょうこうりん》の文字に「青々」印が捺《お》されていた。

老女はゆっくり扇子を動かし、薄紫色のきものの襟許《えりもと》に風を送っている。

それまで彼女の膝《ひざ》におとなしく乗っていた黒猫が、おもむろに畳に滑り下りた。銀色の目を鋭く光らせ、周囲をざっと見回した。

一旦、奥の間をのぞいて中の間にもどってくると、次には土間に下りて辺りをうかがい、再び老女の膝許に引き返してきた。

「にゃあご、にゃあご」

黒猫は小さな声で、二度鳴いた。

犬は人に付き、猫は家に付くといわれている。これは、基本的に気ままな猫の性癖をよく表した言葉。老女がかかえてきた黒猫は、長屋の部屋を観察し、ここでいいのかとまるでたずねているような気配であった。

「ではご隠居さま、これから掃除にかからせていただきますけど、その前にちょっと、井戸端に集まってた長屋のお人たちに、ご挨拶してきます。後ほど越後屋の番頭はんとご一緒に、改めてご挨拶に寄せさせていただきますと、断ってまいりますわ」

重助は老女に、片膝をついて低頭した。

「うちも付いていかなあかんのどすけど、なんや疲れてしまいました。みなさまにその旨をもうし上げ、よろしゅうお伝えしておいておくんなはれ」

「へえ、さようにもうし伝えさせていただきます」

土間に下り草履《ぞうり》を突っかけた重助は、もう一度軽く頭を下げ、外に出ていった。

黒猫がそんなかれを追って戸口まで行ったが、すぐまた老女のそばにもどってきた。

彼女の顔を見上げ、ふうっと荒い息を吐くと、急に背中を高めて総毛を逆立てた。四脚《よつあし》を突っ張り、はっきり老女に異を唱え、なにごとか怒っているようすであった。

「お玉、おまえにはこんな長屋住まいが不満でかなんのやろ。けど、いままでみたいな立派な普請の大店《おおだな》で、娘の和歌《わか》や婿の粂次郎《くめじろう》に意地悪され、小そうなってすごすより、侘《わび》しい家で貧乏してても、のびのびしているほうが、うちには幸せなんどす。まあ世の中には、ぼろ長屋で穏やかに暮らすより、大きなお屋敷で泣いてたほうがええといわはるお人もいてはりまっしゃろ。人にはそれぞれ考え方があり、一概にはいえしまへん。うちにもうちの生き方や考えがおましてなあ」

　老女のお里は、子猫のころからわが子のように育ててきたお玉を抱き上げ、頬ずりをしてつづけた。

「そら、古手《ふるて》（着）問屋の伊勢屋は、死なはった連れ合いの彦右衛門《ひこえもん》はんとうちが、働きに働き、一代でこの京で五本の指に入るほどにしたお店。その伊勢屋から、うちはこんな絽の夏羽織を着て飛び出してきました。けどきれいな羽織やきものなんか脱ぎ捨て、昔の自分にもどったと思うたらええのどす。お店の身代《しんだい》は全部娘夫婦に譲ってしもうて、今更どうしようもありまへん。けど肌付金《はだつききん》の五両と、わずかな身の回りの品を持ってます。これかて売ったら、二、三両にはなりますやろ。それだけでは心細おすけど、幸い、うちはまだ目が達者。重助に頼んで仕立て直しの仕事を回してもらい、また針仕事を始めますわ。彦右衛門はんと商いを始めたころの気持に返り、この長屋で暮らすのどす。おまえもそのつもりでおいなはれや」

　お里はお玉にいい諭《さと》した。

　彼女がいま娘といった和歌は、もとは亡夫・彦右衛門の従兄《いとこ》の子。子をなさなかったお里たち夫婦は、四歳の彼女を養女として迎えたのである。

　その前後から、ちょうど店の商いも軌道に乗り始めていた。

お里は和歌を育てるのに、子守りだけではなく乳母まで雇い、我が子として大事に慈《いっく》しんできた。六歳のときから、琴や舞などの稽古《けいこ》を始めさせ、人から顰蹙《ひんしゅく》を買うほどの溺愛《できあい》ぶりであった。

「さあお玉、うちも伊勢屋から無一文同様で追い出されたからには、もう上等なものを着てるわけにはいかしまへん。この棟割り長屋に住むお婆らしく衣服を改め、さっそく掃除にかかりまひょ。けどおまえの食べものだけには不足させしまへんさかい、不服そうに、そないに毛を逆立てるのは止《や》めなはれ」

お里は片手をついて立ち上がり、重助が解いた風呂敷包みから、色あせたきものと帯を取り出して着替え、前掛けまで締めた。

上京の千本出水で彦右衛門と古手屋を始めたのは、かれが二十三、お里が十九のときだった。

そこは間口三間、奥行きは十間と細長い店。商品は古手問屋から仕入れ、彦右衛門は古手売りの行商に出かけ、お里は留守番を兼ねて店で働いた。

仕入れに大津や大坂まで出向き、扱う古手をお里が洗って継ぎを当てるなど、手間を惜しまなかったため、店の売り上げは順調に伸びていった。

当時の衣服の供給は、新品を扱う呉服屋が、全体の二、三割程度。一般に衣服の大半は、古手屋でまかなわれていた。

庶民が新しい衣服を購入するのは、せいぜい一、二年に一度ぐらい。女性は誰であれ仕立てができて当然で、購入した古着に手を加えたものが、日常に着られていた。

これは下級武士の家庭でも同様で、主婦が機《はた》を織り、主《あるじ》の衣服は別にして、普段着はほとんど自分の手でまかなっていたのだった。余分に織り上げられた反物は、藩の会所を通じ、江戸や京大坂に向けて売られていたのである。

お里は店の商品にちょっとした上物があれば、縫いを解き、洗い張りと糊《のり》付けを行って仕立て直した。

「伊勢屋の古手は、物によっては新品みたいなものがあるわいな」

評判が評判を呼んでよい顧客もつき、店は順調に大きくなっていった。

継ぎ当てや仕立て直しの仕事が多くなると、近くの長屋住まいの女たちに内職として出した。

そうして数年が経《た》ち、彦右衛門は商いを古手屋から古手問屋に鞍替えした。

店を千本中立売《なかたちうり》に構え、古手屋株（独占的な営業権利・組合）を入手しても、まだ五百両あまりの金が残るほどの商人《あきんど》になっていた。

古手問屋が大儲《おおもう》けする機会は、分限者（金持）に不都合が生じて家を閉じるとき、または大名の廃絶や転封の際であった。

　こんな場合には、さまざまな衣服が大量に放出される。彦右衛門は諸国の買い出し屋と手を組み、いち早い情報の入手に努めた。機会を摑《つか》み、大きな儲けを上げつづけていた。

　しかし夫婦そろって商売一途に励んできたせいなのかどうか、子宝には恵まれなかった。そこで相談したすえ、彦右衛門の実家から養女を取ることにしたのである。

　この棟割り長屋を探し、お里を案内してきた重助は、十五年前まで伊勢屋の手代《てだい》を務めていた。亡き彦右衛門がその熱心さを見こんで暖簾《のれんわ》分けをさせ、いまでは赤坂屋という古手屋の主となっていた。

　かれはかれなりの考えがあるらしく、二条堺町に一軒店を構えたのちも、決して主然とした身形《みなり》をしないのを常としていた。

「あの赤坂屋では主の重助はんより、番頭や手代はんのほうがええ格好をしてはる。重助はんはまるで下働きの親っさんみたいやがな。あれにはほんまにまいるわ」

　同業の古手屋たちは、寄ると触ると、いつも苦情がましくこういっていた。

　彦右衛門が暖簾分けを許して独立させた店は、赤坂屋以外にあと三軒あった。

　しかしお里の身の振り方について、重助が相談をかけると、かれらはみな尻込みして口を閉ざしてしまった。

「いまの伊勢屋の旦那さまご夫婦に、つむじを曲げられたら、わたしらは仕入れもできしまへんさかい――」

「ご隠居さまの今後の相談も大事どすけど、ご本家の伊勢屋さまからねじこまれたら、こっちが困ってしまいますわいな」

「旦那の条次郎さまやお店《たな》の和歌さまには、それなりのお考えがおありのはずどす。わしらみたいなもと奉公人が、暖簾分けを受けたご本家さまにあれこれ意見をいうのは、どうかと思いますなあ」

三人は異口同音に、重助からの話を迷惑がった。

「こうなったらご隠居さまのお世話は、わたくし一人が見させていただきます」

だが重助のこの宣言に、当のお里は首を横に振った。

最初は確かにそのつもりでも、月日が経つうち、次第になにかと疎《うと》ましくなります。うちは人の汚いところは嫌というほど見てきましたさかい、それがようわかります――というのが、彼女の断りの言葉だった。

「そやからといい、わずかな金だけ持って店を出てきてしまわはり、これからどないしはるんどす」

「自分から好んで、店を出てきたのと違います。そうせなあかんように仕向けられたさかい、お玉を連れ飛び出してきたにすぎまへん。けどまあ、大旦那さまと世帯《しょたい》を持った五十年ほど前に返ったと考えたら、それでええのどすわ。重助の店でも、継ぎ当てや仕立て直しを内職に出してますやろ。その仕事を、うちにも回しておくんなはれ」

お里は気丈にもかれにこう頼んだ。

それから自分がお玉と最低限暮らしてゆけるだけの家を探してほしいといい、この長屋に移ってきたのである。

「ご隠居さま、遅うなってすみまへん。井戸端でのご挨拶が長引いてしまいまして――」

重助がやっともどってきたとき、お里は部屋の掃除を始めかけていた。

「なんか不都合でもありましたのか」

「いいえ、そうではございまへん。わたくしが手代としてお店に奉公させていただいていたころ、仕立て直しの内職をしてくれてたお波はんという女子《おなご》はんが、ええ年になって、この長屋に住んでいはったんどす。京の町は広いようでも、やっぱり狭おすなあ。井戸端でばったり顔を合わせ、お互い仰天いたしました。旦那はんは京都御大工《おんだいく》・中井家お抱えの左官屋やそうどす。事情を打ち明け、ご隠居さまのことをお頼みしてきました」

井戸端にいた女たちの中で、お波はもっとも年嵩。それだけにお里の長屋住まいについても、何かと頼りにできそうだと、重助は見て取っていた。

「うちが伊勢屋の隠居やったときき、そのお波はん、驚いてはりましたやろ」

「仕立て直しの手間賃を、伊勢屋はんはいつも多めに払ってくれはり、あのころはほんまにありがたかったというてはりました。お困りのことがあったら、いつでも声をかけておくれやすとのことどす」

重助は雑巾《ぞうきん》を持つお里の姿を痛ましそうに眺め、低い声で伝えた。

黒猫のお玉はまだ落ち着かないのか、狭い家の中をしきりにうろついていた。

二

「祇園まつりの間は妙に涼しおしたのに、今度はいきなり暑うなりましたなあ」

「こうも気候が急に変わると、身体の調子が狂い、なんか具合が悪うおすわ」

連日、うだるような暑さがつづいていた。

二条堺町の古手屋・赤坂屋の表で、小僧が柄杓《ひしゃく》を手に水を撒《ま》いていた。

「お小僧はん、精出して水撒きどすか」

通りかかった中年すぎの男が、気さくに声をかけた。

「へえ、そやけど撒いてもすぐに乾き上がり、どうにも追いつきまへん」

「暑いのにほんまご苦労はん。そやけどお陰で、このお店の前を通ると身体がすっとして、いくらか暑さもましに感じられます。お小僧はんは、ええ功徳《くどく》をしてはりますのやで」

「そうどすやろか――」

かれにこう励まされ、小僧は汗ばんだ顔を嬉《うれ》しげにほころばせた。水を撒く手を止めてぴょこんと頭を下げ、男の後ろ姿を見送った。

こんなことが功徳になるといわれれば、どれだけでも労をいとわない気持になるのが、自分でも不思議であった。

かれはかたわらに置いた手桶《ておけ》の水を撒いてしまうと、土間から奥に向かい、井戸から新たな水を汲み、また表に出てきた。

土間を通り抜けるとき、乾いた陽の匂いが鼻についた。

多くの古着が短い竹竿《たけざお》に吊るしてぶら下げられ、その横には、丁寧《ていねい》に畳まれて積み上げられた品もある。陽の匂いは、これらの古着が放つものであった。

だいたいどこの古手屋でも、店内は湿っぽく、埃と垢《あかじ》染みた匂いが満ちているのが普通だった。

だが赤坂屋では本家の伊勢屋にならい、仕入れた古手はすべて陽に干したり水洗いしたりしていた。場合によっては、手間が掛かっても仕立て直し、その上で商品として売りに出すのであった。

　このため、店内にはかすかに糊の匂いも漂っていた。

「用意のええお人は、この時期から秋冬にそなえ、もう袷《あわせ》を買わはります。そやさかい、いまの時期のきものばかりやなく、そんな品もいっしょに売り歩かはったらどないどす。こういうのが、古着売りのちょっとした工夫なんどすわ」

　赤坂屋の手代の真吉《しんきち》が、行商のきものを借りにきた新顔の男に説いていた。

　多くの古手屋では、信用の置ける古着や小裂《こぎれ》（布切れ）売りの行商人に、品物を貸し与える。かれらは開いた傘状の細竹に、商売物を吊り下げ、町筋を売り歩くのである。

「そんなもんどすかいな」

「へえ、夏の暑いときやからといい、その時期の品だけが売れるわけやおへん。だいたい古着は季節の先のものが、よう売れるんどす。季節みたいなもん、すぐに移ってしまいますやろ。お客はんはいまのものはだいたい足りてはります。買う品を探さはる目は、先へ先へと行ってるんどすわ」

　真吉はかれにこう説明しながら、品物をあれこれより分けていた。

　先ほど撒いたばかりの水は、路上でもう乾きつつあった。

　小僧は真吉の声をききながら、両手で運び出した手桶の水を、再び道に撒き始めた。

そうしながら二条通りをふと見ると、東町奉行所同心の曲垣染九郎が、下っ引き（岡っ引き）の七蔵《しちぞう》を従え、ぶらぶらこちらにやってくるのが目に入った。

「赤坂屋の小僧、暑いこっちゃなあ」

かれが挨拶する前に、七蔵が声をかけてきた。

「へえ、お暑うございます。こないな陽射しの中のお見廻り、ご苦労さまでございます」

「そないいうてるおまえも、ご苦労さまやないか。この暑さの中をせっせと水撒きとは、ほんまに殊勝なこっちゃ。お陰で身体がすっとして気持がええわい」

七蔵はつい先ほどの男と同じことをいい、足許の湿りに目を落とした。

「そういうていただきますと、わしにも遣《や》り甲斐《がい》がございます。なんどしたら冷たいお茶の一杯でも、差し上げさせていただきます。どうぞお店にお入りくださいませ」

小僧は町廻りの同心や下っ引きを見かけたら、必ずそういうようにと、主から諭されている通りをのべた。

「曲垣の旦那、お小僧はんが誘うてくれてますさかい、店で一服させてもらいまひょか」

七蔵は汗ばんだ顔を、染九郎に向けてたずねた。

「そうだな、御用の趣きもあればな――」

肩をゆすり、かれはつぶやいた。

「どうぞ、そうしてくんなはれ」

小僧は柄杓を手桶に入れると、店の中に走りこんだ。入れ替わりに、新顔の男が品物を吊るした竹竿を担ぎ、赤坂屋から出ていった。

「邪魔をいたすぞ――」

「これは曲垣さまにお供の七蔵はん、ようお立ち寄りくださいました。暑い中をお役目ご苦労さまでございます」

行商人を送り出した手代の真吉が、愛想よく二人を迎えた。

奥に駆けこんでいった小僧が、盆に土瓶《どびん》と筒茶碗をのせ、すぐもどってきた。

「麦茶どすけど、井戸に吊るしてよう冷やしてますさかい、どうぞ飲んどくれやす」

小僧の手から盆ごとそれを受け取り、真吉は早くも露を帯びた土瓶の中身を、筒茶碗に注《つ》いだ。

「ありがたい。では遠慮なく馳走になる」

「こない暑いとき、冷たい麦茶は最高に旨《うも》おすわ」

上がり框《かまち》に腰を下ろした二人は、麦茶を一気に飲み干し、もう一杯所望といいたげに、筒茶碗を勢いよく盆にもどした。

「よろこんでいただけ、わたしらも嬉しゅうございます」

麦茶を茶碗に注ぎ足して勧め、真吉は土間にひかえた小僧と笑顔でうなずき合った。

「ところで、店の裏が何やら騒がしいが――」

「近所の女子衆《おなごし》はんたちに集まってもらい、みんなで洗い張りをしてる最中なんどすわ」

「いつも繁盛のようすで結構なことじゃ」

「お陰さまで、ぼちぼち稼がせていただいております」

真吉は染九郎に、軽く低頭した。

「ぼちぼちというのが一番じゃわい。ときに妙な物は、仕入れの品に紛《まぎ》れこんではおるまいな」

そのときだけ、かれは鋭い目付きになった。

妙な物とは盗品、またはそれに紛らわしい物を指していた。

店で商う古着の仕入れ先は、古手問屋だけではない。質屋からの質流れ品も持ちこまれるため、盗品やそれに近い物が、古手屋に流れてくることが時々あった。

江戸時代、庶民が質屋に持ちこむ質草の主流はきもの。つぎに髪飾りの簪《かんざし》や櫛、装身具を兼ねたたばこ入れ、印籠、矢立てなどが多かった。昭和の初期まで、この割合はさして変わらなかった。

現代では衣服生活の大変革にともない、染織工芸の粋《すい》をこらした上等なきものでも、質屋ではあまり歓迎されない。

ちなみについ最近まで、高級品であった時計やカメラでも、同様のことがいえるだろう。これらもあまりに普及したため、ブランド品でもないかぎり、質草になるほどの価値を失ってしまっている。

しかしきものが質草として相当の価値を有していたこの時代には、盗んだ品物を金銭に換えるには、質屋に持ちこむのが、もっとも手っ取り早い方法であった。

曲垣染九郎は、そのような品が持ちこまれていないかを改めるため、時々こうしてあちこちの古手屋に顔をのぞかせていた。

「へえ、質屋の売り立てには、わたくしもちょいちょい行かせてもろうてます。けどいまのところ、そんな品は見られしまへん。怪しげなものを見付けたら、すぐお届けさせていただきます」

「何枚か盗品の品触れを、質屋や古手屋に配っておるはず。されどそれらしい物は、容易に出てまいらぬなあ」

「京で盗んだ品を、洛中の質屋や古手屋に持ちこみましたら、すぐ足が付きますやろ。けど大津や奈良、大坂に運ばれて売りさばかれましたら、お奉行所やわたくしどもとて気付きようがあらしまへん」

「全くじゃ。盗人《ぬすっと》たちも愚かではなし、わしらに捕らえられぬよう考えておるわなあ。大坂町奉行所などにも品触れを廻しておるが、よほど特徴をそなえたものでないかぎり、容易に質屋や古手屋の目に付くまい」

「古手と一口にいいますけど、品質も模様も実にさまざまで大量。紙に書いた品触れぐらいでは、なかなかわからしまへん。ほんまに難儀なもんどすわ。そやけど、去年の秋のあの古手騒ぎには驚きましたなあ。もとの持ち主が探し当てられ、ようございました」

「ああ、あの一件か。人騒がせな話ではあったが、持ち主があいわかったうえ、その金で夫婦がどん底の暮らしから抜け出すことができ、まことによかったわい。あの者たちはいま、五条大橋の東詰めで、一膳飯屋を始めているそうではないか」

「わしも行きましたけど、ええもんを安う食わせており、けっこうはやってました。おかず(惣菜)の味もしっかりしてて、あれなら十分やっていけますわ」

染九郎と真吉の会話に、七蔵が口をはさんできた。

かれらがいま話題にしているのは、去年の秋のちょっとした騒動。上京の古手屋・七尾屋が問屋から仕入れた縞《しま》の袷の襟に、「慶長一分金」が四枚縫いこまれていたのである。

江戸期の貨幣は、時代が下るにつれ金の含有量が落ち、品質は悪くなる一方であった。これに対し、初期に造られた慶長一分金は、金がほぼ八割五分に銀が一割五分という素材構成。

総重量も一匁《もんめ》（三・七五グラム）以上あり、この当時からすでに高価な貨幣と位置付けられていた。

「きものをほどいてたら、こんな金が出てきましたがな」

思いがけない一分金の出現に、七尾屋は大騒ぎになった。

古手問屋のみならず、町奉行所まで巻きこみ、その袷の持ち主の詮索《せんさく》が始められた。

十日ほどのち、ようやくもとの持ち主が判明した。

袷を売り払ったのは、もとはやきものの仲買人をしていた男の妻。先代まで手広く商いをしていたが、三年前、〈一人勘定〉で江戸に送り出した荷船が、駿河《するが》沖で大風に遭《あ》って難破、一挙に零落《れいらく》したのである。

一人勘定とは、取り引きのすべての責任を、一人で負うことを指す。

この商いでは、得る利益も大きい代わりに、何事か起きた場合、損害も甚大となる。博打的な手段であった。

「大儲けを企み、危ない一人勘定をするさかい、そんな目に遭うのじゃ。ほんまの仲買人やったら、そこを上手に図り、なにが起きてもええように、あらかじめ危険を分散させとくのや。それでもそいつはえらい奴で、家財をすべて売り払い、五条の窯元衆や職人たちに、きれいに勘定をすませおったというがな」

「情けは人のためならずともいうわい。やるだけのことをきちんと果たしておいたら、やがては誰かが、そいつの面倒を見る気にもなりよるやろ」

「ほんまにそうや。なんの商売でも、取り引き先に実《じつ》さえつくしておいたら、人は放っとかへんわい」

大損をした仲買人は店を閉じ、夫婦して方広寺門前に近い裏店に逼塞《ひっそく》していた。

そこへ町奉行所の与力に付き添われ、七尾屋の主が訪れた。袷から出てきた慶長一分金四枚を差し出した。

「その縞の袷は嫁にきたうちのため、このお人の亡《の》うならはったお母はんが、ご自分で仕立ててくれはったもんどす。二、三度袖を通しましたけど、あの災難のあと、もうしわけないと心で詫《わ》びながら、売り払ったきものの一枚どした」

もと仲買人の妻は、なつかしげな顔で、縞の袷を見つめた。

「姑どのは、まさかのとき役立てばと思い、ここに縫いこんでおかれたのじゃな。幾度も袖を通して着古し、仕立て直しをしておれば、この金にも気付いたであろうが、二、三度ではわかるまい。されどまあ、こうしてもとの持ち主の手にもどせたのは幸いじゃ」

「さあ、受け取っておくれやす」

与力が話を補足すると、七尾屋の主は袷と四枚の慶長一分金を夫婦の膝許に進めた。

しかし、それは一度売り払った物どすさかいと、夫婦はともに首を横に振った。

「確かにこれはあんたはんがお売りになったあと、古手買いのお人や問屋を経て、最後にうちの店が買わせてもろうた物どす。けど間に立ったお人は、みんなこの話をきいた上で、自分たちは取り分なんか要りまへん、もとの持ち主にもどしてあげとくれやすというてはりました。わたくしも同じ気持で、そやさかいこうしてお返しに上がらせていただいた次第どす。この慶長一分金四枚、いまやったら二両にも相当しますやろ。わたくしがもうすのもなんどすけど、この金を元手に、前みたいに大儲けを狙《ねら》わんと、地道になにか商売を始めはったらどないどす。正直の頭《こうべ》に神宿るといいますやろ。わたくしを不正直者にさせんためにも、この袷とお金、どうぞ納めておくれやすな」

七尾屋の主の言葉に、夫婦はうっと声を詰まらせた。

結果、夫婦は五条大橋東詰めの空家を借り、返ってきた金を元手に一膳飯屋を開業した。仲買はもともと性に合っていないというのが、男が飯屋を選んだ理由だった。

古手屋の七尾屋と古手買い人、また間に入った下京の古手問屋には、それぞれ取った態度が殊勝だとして、町奉行所から絹二匹が褒美としてあたえられた。

殺伐とした世の中にも、時にはこんな気持のよい話もある。

だが同じ古手屋稼業でも、主の重助から伊勢屋の隠居のお里と若夫婦の確執《かくしつ》をきき、真吉は店によってこうも異なるものかと思わされた。

「真吉はん、今日は主の重助はんも番頭はんもいはれへんようどすけど、そろって質屋仲間の売り立てにでもお出かけどすか――」

下っ引きの七蔵が、自分で土瓶に手を伸ばしてたずねかけた。

「いいえ、そうやありまへん。実は旦那さまが昔ご奉公をしてはったお店の家内《いえうち》で、ちょっとややこしい話が起きておりますのや」

真吉は少し声をひそめ、染九郎と七蔵のほか客がいないのを確かめてから、あとをつづけた。

「それといいますのも、そこのご隠居さまがいまの主夫婦と仲違いされ、わずかな身の回り品だけ持ち、お店を出てしまわはったんどすわ。それはおだやかで気持のええご隠居さまで、この赤坂屋にしばらくの間いてはりました。けどいつまでも世話になるのは心苦しいともうされ、先日、下京・室町横諏訪町の裏店へ引っ越さはったんどす。けどなにしろお年がお年。なにかあったら大変やさかい、ここのところ暇があるたび、旦那さまは横諏訪町へお出かけなんどす。今日もお店さまと番頭はんとご一緒に、朝からそちらにいってはりますのや。人間、欲がからむと、鬼みたいに変わるときいてます。それで仲がこじれると、もう他人にはどうにもできへんものなんどすなあ。双方の間に立たされ、旦那さまも気苦労してはりますわ」

「それは大変じゃな。外見は平穏に見えても、どの家でも中に入ると、ややこしい問題の一つや二つは抱えておる。昔ご奉公していたお店とは、確かどこぞの古手問屋。そこのご隠居どののこととなれば、重助どのとて放ってもおけまい——」

腕組みをした染九郎が感慨深げにいったとき、赤坂屋の暖簾が大きくゆらいだ。

主の重助がもどってきたのである。

「表に水撒きの手桶が置きっぱなしどっせ。どないしたんどす」

誰にともなくたずねたかれは、すぐ目が店内の薄暗さに馴《な》れて染九郎たちの姿を認めると、あっ奉行所の旦那さまと、あわてて腰を低めた。

「うち、忘れてしもうてましたわいな」

小僧が急いで外に飛び出していった。

三

「黒猫のお婆だと——」

田村菊太郎は膝に抱えていた猫のお百を、思わず両手で抱き、異腹弟の銕蔵《てつぞう》に問い返した。

かれの後ろには、曲垣染九郎と下っ引きの七蔵がひかえ、菊太郎の横に、公事宿《くじやど》「鯉屋《こいや》」の主源十郎が坐っていた。

「はい兄上どの、赤坂屋の重助によれば、長屋の子どもたちは伊勢屋のご隠居どのを、さよう呼んでいるそうでございます。お玉と名付けた黒猫を、あまりに可愛がられているゆえで、決して悪意からではございませぬ。子どもたちから黒猫のお婆と呼ばれるたび、ご隠居どのはそれはうれしそうに返事をされ、飴玉《あめだま》などをおやりになるともうします」

兄の菊太郎がお百をひどく可愛がっているため、鋏蔵はあわてて弁解した。

菊太郎がお百を急に眉《まゆ》を翳《かげ》らせたのは、鋏蔵の釈明で、菊太郎の顔色が和《なご》んだ。

「ふむ、それにしても黒猫のお婆とは、なにやら悪気が込められているようで、人ぎきがよくないのう。ほかになにかいいようはないのか――」

「若旦那、相手は長屋の子どもたちどすがな。黒い猫を可愛がって飼っている老女やさかい、黒猫のお婆。これは素直でわかりやすいのとちがいますか」

「悪気がなければそれでよいが、わしとしては、せめて黒猫のおばあちゃんとか黒猫のお婆さまとか、愛らしい呼び方はないものかと思うただけじゃ。黒猫のお婆と黒猫のおばあちゃんとでは、大分、印象がちがうぞ」

「そやけど、長屋の子どもたちが無邪気にご隠居さまのことをそう呼んでたら、仕方ございまへん。黒猫だのお婆だのいう言葉は、確かにあまりいい感じではありまへん。けど、ご本人も承知してはるそうどすさかい、若旦那が目くじらを立てはることもありまへんやろ」

源十郎が菊太郎をしきりになだめた。

「それはそうじゃな。だいたい猫の中でも、白猫の類いは愛らしいが、黒猫はどこか凶々《まがまが》しいものを感じさせて気が置けぬ。わしが常々、さよう思うているゆえの悪印象かもしれぬ。されればまあわしらが呼ぶとすれば、黒猫のお婆どのか。これならなにか威厳がありそうじゃわい。そこで黒猫のお婆どのが、いかがされたのじゃ」

「この話は染九郎さまが、二条堺町の古手屋・赤坂屋の重助はんから、直《じか》にきいてきはったもんどす。染九郎さまが銕蔵の若旦那さまに相談され、銕蔵さまが重助はんにお会いになられました。明らかに出入物《でいりもの》（民事訴訟事件）になると助言され、結果、鯉屋に事件解決の依頼がきたという次第どすのや」

源十郎が簡単に経緯《いきさつ》を説明した。

「若いころ、夫とともに伊勢から京にまいり、夫婦力を合わせて古手商いに精を出し、ついには伊勢屋ともうす大きな古手問屋を営むまでになった。子どもに恵まれなかったため、国許の夫の従兄の子を養女にもらい、お嬢として慈しんで育ててきた。養女はやがて年頃となり、婿を迎えた。主が生きているころはよかったが、主の死後、店と商い株を娘夫婦に譲ってから、お婆どのへの扱いが急に冷ややかに変わった。あげくお婆どのは堪忍袋《かんにんぶくろ》の緒を切らせ、黒猫をかかえ身一つで、店から飛び出された。もと奉公人の重助を頼ってきたともうすのじゃな」

「へえ、そうどす。そやけどお婆どのは、人の世話にはなりたくない、自分で働くというてはるそうどすわ」

「お年はいくつになられるのじゃ」

「六十八歳とおききしました」

今度は源十郎に代わり、染九郎が答えた。

「六十八歳になりながら、身一つで店から飛び出されるとは、なかなか意気軒昂《いきけんこう》で、さっぱりした気性のお婆どのじゃな。やはり黒猫を飼われているせいかもしれぬ」

「若旦那、なんでまたそこへ、黒猫が出てくるんどす」

「いや、これはつい失言いたした。黒猫とはなんの関わりもないわい。まあ養子夫婦が資産のすべてを譲られたら、お婆どのが邪魔になるとは、この世にありがちな話じゃ。人間ともうすものは、人から優しくされると、そのときはありがたがるものの、すぐ馴れてしまい、その優しさすら当然と思うようになる。やがては主客が転倒してしまう場合も多いわい。軒先を貸して母屋を取られるということじゃな。世間にときどきある話で、鯉屋でもさような事件をいくつか扱っておろう。なあ源十郎、そうであろうが——」

　お百が菊太郎の膝から下り、興味のなさそうな態度でみんなを眺め渡し、すっと部屋から出ていった。

「そら親父の代から、そんな揉《も》め事を仰山《ぎょうさん》、扱ってきましたわいな。そやけど、よくある話やからといい、軽うは考えられしまへん。それに伊勢屋はあんまりむくつけで、邪《よこし》まなやりようどっせ。一応、店と土地の権利は町内の年寄一同が、商い株は古手問屋仲間が譲渡を承認してます。そやけど世間の良識いうもんが、そんな不埒《ふらち》を許さしまへんわ。わたしは赤坂屋重助はんと伊勢屋のご隠居さまにお会いし、出入物として目安《めやす》（訴状）を書かせてもらうつもりどす。養子夫婦をぎゅっと懲らしめ、お婆さまのため伊勢屋の店を取りもどさななりまへん」

　鋏蔵と染九郎から、すでに揉め事の概略を告げられている源十郎は、いつになく腹立たしげな顔でいった。

「わしとてこの件では、さようすべきだと考えておる。義理を大きく欠く養子夫婦を懲らしめるのは当然。ところでそのお婆どのはなにを思い立ち、いきなり家出をされたのじゃ。染九郎どのに七蔵、それについては重助からなにかきいておらぬか」

菊太郎は、隠居の一件を最初に摑《つか》んできた二人に、視線を向けた。

「七蔵、わしが菊太郎さまにお話しいたしてもよいが——」

染九郎は下っ引きの七蔵の顔を立て、かれにたずねた。

「へえ、そうしておくれやす。こない無体な話、世間でも珍しおすわ。義理とはいえ育ての親に、あんまりな仕打ちどす。一度ならず数度も、こんなんつづいてたら、そのうち死んでしまいますがな」

七蔵は憎悪をにじませて答えた。

「そのうち死んでしまうとは、きき捨てにできかねる」

あぐらをかいていた菊太郎は、剝《む》き出しの足をきものの裾《すそ》で覆《おお》い、身体を乗り出した。

「いかにも、体力ばかりか気力も失い、やがて死ぬかもしれませぬ。養女の和歌がお婆どのに、食事だと声をかけたそうでございます。菊太郎さまもご存じの通り、大店では奉公人の食事と、主一家のそれとは別なのが普通。そのうえ伊勢屋では、お婆どのはまた別とか。和歌と主の条次郎は、四つと六つになる娘と息子とにぎやかに食事をすませ、そのあとお婆どのに声をかけたのでございます」

「これ待て染九郎どの、一家の長老たるお婆どのが、最初に食事をとるのではないのか」

「菊太郎さま、伊勢屋ではそこがすでに異なっており、お婆どのは最後なのでございます。

和歌の言葉にしたがい、お婆どのは台所部屋に行かれました。ところが膳は置かれているもののの、飯茶碗に飯は盛られておらず、皿にもなにものっておりませぬ。蓋物《ふたもの》の蓋を開けると、中には魚の骨だけが入っていたとか。そばのお櫃《ひつ》には、米粒がわずかに付いているにすぎなかったそうでございます。こんなことが四月にあり、以後、数度つづいているともうします。お婆どのは重助に、これはなにかの手違いではなく、故意の意地悪だと声を強めてもうされましたそうな」

染九郎が痛ましそうに説明した。

「養女の娘から勧められ、食事をとろうとしたところ空櫃であったとは、お婆どのの苦い思いが察せられる。まことに嫌な意地悪じゃわい。だいたいの家なら、孫がおれば、孫たちが一緒に食事をしたがるものだが、そこはどうなのじゃ」

「伊勢屋の養子夫婦は、子どもたちにお婆どのは汚いだの臭いだのともうし、離れの隠居所に近づけぬそうでございます。子どもたちもお婆どのを見かけると、小さな手で鼻をつまみ、逃げるありさまとか」

「年寄りを汚いとか臭いとかもうし避けるのは、許しがたい所業《しょぎょう》。古手問屋の隠居ともなれば、平生でも身綺麗《みぎれい》にしておられようが——」

菊太郎が憤然とした顔でいった。

「重助がもうすには、ご隠居どのは鬢こそ白いものの、それはかわいらしいお人だそうでございます。二人の子どもは、両親のお婆どのへの言動を、無分別に倣《なら》っているにすぎますまい。全くけしからぬ両親でござる」

染九郎の言葉を締めくくったのは、銕蔵であった。

「若旦那さま、奉行所に訴えるとなれば、主立つのは店と商い株の返還を養子夫婦に求めること。当然、町年寄や古手問屋仲間の年寄を、巻きこむ展開になりますわなあ」

「他家の揉め事とはもうせ、町年寄も問屋仲間の年寄も、それぞれ注意の目を配るのが責務の一つ。さては奴ら、粂次郎夫婦に金でも摑ませられ、知らぬ顔の半兵衛を、決めこんでおるのかな」

「たとえ薄々気づいていても、他人の家の揉め事には、できれば関わりたくございまへんさかいなあ」

「源十郎、それでは町年寄も問屋仲間の年寄も務められまい。連中の公平な目があってこそ、町内の安寧《あんねい》や正しい商いが保たれるのじゃ。連中は一つ間違えば、自分たちに責任がおよんでくるのを、承知しているのだろうかな」

「そら知ってはりますやろ。そやけど世の中、町年寄や商い仲間が、大から小までいちいち口出ししてたら、切りがありまへん。お役についてはるお人の立場からいうたら、意地悪でも嫌がらせでも、そこそこにしておいてほしいというのが、本音どっしゃろ。なんでも一線を越えてしもうたらあきまへん。その一線を越えたら御定法に背き、わたしらの出番になるんどすわ」

「そなたと話をしていると、なにやらのらりくらりと、瓢簞《ひょうたん》で鯰《なまず》を捕らえているような心地になるわい。まるで瓢簞公事にのぞんでいる気分じゃ。こうして論じ合っていても始まらぬ。目安を書くに先立ち、赤坂屋重助をともない、まずお婆どのに会おうではないか――」

「鋏蔵の若旦那が重助はんに公事にいたせと勧めはり、菊太郎の若旦那が乗り気になっておいやしたら鬼に金棒。そしたらお婆どの、いや伊勢屋のご隠居さまにお会いして、詳細をきかななりまへん。そのあと重助はんと、どないな公事にするか、ようご相談させてもらいまひょ。これは瓢簞公事とは、全くちがいまっせ」

　源十郎が立ち上がっていった。

　瓢簞公事とは、世間でいわれる大岡裁きに似ている。

　慶長六年（一六〇二）から元和《げんな》五年（一六一九）まで、京都所司代についていた板倉伊賀守勝重《いたくらいがのかみかつしげ》の許に、遺産分配をめぐる訴訟が持ちこまれた。

　京の有徳者《うとくしゃ》（金持）が、三人の子どもに一個ずつ瓢簞を渡しただけで、遺産についてはなにも指図せずに死んだのだ。

三人からの訴えを受理した勝重は、それぞれが亡父からもらった瓢箪を、各自に立てさせてみた。すると末子の一個だけが立ち、あとの二個は倒れてしまった。そこで末子を、遺産の相続人に決めたというのである。

板倉勝重ほどの傑物、三人を観察したところ、末子が一番頼りになると見て決めたのであろう。

だが勝重なら、三個の瓢箪のどれが倒れようと、それらしい理由を別に付けても、この人物と見定めた相手を、相続人に選んだにちがいなかった。

銕蔵は公用のため、途中で一行から抜けた。

ために源十郎と菊太郎、それに染九郎と七蔵が赤坂屋重助に案内され、横諏訪町の長屋を訪れた。正午《ひる》をだいぶ廻った時刻であり、京では一番暑い季節、かんかん照りになっていた。

棟割り長屋の木戸門をくぐると、数人の女たちが奥の井戸で盥で糊付けをしており、中の一人が、張り板に縞の布をのばしていた。

粗末なきものに襷姿の老女が、釣瓶で水を汲み、別の盥に空けていた。

「ご隠居さま――」

重助がやっぱりといいたげにつぶやいた。

「おお重助かいな。この間、とどけてくれた古手は、もう仕立て直しておきましたえ。ここにいてはる長屋のお人たちに、手伝ってもらい、三枚すませましたわいな。手間賃を弾んでおくれやっしゃ。この縞は物がええさかい、きちんと洗い張りをして仕立て直したら、高う売れまっしゃろ」

「へえっ、そんなに早う——」

お里は昔にもどり、仕立て直しをして稼ぐと主張していた。そのお里にせがまれ、古着をとどけたものの、重助は本当にでき上がってくるとは思っていなかった。

「お波はんたちに、古手屋の仕事をしまへんかと持ちかけたんどすわ。ほかの内職より、手間賃が取れますさかいなあ。そしたら、みんなが手伝わせてもらいますといわはり、このありさまどす」

お波とは、若い時分、伊勢屋の内職仕事をしていた左官屋の女房。彼女は長屋の板塀に張り板を立てかけ、糊付けをした縞の布を張り終えたところだった。

「お波はん——」

「赤坂屋の旦那はん、黒猫のお婆さまがそういわはるもんどすさかい、うちも昔にもどり、手伝わせてもらうことにしたんどす」

「そやけどお波はん、黒猫のお婆さまはありまへんやろ。伊勢屋のご隠居さまといいなはれ」

「けどご隠居さまは、うちはもう伊勢屋の者やない、黒猫のお婆で結構やといわはりますさかい、そう呼ばせていただいてるんどす」

お波が重助に答えているとき、釣瓶の麻縄を握るお里の足許から、黒猫のお玉が立ち上がってきた。

のそっと重助の足許に歩み寄ると、それでなにか文句でもあるのかといいたげな目で、かれを眺め上げた。漆黒《しっこく》の毛が夏の陽を浴び、きらきら光っていた。

「ところで重助、後ろにおいでなのはどなたさまどす」

「以前、お話しもうしていた公事宿鯉屋の旦那さまと、わたくしが相談をかけた町奉行所のお役人衆でございます」

「それは手廻しのよい。もうそない手配したんどすか」

「へえ、ややこしい問題は早う片付けたほうがええと思い、早速、鯉屋の旦那さまにきていただいたのでございます」

公事宿だの町奉行所のお役人衆だのの言葉で、お波たち長屋の女の顔が強張《こわば》ってきた。

「ほな、家に入っていただかなあきまへん。みなさま、ようお越しくださいました」

お里は釣瓶から手を放し、あとを頼みましたよとお波たちに声をかけ、源十郎や菊太郎の先に立った。

家の奥の間で、改めてみんなに手をついて挨拶した。

彼女のそばには、もちろん黒猫のお玉が、前脚をそろえじっと坐っていた。

重助から告げられていたが、彼女がこの長屋に引っ越してきたとき着ていた絽の夏羽織などは、赤坂屋ですでに売られたという。

部屋に調度品は少なく、侘しげな雰囲気であった。

「あらかたは、赤坂屋の重助はんからきいてます。けど伊勢屋はんを公事にかけるんどしたら、ご隠居さまから正確なお話をうかがわなならんと思い、こうして一同が出かけてきた次第でございます」

口火を切ったのは源十郎であった。

「横にいてはるのは、田村菊太郎さまといわはり、鯉屋がなにかと頼りにしているお武家さま。町奉行所のお役人さまは曲垣染九郎さま、やはり鯉屋の相談に乗ってくれはるお人どす。もう一人は、曲垣さまの手先を務めてはる七蔵はん。曲垣さまと七蔵はんが、ご隠居さまが伊勢屋から飛び出してきはったことを、最初に赤坂屋で耳にされ、これはおかしいと、わたしの店に相談を持ちかけられたのでございます」

「されどまあ、お婆どのがくよくよいたされず、長屋の女子たちに号令をかけ、元気に働かれているのをこの目で見て、安心いたしました」

源十郎のあとを、菊太郎がつづけた。

「あなたさまはご浪人されているお武家さまどすか。仕官するよりよいとして、公事宿の用心棒を兼ね、相談に乗ってはりますのやな」

「ふむ、そんなところじゃ」

「この菊太郎さまの弟御は、われらの上役の組頭。お父上さまはいまでこそご隠居の身じゃが、もとは東町奉行所で同心組頭を務めておられたお人でござる。ご当人は町奉行所からたびたびご出仕の要請を受けても、一万石ならだの二万石ならだのと横着をもうされ、鯉屋で居候《いそうろう》をしておられる」

「おやおや、一万石二万石いうたら、お大名どすがな。よっぽど堅苦しい暮らしがお嫌いなんどすな」

「お婆どの、わしのことはどうでもよかろう。それで伊勢屋の夫婦を相手に、公事を起こされるおつもりでございますのじゃな」

菊太郎はここで話を切り替えた。

「はい、身内を相手に諍《いさか》うのは、好みではありまへん。けどこのますっこんでいたら、あの世へ逝ったとき、夫の彦右衛門どのにいいわけができしまへんさかい。それに邪まな和歌や条次郎をのさばらせておいたら、やがては世間さまに、悪いことをやらかすに決まってます。そやさかい、欲得で公事にするのやなく、いまの二つの理由にうちの意地もあって、二人を懲らしめてやりたいのどす」

「なるほど、それはいえてます。痩腕にも骨、人には意地がありますさかいなあ」

「されど源十郎、四つのとき養女として迎えられ、大事に育てられてきた娘。そんな娘が、身代を譲ってくれたお婆どのを、邪魔者扱いいたし、浅慮にもいびり出すような仕儀におよぶものかいなあ」

「若旦那はそないなことは普通では考えられへんさかい、作り話と受け取られかねぬと、いいたいのでございまっしゃろ」

「まあそうだが——」

「大抵のお年寄りは、邪魔にされたり意地悪されても、世間体をはばかって諦《あきら》め、泣き寝入りしてはるだけどすわいな。伊勢屋の夫婦は、そこに付けこんでいるんどす。お婆さまの態度さえはっきりしてたら、負けることはありまへん」

「それでお婆どの、和歌の婿に迎えたのは、どこの誰じゃ」

「店で働いていた手代の粂次郎どす。死んだ彦右衛門どのが目をかけ、和歌も気に入ってましたさかい、婿にしたんどすわ」

「するとお婆どのは、二重に裏切られた思いをしてこられたのじゃな」

菊太郎が険しい顔でいったとき、棟割り長屋の表から、あわただしい足音がひびき、息を弾ませた声がとどいてきた。

「鯉屋の源十郎どのに、曲垣染九郎どのはおられぬか——」

銕蔵配下の同心・小島左馬之介《さまのすけ》の声だった。

四

「左馬之介、いかがしたのじゃ」

染九郎が上がり框に向かって立ち上がり、切迫した声でたずねかけた。

「組頭さまのお指図にしたがい、急いで駆けつけてまいりました」

かれの後ろでは、手下《てか》の卯之助《うのすけ》が息を喘《あえ》がせていた。

「さようなこと、きかぬでもわかっておるわい。そのお指図を早くもうせ」

染九郎は苛立《いらだ》たしげにうながした。

「はい、古手問屋の伊勢屋が、行商人に売り歩かせていた古着の中から、手配されていた盗品が、何点か発見されました。盗品故買《こばい》の疑いが持たれ、調べ始めているとのことでございます」

「左馬之介どの、伊勢屋に盗品故買の疑いだと――」

「菊太郎の若旦那、そんな疑いなど、どうとでもなりますやろ。たとえ伊勢屋が扱った品でも、盗品とは知らなかったといい張られたらそれまで。確かな証拠がなければ、なんともなりまへん。だいたい、そこにいてはる大恩あるお婆さまに意地悪をし、店から追い出すような奴らどっせ。お婆さまが重助はんの世話になってるのを知りながら、一言の挨拶もせえへんのを見てたら、事実でも知らぬ存ぜぬといい抜けまっしゃろ」

源十郎がしらっとした顔でいい叩いた。

盗品故買とは、盗品と知りながら買うことである。

「まあ、そうだろうな。罪を認めさせるには、盗人を捕らえ、伊勢屋の粂次郎と、面《つら》を突き合わせて白状させねばなるまい。ここはやはり正攻法で攻め落とすにかぎるか」

「菊太郎さま、盗品故買の疑いが、もし事実と判明いたせば、常習で悪質な場合、伊勢屋は闕所《けっしょ》となりかねませぬ。財産の一切を失い、お婆さまの恨みも宙に浮いてしまいます。左馬之介、組頭さまはその点まで考えられたのであろうな」

染九郎がまた左馬之介に詰め寄った。

いかにも敏腕の同心ぶりであった。

「はい、組頭さまもさよう仰せでございました」

「ならば、菊太郎さまのお言葉通り、正攻法でまいるにかぎる。盗品故買の詮議は、なにかと長くかかりますのでなあ。粂次郎と和歌夫婦のお婆どのへの不埒を、ありのまま目安にしたためればよいのじゃ。公事にしてお白洲《しらす》に出れば、一件の結果は目に見えておりまする」

染九郎が自分の意見をのべた。

「全く、そうどすわいな。お奉行さまは忠孝の大事を、ご存じのお人どすさかいなあ。人間、年を取るのは自然。実子でも養子でも、家業を譲った途端《とたん》にころっと心変わりされ、早く死ねとばかり粗略に扱われたら、この世が立ちゆきまへんがな。菊太郎の若旦那、わたしは目安を書かせてもらうと同時に、古手問屋仲間の年寄と、伊勢屋が店を構える千本中立売の町年寄たちに、直接会いますわ。目安を町奉行所に差し出す前に、養子夫婦からお婆さまへ、店や商い株を返還させなあかんのやないか、ことを荒立てずに始末するべきやと、説くつもりでおります。それでどうどっしゃろ」

「伊勢屋の当代が、お婆さまをいかように遇していたかが明白にされれば、問屋仲間の年寄も町年寄も、放置していた責任を問われ、お咎《とが》めを受けるわなあ。ことを公事にして、白黒を付けるまでもない。奴らが自分たちの非をすんなり認めれば、それでよいのじゃ。それにしても夫婦は、お婆さまを甘く見たものじゃわい。夫の彦右衛門どのとほとんど裸一貫から、古手問屋を構えるまでになられたその意気込みが、いまもお婆さまの中に燠火《おきび》として残っているのに、気づかなんだのじゃな。迂闊《うかつ》な夫婦じゃわい。だが、条次郎が欲からお婆さまを邪魔にするのは理解できるとしても、和歌は四つのときから溺愛されながら、お婆さまを大事にいたさぬとは、どうしてだろうな。わしにはそこがどうも解しかねる」

「公事宿のお武家さま、うちもそれが腑《ふ》に落ちしまへんねん。うちが和歌に、なんか悪いことをしたんどっしゃろか」

「お婆どのも同じことを考えておられたのじゃな」

「はいな、条次郎はともかく、和歌の気持がうちにはわからしまへん。彦右衛門どのとは血縁でも、うちとはやっぱり他人やからどすやろか。そやけど、生みの親より育ての親という諺《ことわざ》もございますわなあ」

「生みの親より育ての親か――」

菊太郎は感慨深げにつぶやいた。

自分は、父の次右衛門が妻の政江にかくれ、祇園の茶屋娘に産ませた子。やはり四つのとき組屋敷に引き取られ、義母政江の手で大切に育てられてきた。

いまでもその恩義を厚く感じている。

「お婆どの、つかぬことをおたずねいたすが、そのもらい子を育てられ、一度でも頬や尻を叩かれたことがございまするか――」

「いいや、うちは一遍も叩いてしまへん。叩かなあかんと思うたことは何度かありましたけど、彦右衛門どのの手前、できしまへんどした」

「あるいはそれが、間違いのもとだったかもしれませぬな。わしも義母に育てられましたが、少し悪いことをいたすと、こっ酷《ぴど》く物差しで叩かれましたわい。そのたび痛いのと同時に、このお人は親身になってくれていると、無性にありがたく感じました」

「義理でもまともな親子なら、そうどっしゃろなあ。いま考えれば、何事も他人行儀にしてきたのかもしれまへん」

「菊太郎の若旦那、若旦那の場合と、お婆さまと和歌との場合はちがいまっせ。わたしにいわせたら、なにがどうあろうとも、和歌いう女子が性悪《しょうわる》なんどすわ。下手に同情してもろうたら困ります」

「うむ、ときに左馬之介、伊勢屋に盗品故買の疑いがかけられたのは、どのような経緯からじゃ」

「はい、町商いの行商人が、きものを竹竿にぶら下げ、売り歩いておりました。以前、柳行李いっぱいのきものを盗まれた被害者が、偶然、その中に自分のきものを見つけたのでございます。筋をたどっていったところ、伊勢屋に行き着いた次第——」

「そうか。ならばそなたはすぐ銕蔵の許にもどり、こちらの考えを伝えてくれ。調べはゆっくりやってもらい、とりあえず盗品故買の疑いを、わしらは伊勢屋への脅《おど》しに使わせてもらうとな」

「承知いたしました」

　左馬之介が卯之助をともない、横諏訪町の長屋から辞したあと、源十郎は目安を書くため、黒猫のお婆のお里から、詳しい事情聴取をはじめた。

　いろいろ驚く証言を得たが、中でも物凄いのは、裏庭の隅に祀《まつ》られたお稲荷《いなり》さまの社に、お里が毎朝、参拝を欠かさないことに関わる一件だった。

「ある朝、庭石を伝い、いつも通りお稲荷さまへお参りに行ったんどす。そしたら社のかたわらに生える松の木の太い枝に、麻縄が掛けられ、その下に踏み台が置かれていたんどすわ。ここで首を吊りなはれといわんばかりの嫌がらせ。それもつづいて三度もどっせ」

　そのときだけ、お婆も涙声であった。

　事情聴取は一刻《いっとき》（二時間）ほどで終えられ、源十郎は染九郎と七蔵をともない、早速、古手問屋仲間の惣年寄の許へ出かけていった。

「若旦那の出る幕はございまへん」

　かれにこういわれ、菊太郎は暑気払いの酒を飲もうと、「重阿弥」におもむいた。

　その夜はお信の長屋に泊まり、翌日の昼すぎ、鯉屋から手代の喜六が迎えにきて、急いで駕籠《かご》で大宮姉小路の店にもどってきた。

「若旦那さま、えらいことどすわ。鯉屋の土間が、奉行所のお白洲になったみたいどっせ」

店にもどる途中、喜六が辻駕籠にゆられる菊太郎にいいかけた。

「なにゆえじゃ」

「伊勢屋の夫婦、古手問屋仲間の惣年寄と、千本中立売の町年寄がそれぞれ二人、合わせて六人が、隣の公事宿蔦屋《つたや》の旦那の太左衛門はんと一緒にきてはるんどすわ。もちろん、赤坂屋の重助はんとお婆さまもおいでどす」

「なるほど、源十郎のもうしていた通りの展開になっているのじゃな」

「それはなんのことどす」

「源十郎が目安を町奉行所に差し出す前に、関わりのある人々に相談をかけ、一件を丸く収めたいともうしていたのよ」

菊太郎は駕籠の脇を小走りで付いてくる喜六に答えた。

「おもどりやす——」

「お帰りなさいませ」

正太や鶴太たちの声に迎えられ、鯉屋の暖簾をくぐると、一件のお白洲はさすがに奥の客間に移されたようすだった。

「菊太郎の若旦那さま、客間においでになっておくんなはれ」

下代の吉左衛門が、中暖簾から姿をのぞかせ、かれをうながした。

客間には当然ながら、銕蔵配下の誰も姿を見せていない。すべてが内済《ないさい》（話し合い）ですまされそうであった。

菊太郎が客間の入り口に立つと、太左衛門と六人の男女が、一斉に深々と平伏した。

お里と重助は、軽く会釈を送ってきた。

「若旦那、まあこんなところどすわ。蔦屋の太左衛門はんが、朝からきはりましてなあ。古手問屋仲間の惣年寄の布袋屋《ほてい や》市兵衛《いちべ え》はんが、町年寄もふくめ、自分たちの監督不行き届きやと認めてはります。伊勢屋の粂次郎はん夫婦は、こういうてはりますわ。みんなこちらの落ち度。町奉行所に目安を出されたら、どんな凄腕の公事宿に頼んでも勝ち目はない。身代はご隠居さまにそっくりお返しし、そのお指図にしたがうとどす。また闕所だけは勘弁してほしいと、脅《おび》えてはります」

菊太郎は差し料を摑み、立ったまま源十郎の話をきいていた。

惣年寄や町年寄には目も向けず、粂次郎と和歌を睨《にら》みつけ、どかっと坐った。

するとお婆の膝にいた黒猫のお玉が、かれの膝にすっと寄ってきた。

「ぎゃおっ——」

このとき、どこにひそんでいたのか老猫のお百が、いきなりお玉に飛びかかった。

お玉が驚き、あわててお婆の膝にもどる。

お百は悠然《ゆうぜん》とその場から出ていった。

「伊勢屋の粂次郎に和歌、あれはわしが飼うているお百ともうす老猫じゃが、猫さえ誇りを持っておる。そなたたちはお婆さまを甘く見たため、かような次第を招いたのじゃ。されど自分たちの過ちを素直に認め、資産の返還を素早くもうし出てくるとは殊勝。さもなくば、いくら蔦屋の太左衛門どのに頼んだとて、闕所のうえ市中から所払いぐらいには処せられたはずじゃ」

「まことに恐れ入ります」

「本当に恐れ入っておくれやっしゃ。お婆さまは二人の孫たちに、せめて五十両ずつでも渡したいというてはります。それだけを持ち、伊勢屋を立ち退いておくれやすか。そやけども し金を隠しているのが後でわかったら、今度は打ち首もんどっせ。そのつもりで蔦屋はんや、惣年寄のお人たち立ち会いの許で、一筆書いといてもらいます。お上の手をわずらわさんと、内済で片付けられ、ここにいてはるお人たちもほっとしてはりますわ」

「それにしても、伊勢屋ほどの店を譲られ、商人でありながら、下手な勘定をしたものじゃ。勘定に妙な欲を足すと、大損をいたすのじゃぞ。そこでわしは和歌に一言たずねたいが、夫の粂次郎がどうあれ、そなたはなにゆえ義母のお婆どのを邪険に扱ってきたのじゃ。それをどうしてもきいておきたい」

菊太郎にたずねられ、和歌は小さく嗚咽《おえつ》をもらし、きものの袖《そで》で涙を拭《ぬぐ》った。

「若旦那、それはわたしが答えさせてもらいまひょ。先ほどきいたんどすけど、和歌はんの故郷は伊勢の松坂。実のお母はんが、伊勢屋が大きくなるにつれ、貧乏してなんだらおまえを手放さなんだ、伊勢屋が憎らしいほど妬《ねた》ましいと、たびたび愚痴ってはったそうどすのや」

「なにっ、憎らしいほど妬ましいだと。貧乏してなんだらの言葉は、そうだろうとも思うが、伊勢屋が憎らしいほど妬ましいとはなあ。その母親はなにを考えていたのかと、疑いたくなるわい。そなたは実の母から、ずっと毒を吹きこまれていたのじゃな。それで実の母親の仇《あだ》を、お婆さまに意地悪をするという形で討つつもりでいたのか――」

菊太郎は憮然《ぶぜん》とした顔でつぶやいた。

伊勢屋の帳場に赤坂屋重助がときどき坐り、横諏訪町の長屋の女たちが、内職仕事を果たすため、盛んに出入りするようになったのは、それから十日ほどたってからだった。

粂次郎と和歌夫婦は、伊勢・松坂の在にもどり、古手の行商をはじめたという。

盗品故買の疑いは、幸い初犯で故意でなかったため、わずかな過料（罰金）だけですまされた。

いつしか京には秋めいた風が吹き始めていた。

お婆の御定法

一

柿の実がすっかり色づき、どこからともなく木犀《もくせい》の花の匂いがただよってくる。

ここ数日、朝晩ひんやりとして、肌寒いほどだった。

法林寺脇のお信の長屋にずっと居つづけていた田村菊太郎は、彼女に強くすすめられ、昼すぎ、大宮姉小路の公事宿「鯉屋」にもどることに決めた。

「菊太郎さまはうちとこの居候《いそうろう》ではございまへん。鯉屋の居候のはずどっしゃろ。それがあんまり留守にしてはったら、お払い箱になってしまうのとちがいますか――」

お信が冗談まじりにうながしたのである。

かれの長居は、別に珍しくはない。それでもさすがに今日で五日目。自分が無理に引きとめているのではないかと、鯉屋の主《あるじ》源十郎や妻のお多佳に思われたくなかったのだ。

鯉屋で菊太郎は必要とされる人物。いつまでも自分の家でごろごろさせておくのも、決してよいことではなかった。

「わしはお信の目から見ても、やはり鯉屋の居候か。されど、時には鯉屋の役に立っておる。わしの知恵が必要とあらば、下代《げだい》の吉左衛門か手代の喜六が呼びにくるわい。されば、どこにいたとて同じではあるまいか」

「さような横着をいうてはってはいけまへん。居候とは、いつもそこのお家なりお店《たな》なりに、居付いてはってこそどす。あんまり留守にしておいやすと、資格を失うてしまうのではございまへんか。あの気ままな猫のお百かて、お店に居付いてるからこそ、鯉屋の猫というてもらえるんどすえ」

「それはそうだわなあ。されどわしは当初から、鯉屋の居候になるつもりで京にもどったわけではないぞ。ただ何となくずるずると居つづけ、今日にいたっておるだけじゃ。いまではお信の紐になって、気楽にのんびりと暮らせたら、それが一番だと思うておる」

菊太郎はこういい、ちらりとお信の顔をうかがった。

「では遠慮なく、紐にならはったらどないどす。うちは一向にかましまへんえ」

彼女は顔に微笑を浮かべ、そんな菊太郎に流し目をくれた。

「おいおい、冗談をまともに受けてくれるな。わしには女子《おなご》にのうのうと養ってもらうほどの度胸はないわい。それはそなたが一番存じているはずじゃ」

菊太郎はお信の思いきった言葉に、大袈裟《おおげさ》に驚いてみせた。それから一つ大きなあくびをすると、おもむろに着替えをはじめ、法林寺脇の長屋を後にしたのである。

自分を送り出したあと、お信は料理茶屋の「重阿弥」へ、久しぶりに働きに出かけるのだろう。

田村家の家督を継いだ菊太郎の異腹弟・銕蔵《てつぞう》の妻である奈々の実家は、錦小路で手広く海産物問屋を営む播磨屋。主の助左衛門は、大事な客をもてなすときには、三条鴨川沿いにあるこの店を用いている。

娘の奈々を可愛がるかれは、菊太郎が重阿弥の仲居のお信とわりない仲だと知り、彼女の扱いを特別にしてくれるように、店の主彦兵衛《ひこべえ》に頼みこんでいた。

もともと店で信頼の厚かったお信は、そのせいもあって気楽に働いていた。数日の休みをとるぐらい、快く許してもらえたのである。

「赤とんぼか——」

三条大橋の擬宝珠《ぎぼし》の上に、赤とんぼが一匹止まっていた。

東から西にむかって鴨川を渡りかけた菊太郎は、途中橋の欄干に肘《ひじ》をつき、それに見入った。

橋の上では、さまざまな身形《みなり》をした老若男女があわただしく行き交っている。それでも擬宝珠の上の赤とんぼは、透けた羽根を広げたまま、ぴくりとも動かなかった。

じっと眺めていると、大きな目を時にぐるぐると廻していた。

欄干にもたれかかった菊太郎と赤とんぼは、互いににらみ合う格好であった。

「こ奴、わしを恐れる気配はいささかもないようじゃ」

菊太郎は小声でつぶやいた。

つぎにふと胸の中で、腰に帯びる刀を一閃《いっせん》させ、この赤とんぼを斬《き》り捨てるさまを思い浮かべた。

赤とんぼが擬宝珠から飛び立ったとき、刀を素早くひらめかせる。真っ二つにされたとんぼの胴体が、ぽとりと橋板の上に落ちる。

白く透けた羽根も何枚かに断られ、それが川風に吹かれ、鴨川の水面に向かって舞い飛んでいくはずだった。

——わしの腕もまだ捨てたものではないわい。

三条大橋を歩いていた人々が、刀をさっと鞘《さや》に納めた自分を恐ろしげな目で眺め、一旦足を止める。つぎには身を避けるようにして、早足で橋を渡っていくのだ。

そんな光景を思い浮かべ、かれは橋梁の下の鴨川の流れに目を投げた。

——いやあ、されどあれだけの赤とんぼとなれば、これはどうにもならぬわ。

数え切れぬほどの赤とんぼが、みな羽根を静止させ、水面近くをすべるように群れ飛んでいたからであった。

じっと見ていると、ときどき数匹が群れから離れていく。すっと川風に乗って上昇し、そのままいずこにともなく消えていった。

——とんぼの中にも、わしのように気随《きまま》な奴がいるのだな。

菊太郎が群れから逸れていった赤とんぼを自分に引き付けて思ったとき、かたわらでどさっと音がひびいた。

「おまえ、なにをしてるんやな——」

股引《ももひ》きをはいた職人風の男が、橋の上に腹這《はらば》いに倒れこんだ四、五歳の男の子を振り返り、せわしげな声で怒鳴り付けていた。

幼い男の子は、父親とおぼしきかれに手を引かれて歩いていたところを、転んだらしかった。

「そないいうて、お父ちゃんには、わしがこうして転んでるのがわからへんのかいな」

男の子は腹這いになりながら、小さな手だけは父親とつないでいた。そのまま顔をあげ、父親に抗議の言葉を投げつけた。

なるほど、かれのいうのももっともだった。

手を引いてきた子どもが、転んで倒れている。それを見て、おまえなにをしているんやなとたずねるのは、考えてみれば、間の抜けた問いであった。

「おまえ、なにをごちゃごちゃいうてるのや。おまえがこけて（転んで）ることぐらい、お父ちゃんにもわかってるわい。しゃらくさいことばかりいいおってからに。ほんまにかわいい気のない餓鬼《がき》やわ」

「お父ちゃんはいつもわしや兄ちゃんを、かわい気のない餓鬼やというてはる。けどわが子に、そんないい方はないいんとちがうか。どんな悪たれ坊主でも、わが子はかわいいもんやと、わしはきいてるで――」

「こいつ、一つひとつお父ちゃんに文句を付けよってからに。さあ、さっさと歩くんじゃ」

職人風の男は、子どもの手をぐっと引っ張って立たせると、かれにまた悪態を浴びせながら三条大橋を西に急いでいった。

――あの童《わっぱ》のもうすことは道理じゃ。道に倒れているわが子に、おまえなにをしているときくほうが、確かにおかしいわい。あえて問うなら、どうして倒れたのだとたずねるべきであろうな。

菊太郎はなるほどとうなずくと、父子の後を追うようにして橋を渡った。

先ほどの子どもが、手を引く父親に懸命に小走りでしたがっているのが見えた。

父子は三条通りを寺町まで進み、そこから道を南に折れていった。

あのような抗議の言葉を父親に浴びせかける子どもは、将来、どのような人物に育つのだろう。才気走っているため良い運に恵まれるか、それとも逆に悪の道に走り、磔《はりつけ》獄門にでもなるか。いずれにせよ、善悪極端にどちらかに転びかねない性質を抱いていそうな少年だった。

男の子の知恵は、上手に伸ばしていけば、いずれ人から必要とされるものになるのではないか。かれの言葉は、そんな素質の片鱗《へんりん》を菊太郎に感じさせた。

子どもは育て方次第で、なんとでも変化する。お信の一人娘であるお清など、いまや学問にふけり、将来は女学者か絵師にでもなりたいと口走っていた。

菊太郎がこう考えた胸裏には、公事宿鯉屋の将来についての計画も含まれていた。

あのように才気煥発《かんぱつ》な子どもなら、あと三、四年もした後、鯉屋の丁稚《でっち》として雇い入れてやれる。

二条城や東西両町奉行所の近くに軒をつらねる公事宿は、弱い立場である庶民のいざというときの味方であった。

八代将軍吉宗の時代に制定された法令「公事方御定書《くじかたおさだめがき》」は、奈良時代の「律令」や鎌倉時代の「貞永式目《じょうえいしきもく》」とも並ぶ、わが国有数の法典といわれている。「律の部」「令の部」の二つに分かれたこれは、別名「御仕置御定書」、俗に「御定書百箇条」とも称されていた。

紀州徳川家から将軍職に就いた吉宗は、幕政を三代将軍家光の時代にもどし、幕府権力の強化と財政の立て直しを目指していた。このため「御定書百箇条」も、江戸初期の法律に範を取ったもの。すなわち、この時代の風潮から逸脱した、極めて厳罰主義の法令であった。

しかし一方で、実際に司法の執行者たる役人たちは、ご時世に合わない法律を、曲げて適用する柔軟性を有していた。

例えば「御定書百箇条」には、関所破りは磔の刑に処する——との条文がある。

だが実際、通行手形を持っていない者が関所を通ろうとすると、役人の大半は、天下の御関所を無手形で通ろうとはまかりならぬと一喝する。当人は一応、恐れ入りましたとかしこまるが、あとは結局、関所を通り、行きたいほうに歩いていくのだ。役人もそれ以上、これを咎《とが》めなかったという。

また、十両以上盗んだ者は死罪と定められていたが、これにも抜け道が設けられていた。

「十両盗んだゆえに当人が死罪となれば、被害に遭《お》うたそなたも後味が悪かろう。あ奴を死罪にしたとて、金はもはやもどってはまいらぬ。そこで相談だが、盗まれた金を九両、いや八両であったことにいたさぬか——」

被害者も、自分の一言で下手人の生死が分かれるとなれば、決して気持のよいものではない。

「それではお指図通りにいたします」

しぶしぶ承知するのがほとんどだった。

このように役人たちは事実を少しだけ曲げることで、苛法《かほう》の適用を避けていたのだ。

俗に「大岡裁き」と賞賛される大岡越前守忠相《ただすけ》の判決の特徴も、実はここにあった。

もっとも、「御定書百箇条」の規定をそのまま厳密に執行しようとする「石頭侍」も、中にはいた。そのような役人の手にかかり、時流に合わない処罰を受けてしまう不運な場合も、たまにはあったのである。

父親にいまからあんな小理屈をこねる童なら、鍛え方次第では、「御定書百箇条」の条文を縦横自在にひねくり回し、居並ぶ役人たちを煙に巻く有能な公事師に育つだろう。

そんなことを考えながら、立花《りっか》で知られる〈池坊〉の近くまで三条通りをきた菊太郎は、ここでふと俄《にわ》かに後悔した。

先ほどから子どもにばかり目を留めていたが、かれの父親がかなり慌てた様子だったことを思い出したのだ。ちらっと顔を見ただけだが、ひどく急いでおり、なにかに気を取られている具合だった。わが子を叱《しか》りつけたのも、その余裕のなさからだ。

あのとき自分が、坊主、大丈夫かとでも声をかけていたら、彼らといささかでも親しくなれたはずだ。さすがに父親から話をきき出すことはできなかったかもしれないが、少なくとも子どもに、一度公事宿鯉屋に遊びにこいとはいえただろうと思ったのである。

それにしても、あの父親に悩みがあるとすれば、それはなんだろう。

この三条通りを往来する人の多くは、金か色のどちらかを考えて動いている。男はお店から給金を貰《もら》うためか、今度はどうやって儲《もう》けようかなどと思いながら歩いており、合間には女子のことも考えているはずだ。

「どこかにうちを見初めてくれはる、ええ男はんはいいへんもんやろか――」

また若い女子なら、こんな夢を抱いていてもおかしくはない。世間は突き詰めれば、色と欲と嘘《うそ》などで作られている。

あの父親も世帯《しょたい》のやりくりか、あるいは賭場で拵《こしら》えた借金のための金策に、走り回っているのかもしれなかった。

菊太郎は父子をぼんやり見過ごしてしまった自分に、改めて舌打ちしながらやがて堀川を渡った。

堀川の界隈《かいわい》でも、赤とんぼがふわっと浮遊するように飛んでいた。

あちこちで染物屋の洗い職人たちが、堀川の水に膝《ひざ》まで浸かり、河中の杭と杭の間に渡した竹に、絵模様を施した布を引きかけている。

水ですすぎ、染め布の糊《のり》落としをしているのだ。

「いかにも、都らしい眺めじゃわい」

菊太郎は目を細めて、満足そうにつぶやいた。

それから二条城を右に見ながら大宮通りを姉小路まで南に下り、鯉屋の暖簾《のれん》をくぐった。

「おもどりやす――」

下代の吉左衛門や手代見習いの佐之助たちの声が、かれに投げかけられた。

明るい外からもどってきただけに、店の土間は一瞬、薄暗く感じられた。

――送り火や　今年逝《ゆ》きたる人の数
奥の柱につるされた短冊掛けには、こんな句の書かれた短冊が嵌《は》めこまれている。

すぐに店内の薄暗さに馴《な》れたかれは、その短冊にちらっと目を這《は》わせた。

「死なはったお人にはなんどすけど、あんまり縁起のええ句ではありまへんなあ。早いめに新しいものに取り替えてもらいとうおす。店にかけるもんやさかい、そこを少しぐらい考えておくれやすな」

吉左衛門から苦情をいわれている一句であった。

奇妙なことに、先ほど菊太郎におもどりやすの声をかけただけで、店の全員がそのまま黙りこんでいる。土間に二足の草履《ぞうり》がきちんとそろえられていた。

「吉左衛門、いかがしたのじゃ」

菊太郎の問いかけに、かれは視線でそっと店の奥を指し示した。なにか、面倒な話が持ちこまれている様子であった。

二

「源十郎、なにごとかあったのか――」

菊太郎が奥の間に入ると、主の源十郎と異腹弟の田村銕蔵配下の岡田仁兵衛《にへえ》が、むずかしい顔で向かい合っていた。

仁兵衛の横に、身形《みなり》はいいものの、ひどく一徹そうな顔をした初老の男がひかえている。

敷居際に立ったままの自分をちらっと仰いだ目に、どこか軽んじる気配があるのを、菊太郎は見逃さなかった。

老猫のお百が甘えた声で鳴き、菊太郎の足許に寄ってきた。

「ようやくのお帰りどすか。お信さまの長屋へ、誰ぞお迎えにやろうかといま思うていたところどす」

源十郎が渋い顔でかれを見上げていった。

「いきなり厳しいことをもうし、よほど面倒な相談ごとが寄せられたのじゃな。されど宿部屋に、客の姿はないようじゃが――」

「ここにいてはるお人が、相談ごとを持ってきはったんどす。ついでにお伝えしますと、遠くから泊まりがけで公事訴訟にきはるお客はんは、いまは誰もいてはれしまへん。座敷牢も空っぽどすわ」

「すなわち天下泰平、万民諍《いさか》いもなく穏やかに暮らしておるわけか。それは重畳《ちょうじょう》というべきじゃ」

「菊太郎の若旦那は、呑気でよろしゅうおすなあ。泊まり訴訟がなくて座敷牢が空なだけで、鯉屋はいま七件も出入物《でいりもの》（民事訴訟事件）を抱えてるんどっせ。世の中から諍いの絶えるはずがないぐらい、よう知ってはりますやろ」

「確かにそうだわなあ。出世したい奴、金を儲けたい奴、色事に耽《ふけ》りたい奴、酒を飲みつづけていたい奴、博打《ばくち》を好む奴や人に威張りたい奴と、争いの種を持つ者は、数え切れぬわい。さらにこの京にあまたおる坊主たちは、人の範として清廉に生きるのが本来の姿のはず。その中に女犯《にょぼん》はもちろん、密かに金貸しまでいたす輩《やから》がいるときくと、世も末じゃと思われてならぬ。お釈迦さまや孔子どのをはじめ古来より尊《とうと》き方々は、実際のところ人間のどこを見て、なにを説かれてきたのだろうな。絶え間なく起こる諍いばかり見ておると、全くこの世が嫌になってくるわい」

「菊太郎の若旦那はそういわはりますけど、人の世から揉《も》め事がなくなったら、うちみたいな公事宿稼業は、営んでいかれしまへん」

「まあ、菊太郎さま。まずはお坐りになられたらいかがでございます」

壮年の岡田仁兵衛にうながされ、菊太郎はお百をひょいと抱き上げ、その場にあぐらをかいた。

「若旦那、さっそくお引き合わせさせていただきます。こちらは、御幸町押小路の亀屋町にお住まいの枡屋甚兵衛はん。彫り師の親方をしてはるお方どす」

「彫り師の親方だと。天女に雲竜、山姥《やまんば》と金太郎、鯉の滝登りなどを、人の身体に刺青《いれずみ》をいたすあれか。さような仕事をされているお人には、見かけられぬが――」

「早とちりしてもろうたら困ります。わたしのいい方も悪おしたけど、一口に彫り師というてもさまざま。根付師も、仏さまを刻んではるお方もおいでどす。枡屋甚兵衛はんは、欄間《らんま》飾りの彫りをしはる職人衆の親方どす」

源十郎はあわてて、甚兵衛の仕事の補足をした。その説明をきき、当の甚兵衛はどこか侮蔑的な笑みを薄く浮かべた。

菊太郎の立場について、かれはすでに源十郎からきいている。日々、こつこつ仕事に精を出す職人連中の親方からすれば、菊太郎のように曖昧《あいまい》な暮らしをしている人物を、軽蔑して見るのも当然といえた。

「鯉屋の旦那さま、誰でも彫り師いうたら、そらすぐ刺青師を考えますやろ。けどそれをすぐ口にしはるとは、このお侍さまはざっくばらんな素直なお人どすなあ。そやけど武家屋敷やったら、欄間の彫り物に、渡辺綱《わたなべのつな》に羅生門の鬼、天女に雲竜というのも、案外悪うないかもしれまへん」

「甚兵衛どの、天女に雲竜はともかく、渡辺綱と羅生門の鬼はさてどうであろうな。わしが学んだところによれば、綱が生きていた時代の侍は、ほとんどが武芸など忘れ果てていたそうな。太刀打ち一つ行えない者も珍しくなかったというわい。物語作者たちは好き勝手に、武勇に富んだ話を作っておったのじゃ」

皮肉げな甚兵衛の言葉に、菊太郎は平然と反論した。

「これは、北面の武士として鳥羽院に仕えていた佐藤兵衛尉義清《さとうひょうえのじょうよしきよ》、すなわち有名な西行法師についても同じじゃ。さまざまな絵巻物や西行物語本では、義清は出家遁世《とんせい》に際し、取りすがってきた四歳の娘を、これこそ煩悩の絆よと縁の下に蹴落《けお》としたと、もっともらしく書かれておる。されどこれも、歌僧西行を美化せんがために作られた話に相違あるまい。だいたい西行という男は、坊主となったのちも、紀州のほうに領しておった荘園だけは、生涯、手放さなかったそうじゃ。また若狭《わかさ》かどこかにいたとき、米一俵とそのほか必要な品々を、下人に命じて京から運ばせたそうな。ところが途中、腹を空かせた下人が、俵の中から六合の米を食ってしまった。下人がそのことを正直にもうし出るや、西行はよくも主に無断で米を食いおったと怒り、激しく打擲《ちょうちゃく》したともうす。それればかりか、なんと京まで物乞いをしてもどるがよいと言い放ち、足蹴にして追い出したのよ。さような男が、わが身は無一物がよいともうすとは考えられまい。世に語り継がれている話とは、おおむねかようにいい加減なものなのじゃわい」

菊太郎は一気にこれだけをいうと、ふっと肩の力を抜いた。

「へえっ、西行法師さまは、ほんまはそんなお方やったんどすかいな。その下人への扱いは、人間としてあんまりやおへんか」

「世間から崇《あが》められている奴の正体など、一皮剝《む》けばだいたいそんなものよ。それにしてもその下人は主から放り出され、どうやって京まで帰ったのであろうな。田畠のなり物を盗み、百姓家から食い物をかすめ取って道中をしのいだとしか思われぬ。わしが読んだ書物に、山景甚《はなはだ》寒しと書かれていたからには、おそらく初冬のころであったろうに。歌を詠み、求道《ぐどう》者《しゃ》といわれた男のする所業ではないわい。『西行法師家集』は、幽寂の天地だの、もののはれだのと、美辞麗句で称えられておる。されどそれを著した男の正体は、いまいうた通りよ。あの似非《えせ》坊主については、意外な話がまだまだあるぞ」

自分でも俳句をひねるだけに、菊太郎の話はどれだけでもつづきそうだった。

源十郎のそばでは、岡田仁兵衛がそんな蘊蓄《うんちく》をききながら、鼻孔をまさぐって鼻毛をつんと抜いていた。

菊太郎の長話もいつかは終わる。面倒な相談ごとは、その後で持ち出しても遅くはないと、いいたげな表情であった。

「ああ仁兵衛どの、勝手なことばかりをもうしていて、あいすまぬ次第でござった。そろそろ本題に入らねばなりませぬな」

さすがに自分が話を横道に逸らせているのに気付き、菊太郎は長話を打ち切った。

「さては鼻毛を抜いたところを見られてしまいましたか。見苦しいものをお目にかけ、迂闊《うかつ》でございました」

「いやいや。座に倦《う》みて、鼻毛抜きたる武士の面――駄句じゃが、これはどうであろう」

「恐れ入りました。ところでいまからもうし上げます話を、源十郎どのや菊太郎さまに相談いたせと仰せられましたのは組頭さま。そもそもこの一件、当初、枡屋甚兵衛どのは東町奉行所に持ちこまれました。されど奉行所が公《おおやけ》に受け付ける前に、まずお二人に意見をおうかがいするのが善策と、組頭さまが判断なされました。なんとなれば、甚兵衛どのは今年の初めから、二条城の大部屋や控えの間の欄間の取り替えを行っておられます。ためにこの一事を公に事件といたせば、町奉行さまだけではなく、所司代さまにまでご相談いたさねばならぬ事態になりかねませぬ。事件が内々に片付けばそれが一番、それがしも同様に考えておりまする」

仁兵衛は急に居住まいを正して、菊太郎に告げた。

「二条城の欄間を取り替えているとはきいておるが、それほど大掛かりな作業なのか」

「はい、欄間の合計は百八十余り。これをすべて取り替えるには来年、いや再来年までかかるかもしれませぬ。これなる枡屋は、京都御大工《おんだいく》の中井家とも相談いたし、腕の良い職人たちを動員して欄間彫りに当たっております。ところが職人の中で一番腕利きの利助ともうす男が、彫りが手につかぬありさまとなり、仕事を投げ出してしまいましたそうな。ために作業に遅れが生じ、甚兵衛どのも困り果てておいでなのでございます」

仁兵衛が説明するのに従い、枡屋甚兵衛もへえっとうなずいた。

「仕事を投げ出すとは、さては人妻と色恋の悶着でも起こしたのかな。それで気もそぞろとなり、彫りどころではないのであろう。どうじゃ、さしずめそんなところであろうが——」

菊太郎は膝に乗せたお百を撫《な》でながら、語りかけるようにいった。

「いいえ、そないなことではありまへんねん。利助は四年前に女房に死なれ、夷川《えびすがわ》富小路近くの長屋で、三人の子どもを育てながら、仕事に励んでおります。子どもは十歳になる女の子を頭に、下の二人が男の子。利助はそれは巧みな彫りをするんどすけど、酒が好きなのが欠点で、給金の半分は、いつも飲み代にしてしまいますのや。それに気前がようて、飲み屋でもすぐ人におごってしまう癖がございます。そのうえ、職人仲間から借金を頼まれれば、あとさき考えんと貸してやり、金が返ってこんかて、請求一つせいしまへん。そんなわけで、暮らしはいつもぴいぴいのありさま。悪い奴ではないんどすけどなあ。かえって三人の子どもたちのほうが、しっかりしているぐらいどすわ」

口ではこぼしているが、甚兵衛は利助を決して悪く思っているわけではなさそうだった。ぶつぶつ文句を付けながら、大事な職人として普段から何かと便宜を図ってやっているのだろう。

「ところがその利助の八歳になる上の息子が、何者かにかどわかされたのか、ここ十日ほどさっぱり行方知れずなんどすわ。そやさかい奴は、大事な仕事をおっ放り出し、死んだ女房の親戚や知辺《しるべ》のところなどの心当たりを、血眼になって探し回っております。けど手掛かり一つ、全く見つかりませんのや――」

かれはほとほとまいったといいたげに、菊太郎と源十郎に訴えた。

「そなた、いまかどわかされたのかともうしたが、父親である利助の許に、脅迫状でもきておるのか」

「いいえ、脅迫状なんかきてしまへん。そんなもんや身代金の請求でもあれば、まだ手の打ちょうもございますわい」

「身代金の請求も脅迫状もないとなれば、そもそもかどわかしではないのではないか。井戸に落ちたか、いずこかで事故にでも遭うて、死んだとも考えられよう」

「いえいえ、その子は岩松ともうしますのやけど、これがまた誰に似たのか、頭のええすばしっこい腕白な餓鬼でございます。間違っても、事故で命を落とすような奴ではあらしまへん」

甚兵衛は岩松のことをよく知っているらしく、膝を乗り出していった。

「すると金以外に、ほかになにか理由があって、かどわかされたと考えるしかあるまい。岩松とやらの父親に、怨《うら》みを持つ奴の仕業かもしれぬ。先ほど、利助の彫りは巧みともうしたが、それはどの程度なのじゃ」

「内々のことどすけど、利助には将軍さまや天皇さまが二条城においでになった折りの御座所、つまり大広間の欄間を委《まか》せてます。京都御大工の中井さまのご当代も、奴の細工には感心してはるほどの腕前どすわ」

「そうきくと、このかどわかしは、利助に対する仕事がらみの嫌がらせとも思われる。なるほど、銕蔵はその線で考え、町奉行所はおぬしのもうし立てを受け付けなかったのであろう。代わりに配下の仁兵衛どのや鯉屋に、密かに探索を頼んできたわけじゃ」

「さようでございます。事を大袈裟にいたせば、京都御大工の中井家にまで、累がおよぶ話でございますゆえ――」

中井家初代の正清は、もとは法隆寺大工の出身。徳川家康に重用されて徳川家御大工となって以降、家康の行った作事の大半に携わってきた。江戸城、駿府《すんぷ》城、二条城の各天守閣をはじめ、後陽成院御所や内裏《だいり》、方広寺大仏殿や江戸増上寺、久能山東照宮、日光東照宮などの大規模な工事をつぎつぎに委された。

これらの作事の中で、すぐれた技術を持つ各地の棟梁たちを配下に組み入れ、組織化していったのである。

天井と鴨居《かもい》の間に位置する欄間には、格子や透かし彫りをした板が嵌めこまれる。部屋の中でも目につく部分だけに、ここには装飾的な細工が施されることが多かったが、こうした職人たちもまた、京都御大工頭・中井家の支配に属していたのだ。

京都で技を磨いた彫り職人たちの中には、地方に迎えられ、神社の蟇股《かえるまた》やまつりの山車《だし》などに「竹林七賢図」や「十二支」などの多彩な飾り彫りを刻むことで、その優れた痕跡をいまに残す者もいた。

「利助は二条城でいま、松に鶴亀を刻んでおります。あれだけの細工は、誰にでも出来るもんやあらしまへん。それを途中でほったらかされると、こっちはほんまに困るんどす。あいつに落ち着いてええ仕事をしてもらうためには、どうしても総領息子の岩松を見つけ出さなりまへん。そう思ったわしは、東町奉行所のお力を借りようと、吟味役組頭の田村鋲蔵さまをお訪ねしたわけどす」

甚兵衛は真剣な顔で、菊太郎と源十郎にいった。

「岩松、岩松なあ。この小童、どこに消えたのであろうな。仮に利助に怨みを抱く輩にかどわかされたとすれば、そ奴は不埒《ふらち》極まる不届き者じゃ」

菊太郎はお百を撫でていた手を止め、ううむと腕組みをした。

「だが鋲蔵の奴が、密かに探索したいと望んでいるのなら、事は大袈裟にはしがたいわい。されば絵師に岩松の似顔絵を描かせ、みなにお持ちいただいて内々で探すのが得策と思うが、源十郎、どうであろう」

「密かに探すとなれば、高札場《こうさつば》にその子の似顔絵を貼り出すわけにもいきまへんさかいなあ。では鯉屋が中心となり、早速そう計らわせていただきまひょ」

源十郎のうなずきに、甚兵衛が是非早々にお願いいたしますと低頭した。

菊太郎の膝でうずくまっていたお百が、柔らかく目を細めると、大きく欠伸《あくび》をした。

甚兵衛に、あたかも返事をしたかのような具合だった。

三

「さすがに二枚とも、同じ顔やなあ――」

「鶴太はんの預らはった似顔絵とわしのもらったものと、こうやって並べてみると、まるで同じで区別がつかへん」

鯉屋の土間で、店の掃除をすませた鶴太と正太が、それぞれ手にした似顔絵を見比べ、感嘆の声を上げていた。

先ほど、下代の吉左衛門から手渡されたものであった。

「二人ともその似顔絵の顔を、しっかり胸に刻んでおきなはれ。町を歩いているとき、似た年頃の子どもを見かけたら、こっそり顔を確かめるんどっせ。枡屋甚兵衛はんは、岩松を見つけた者には、十両の賞金を出すというてはります。利助はんに早う仕事にかかってもらうためやったら、それぐらい惜しゅうないそうどすわ」

「そしたら、うちらがもしその子を探し出したら、十両をいただけるんどすか――」

正太が目を輝かせて、吉左衛門にきいた。

「阿呆《あほ》なことというたらあきまへん。一般のお方ならともかく、公事宿で働いている者が、へえおおきにとそんな賞金をいただけますかいな。いくら欲しゅうても、遠慮せなあきまへん。そらまあ町奉行所から、少しぐらいのご褒美は出ますやろけどなあ」

吉左衛門は気落ちした二人に、あきれた顔でいいきかせた。それから隣の蔦屋や橘屋、奈良屋など、界隈に軒を連ねる公事宿に、似顔絵を配布するため外に出ていった。

岩松の似顔絵は、町奉行所の与力や同心たちはもちろん、京中の町番屋にもそれぞれ配られているはずだった。その数はおそらく、三百枚以上に及ぶと思われた。

「牢屋絵師のお人は、この子の親姉弟から当人の人相をきき出し、昨晩から徹夜でこの似顔絵を描きつづけてはるそうどすわ」

「いくら仕事でも、まるで印で捺《お》したようにそっくりな絵を、よう何枚も描けるもんや」

牢屋絵師とは、町奉行所の求めにしたがい、犯罪捜査のため、下手人をはじめ事件関係者の似顔絵を、専門に描く絵師の異称である。

だいたいかれらは、描き絵の腕は巧みだが、土佐・狩野・四条円山派といった画派に納まりきれない絵師たち。世の中から正統と認められる絵師への意地もあるのだろう。よくいえば孤高、悪くいえば狷介《けんかい》なところを持った人物が多かった。

かれらは二十枚ほどのうちに、一枚の似顔絵を描きあげてしまう。一晩のうちに、五百枚をこす似顔絵を描き上げた牢屋絵師もいたという。

絵筆を走らせるかれのそばには、二人の同心がひかえる。

一人は硯《すずり》で墨を磨《す》りつづけ、もう一人は絵師が描き上げていく絵を、できた片端からめくる。ともに絵師の筆の早さについていくのが精一杯で、休む暇もないそうだった。

捕らえられた下手人の顔が、手配された似顔絵とそっくりだったと、後から与力などから伝えられると、かれらは満足そうにうなずくのであった。

「名は岩松、年は八つ、頭はぼさぼさ髪。上の歯に欠けたる部分あり。頰はふっくらとして、鼻は高からず低からず。身形は紺の単《ひとえ》に古草履――。人相書には丁寧《ていねい》にこない書き添えてあるけど、こんな餓鬼やったら、どこにでも居てるのと違うかいな」

寺町の行願寺（革堂）門前の茶店。界隈の革堂下之町と角倉町の見廻りに当たる下っ引き（岡っ引き）の二人が、町奉行所から届けられた岩松の似顔絵を眺めながら、話をしていた。

境内《けいだい》では銀杏《いちょう》の葉が黄色く染まり、大粒のぎんなんが鈴なりに実っている。

かれらが腰を下ろす床几《しょうぎ》の隅で、髪を茶筅髷《ちゃせんまげ》に結った六十すぎの老女が、茶をすすっていた。

老女はかたわらのやりとりに急に耳をそばだてると、二人が広げる似顔絵をひょいと覗きこんだ。

「お婆、おまえなんやいな――」

年若い下っ引きが、彼女に言葉をかけた。

「いいえ、なんでもあらしまへん」

「そないいうてるけどお婆、ここに描かれている餓鬼を、どっかで見かけてえへんかいな」

かれは急に身体を乗り出し、老女に人相書を示した。

「これは、なにかとんでもない悪事を働きおった子どもなんどすか」

彼女はなぜか顔を強張《こわば》らせてたずねかけた。

「いや、そうやあらへん。ここに描かれてるのは、彫り職人の子どもなんやけど、どうやらかどわかしにあったらしく、行方が知れんのじゃ。そこでわしらのところにまで人相書が廻ってきて、見付け次第、町奉行所に届けいといわれたのやわ」

「へえっ、かどわかされたんじゃと。こんな小汚い餓鬼をひっさらって、何の得があるんどっしゃろ。もしかどわかしやとすれば、下手人はよっぽど間抜けな奴どすなあ」

「お婆、それが一口にそうとはいわれへんねんで。確かにこの餓鬼は、どこにでもいそうな坊主やわい。そやけどこの子の親っさんは、いま二条城御座所の欄間の彫りをしてる職人。京都御大工御用を務める中井さまにも、目をかけられてるほどの腕前やそうや。それが行方知れずになった息子を探すため、仕事をほっぽりだしてしまい、親方衆は大弱り。そやさかい所司代さまも町奉行所も、仕方なくこうして似顔絵までこしらえ、この坊主を探すことにしたというわけや」

「へえっ、そうどすか。けど岩松という名前かてこの顔かて、ほんまにどこにでもいそうな男の子どすなあ。これでは探すのも大変どっしゃろ」

「せめてかどわかした下手人から、身代金の請求でもあったら、それを手掛かりにもできるのやけどな。けどそんな動きもまるであらへん。これではどうにもならへんわい」

老婆がきき上手なためか、若い下っ引きは、彼女にべらべらと愚痴《ぐち》めいたことまでしゃべりはじめた。

そばで老女の顔をじっと見ていたもう一人が、なにかに気付いたらしく、突然、はっとした表情になった。

仲間の単の袖を引っ張り、その耳許に顔を近づけた。

「ちょっと、なにをしはりますねん――」

年若いかれは、不審げに仲間を振りかえった。

「文七、おまえ、もっと丁寧な口をきかんかいな。気楽そうに話しとるけど、そこにおいでなのは、数年前に亡くならはった、もと東町奉行所同心の坂上兵大夫さまの奥方さま。確かお寿《ひさ》さまといわはり、町奉行所で指物町のご隠居さまと呼ばれてはるお人やわ。それは賢明な御婦人で、奉行所の方々は皆、一目も二目も置いてはる。そやさかいおまえみたいな奴にでも、うまく話を合わせてくれてはるのや。よう気を付けんかいな」

文七と呼ばれたかれの顔付きが、このささやきで急に改まった。

「お、お婆さま――」

「突然、なんやいな。改まったいい方をするのは止《や》めときなはれ。それよりその人相書、うちに一枚貰えしまへんか。似顔絵によう似た男の子を見付けたら、こっそり知らせて上げますさかい」

彼女の脇には、習字用の半紙を五帖ほど束ねた包みが置かれていた。

指物町のご隠居さまと呼ばれるお寿は、その紙包みを腕にひょいと抱えると、気軽にこういって立ちあがった。

「へえ、どうぞお持ちくださりませ」

文七がおずおず人相書を差し出した。

それを懐《ふところ》に入れ、彼女はそのまま行願寺の門をくぐり、寺町通りを南に下っていった。

彼女の住まう指物町は、寺の門前からほんのわずかな距離。いまの地名でいえば、中京区河原町夷川上ルに相当した。

河原町通りを挟む両側町で、ここには長州藩毛利大膳太夫の御呉服所を務める、大文字屋市兵衛の屋敷があった。

もと東町奉行所同心・坂上兵大夫の妻お寿は、この大文字屋を大家とする長屋で、十六歳の姪のお志保とともに、気楽な隠居暮らしをしているのだった。

亡夫との間に子どもがなかったため、いずれはお志保に婿を迎え、坂上家を継がせることになっていた。

「ただいまもどりましたよ」

矍鑠《かくしゃく》とした足取りで長屋に帰り、腰板障子戸をからりと開ける。お帰りなさいませとの若い女の声が、素早く返されてきた。

髪を桃割れに結ったお志保が、表の間にいそいそと現れ、両手をついてお寿を迎えた。

女二人暮らしのはずなのに、なぜか裏庭から薪を割る音がひびいていた。

「お志保、あれはなんどす」

お寿は奥からのこの音に耳を傾けてたずねた。

「はい伯母さま。岩松はんが、じっと手習いをしてるだけでは身体がなまる。先に今日の薪割りをすませるのやというてはるんどす。当人がしたいようにさせるのがよいと思い、裏庭に出させせましたが、悪うございましたか」

「いいえ、文字を習うのに倦んだら、ああやって身体を動かしたらええのどす。そのために、薪割りをあの子の仕事にさせたんどすさかい」

お寿は満足げにこういい、顔をほころばせた。

彼女のもどりがわかったのか、裏の薪を割る音がふと止んだ。

草履を脱いで奥の部屋に入ると、上半身裸になった岩松が、汗を拭いているのが縁側越しに見えた。

部屋には机が置かれ、いろは文字を墨で書いた手習い紙が、そのまわりに何枚も散らばっていた。

「ご隠居さま、お帰りやす」

岩松は庭に立ったまま、その机のそばに坐ったお寿に一礼した。

「今日の薪割りをすませましたのか」

柔らかい声を、お寿はかれにかけた。

岩松は髪をきっちりと結い、子どもらしく紺絣《こんがすり》のきものを身につけていた。つい十日ほど前のかれとは全く違い、どこか凜々《りり》しさすら感じられた。

「薪はお志保が片付けますさかい、ここにお上がりなはれ。仰山《ぎょうさん》、手習いの紙を買うてきてあげました。無理に字を習わせて悪いことじゃが、人間、文字を学ぶのは、何より大事なことなんどすえ」

「はい、よくわかってます。いままでは無理に習わされているとは思うていいしまへん」

「それなら結構どす。習字紙のついでに、革堂の門前町で蓬餅《よもぎもち》を買うてきました。お志保にお茶を淹《い》れてもらい、三人で食べまひょか」

「わし、蓬餅は大好きどす」

きものを整え、お寿の前に正座した岩松の顔が、ぱっと輝いた。

台所でお寿の言葉を耳にしたお志保は、早速、お茶の仕度をはじめている。

「ところで岩松、これを見てみなはれ。おまえを描いた似顔絵じゃが、少しも似てしまへんなあ」

彼女は四つに折り畳んできた似顔絵を、懐から取り出した。かれに向かって広げ、苦笑を浮かべた。

「わしの似顔絵——」

自分の前に置かれたそれに、岩松は目を剝いた。

「そうどすえ。けどこれは似顔絵いうより、人相書。町奉行所はおまえが誰かにかどわかされたものとして、これを描かせはったようどす。町廻りのお役人さまや下っ引きの衆が大勢、これを持っておまえを探してはるみたいどすけど、ここに描かれているのは、いまの岩松とは全く違いますなあ。面白いやおへんか——」

十数日前の自分を描いた似顔絵を、岩松は怖い目で睨《にら》みつけている。

やがてその目から、涙があふれてきた。

「岩松、なにも泣くことはありまへんがな。うちはもう少し経ったら、おまえを親許に帰してあげるつもりでいてますのえ。そうせな、ほんまにうちが、おまえをかどわかした不埒者になってしまいますさかいなあ」

「ご隠居さま、そんなんで泣いたんやありまへん」

岩松はぐいっと手で頬をぬぐい、お寿の顔を正面から見つめた。

「わしのせいで、こないな騒動になってしもうて、もうしわけありまへん。ほんまにわしが悪うございました」

「なにをいうてますのやな。おまえがしたことは、ただうちの手提げ袋をかっぱらおうとして失敗《しくじ》っただけ。うちはお志保のほか、誰にもそんな具合の悪いことはいわしまへん。しかも感心にも、おまえはそれから真面目にうちの説教をきき、こうしてここで手習いに励んでるやおへんか。そやけど、こうなったからには、おまえを早う親許にもどさないけまへんなあ」

お志保がそっと畳に置いた盆から、お寿は湯呑みを取り上げ、口許に持っていった。

岩松は両手で握り締めていた自分の似顔絵をお寿にもどすと、急に身体をひるがえして机の前に坐った。

お志保が竹皮包みの結び目を解いた蓬餅には、目もくれなかった。

厳しい表情で墨を磨りはじめ、つぎには新しい習字紙に、いろはにほへとと一気に書いた。

「わずか十日余りの手習いで、いろは四十七文字を、しっかり書けるようになるとは思いもしまへんどした。岩松、おまえはたいした子じゃ。そないに力んで習字をせんかてよろし。さあ、先に蓬餅を食べなはれ。おまえが手をつけんと、うちもお志保も食べられしまへんがな」

こちらに背を向けた岩松の両肩が、小さく震えている。

そんなかれの全身を、お寿の声が温かく包みこんだ。

四

「もうし、菊太郎の若旦那さま——」

部屋の外から、小女《こおんな》のお与根の声がする。

昨夜遅くまで書見にふけっていた菊太郎は、この声で目を覚ました。

廊下に膝をついたお与根の姿が、白い障子戸に影となり映っている。ずいぶん高く陽が昇っているようであった。

「なんじゃ、お与根か。用ならそのまま部屋に入り、添い寝をしながら話してくれぬか」

菊太郎は布団から起き上がり、欠伸まじりの声でいった。

「いやらしい、若旦那さま。あとでお店《たな》さまにいいつけ、叱っていただきますさかい」

冗談とわかっているだけに、お与根も含み笑いをもらし、女主を引き合いに出した。

「おお恐ろしや。源十郎ならともかく、お多佳どのにいいつけるのだけはやめてもらいたい。ときにお与根、ぐっすり眠っていたわしを起こしてまで、いったいなんの用じゃ」

「はい、銕蔵の若旦那さまと岡田仁兵衛さま、それにこの間店においでやした枡屋甚兵衛さまたちが、おそろいでお越しどす」

「銕蔵の奴もだと。すると、行方知れずになっておる利助の息子についてじゃな」

「その利助はんいわはるお人もご一緒どす。甚兵衛さまの後ろで、先ほど旦那さまや吉左衛門はんに、うれしそうにぺこぺこ頭を下げてはりました」

お与根の言葉をきき、菊太郎は布団をはねのけると、衣桁《いこう》にかけられたきものに手を伸ばした。

「父親の利助までできておるとは、似顔絵を配った効き目があったとみえる。すぐまいると伝えておいてくれ」

「はい、かしこまりました。朝御飯はいかがしまひょ」

「ふん、ゆっくり朝飯を食うてから顔をのぞかせなどすれば、銕蔵や源十郎の奴に、店から蹴り出されてしまうわい。お与根はわしのそんな無様な姿を見たいのか」

「一応、おたずねしただけどすがな。お布団は、うちが後で上げときますさかい」

廊下にひかえていたお与根は、立ち上がると、部屋の障子を手荒く開け放った。赤い舌をべろっと菊太郎に出し、表の客間のほうにばたばたと足早に去っていった。

昨日までは薄曇りの肌寒い天候だったが、今日の空はおだやかに晴れ上がっている。

「銕蔵に源十郎、待たせたな」

菊太郎は手早く着替えをすませると、そんな晩秋の陽射しを浴びながら廊下を回りこみ、襖《ふすま》を開けたままの部屋の中に声をかけた。

「兄上どの、釣瓶《つるべ》の音がきこえませなんだが、お顔は洗うてまいられましたのか」

いきなり銕蔵の言葉が飛んできた。

「嫌なことをずけずけともうす奴じゃわい。そなたが直々に甚兵衛どのと鯉屋に出向いてきたときいたゆえ、顔も洗わずに参上したとは考えられぬのか。憶測ということを知らぬな」

「されど、人に遠慮のうものをたずねるのが、それがしのお役目でございますれば――」

「まあ菊太郎の若旦那も銕蔵さまも、全くええお年をしてからに。甚兵衛はんに利助はん、すでにご存じどっしゃろけど、お二人は実はご兄弟。そやさかい、いつもこうして猫みたいにじゃれ合うてはるんどすわ」

源十郎が、座布団から退いて低頭する甚兵衛と利助に二人をとりなした。

「利助とやら、それに甚兵衛も楽にしてくれ」

菊太郎の言葉に、甚兵衛とかれの斜め後ろに坐っていた男が、ゆっくり顔を上げた。

——おやっ、この男。

利助とおぼしき男を見て、菊太郎は胸の中でその奇遇に驚いていた。

何日か前にお信の長屋から鯉屋に帰る途中、三条大橋の真ん中で行き逢った、子ども連れで道を急いでいた男だったからである。

岩松の安否を気遣い、眠れない日々を過ごしていたのだろう。あのときより不精髭が目立ち、やつれたようすであった。

——そないいうて、お父ちゃんには、わしがこうして転んでるのがわからへんのかいな。

腹這いに倒れたまま顔を上げ、父親に抗議していた四、五歳の男の子の顔も、つづいて思い出されてきた。

「菊太郎さま、枡屋甚兵衛の横に控えますのが、岩松の父親で彫り師の利助。このたびよろこばしいことがございまして、こうしてともども報告に連れてまいった次第——」

「わしが利助でございます。このたびはうちの息子のために、仰山のお人たちにご迷惑をかけ、すまんことどした。けど、ほんまにありがとうございます」

　組頭の鋏蔵に軽く目礼していいかけた岡田仁兵衛の言葉をさえぎるように、利助が菊太郎に礼をのべた。

　両手をつき、かれに向かって低頭した。

「わしは岩松の似顔絵を描いて配り、探索に役立ててはどうかともうしただけじゃ。礼をいわれるほどのことなどいたしておらぬぞ」

「いいえ、それが――」

　利助が大袈裟に首を横に振り、身を乗り出した。

「仁兵衛どのは先ほど、よろこばしいことがあったともうしたな。では岩松が見つかり、元気に家へもどってまいったのか」

「いいえ、菊太郎の若旦那、子どもはまだ帰ってしまへん。けど代わりに、思いがけないことがあったんどす」

　仁兵衛に代わり、源十郎が目許に笑みをにじませて口を開いた。

「思いがけないこととはなんじゃ。もし普通のかどわかしなら、何日もの間、下手人から連絡がまるでないのは不可解。それゆえわしは、岩松は人さらいの手で、どこぞに売り飛ばされてしもうたのではないかと、実は案じていたわい」

「それが大違い。驚いたことに、当の岩松から手紙が、利助の許にとどいたのどす」

「なにっ、岩松から手紙がきたのじゃと——」

予期せぬことをきかされ、さすがの菊太郎も呆然とした。

「へえ、そうなんどすわ。なんでもこいつの家の障子戸に差しこまれていたのを、姉娘のお雪が見つけたとか。まずはこれを見てやっておくんなはれ」

甚兵衛が、そばから利助が差し出した幾つにも折り畳んだ紙を、奪うようにして菊太郎に手渡した。

「子どもは確かまだ八つ。字を書くとはきいておらなんだが」

「それが下手な仮名書きではございますが、いまは字を書けるようになったといい、元気でいるから心配してくれるなと知らせてきたのでございます。これにはわしも、ほんまに驚きましたわいな」

今日の甚兵衛はよほど興奮しているらしく、前に菊太郎に示したような軽んじる気配は、少しも見せなかった。まるで小躍りせんばかりの喜びようであった。

「元気でいると知らせてきたのはうれしゅうおす。けどわしは、あの横着な餓鬼が、わずか十日余りのうちにいろは文字を覚え、下手なりに手紙を書いて寄越したというのが、どうも腑《ふ》に落ちしまへん」

利助はふと不審げな顔付きになった。

「おまえ、なにをいうてるのやな。おまえんとこの三人の子は、みんな目端がきいて、わしらから見ても、ほんまにしっかりしとるわい。腕はええけど、おまえは大酒飲みのお人好し。人に大盤振る舞いはする、帰ってくるはずのない金は貸すでは、米櫃《こめびつ》は始終空っぽやろな。上のお雪はもちろん末っ子の小吉まで、そんな家のありさまを見て、自分らがしゃんとせなあかんと思うてるはずや。そやさかい岩松かてこのままではあかんと、学問を始めたんとちゃうか」

枡屋甚兵衛はいきなり説教をはじめ、利助を叱りつけた。

菊太郎は受け取った手紙を開き、それをじっと読み耽っていた。

——おとうはん、おねえはんにこきち。げんきでいてますか。わしはげんきでまいにちぎようさんごはんをいただき、じをなろうてくらしています。こうしててがみもかけるようになりました。みんなをしんぱいさせてすみまへん。しごにちごには、いえにかえしてもらえます。てんぐやわるいひとにさらわれたのではありまへん。それはきつおすけど、だいじにされてます。そやさかい、みんなあんしんしてください。努力練磨。いわまつ。

手紙には、つたない文字でこう書かれていた。

天狗や悪い人物にさらわれたわけではないと記されている。この手紙を読むかぎり、岩松は文字を習ったことに、うきうきしている様子すら感じられた。

「努力練磨、努力練磨なあ――」

不思議なことに、この四文字だけが漢字で書かれていた。

菊太郎は腕組みをし、何度もつぶやいた。

「兄上どの、なにをお考えでございます」

銕蔵が考えこんだ菊太郎を見て、かれに気遣わしげな声をかけた。

「四、五日後には家に帰してもらえるとあるな。されば岩松に心配することはないわけじゃが。うむ、努力練磨、努力練磨か――」

「先ほどからその言葉ばかりを口にしておられまするが、兄上どのには何か思うことがおありでございまするか」

「いやいや。努力練磨いたせば、八歳の小童でも、わずか十日余りで文字が書けるようになるのかと、ただ感心しているだけじゃ」

かれは銕蔵にこう答えたが、胸の中では全く別のことを考えていた。

菊太郎は十歳のときから、一条戻り橋の東詰めに小さな道場を開く岩佐昌雲の許に入門していた。

岩佐道場は町道場だが、ここには京詰めの幕臣たちの子弟が多く通っていた。まだ小さな背に、木刀や武具類を担いで通いはじめた菊太郎は、十七、八歳のころには、剣の天稟《てんぴん》を評判されるほどの腕前になっていた。

だが昌雲の代稽古《だいげいこ》を務めていた坂上兵大夫だけには、どうしてもかなわなかった。

五回立ち合って、一度勝てればまだよいほう。ほとんど完全に叩き伏せられるのが常だった。

「菊太郎どの、努力練磨。努力練磨が大切でございまするぞ。その中で己の剣の工夫をいたされますのじゃ。一つの流派にこだわって学んでいてはなりませぬ。それでは立ち合う相手が、いずれこちらの流派の太刀筋に、負けぬ工夫をしてまいりましょうでなあ。そこも用心しておかねばなりませぬぞ」

菊太郎が入門した当時、兵大夫はすでに東町奉行所の同心。剣の腕は東西両町奉行所の誰にも劣らぬと評判の壮年武士であった。

だがまだ十歳の少年にすぎない菊太郎にも、おごることなく、いつも丁寧な口調で接していた。そんな兵大夫が折りに触れ口にしていたのが、努力練磨という言葉だった。

その後、菊太郎が京から出奔して諸国を遍歴している間に、かれは病んで他界したという。かれの妻は、確か阿波藩京藩邸詰めの藩医の娘。勝ち気な賢婦人で、夫の没後は隠居暮らしをしていると、耳にしたことがあった。

坂上兵大夫の妻女なら、かれの口癖であった努力練磨の言葉を、きっといつもきかされていたはずである。

どんな経緯《いきさつ》からかはわからないが、いま岩松を手許に置いて文字を学ばせているのは、その坂上兵大夫の妻に相違なかった。

——親父どのにお手紙を書きなされ。一字一字丁寧に書かねばなりませぬぞえ。

目を閉じると、会ったことのない彼女の声がきこえてくるかのようだった。

「菊太郎の若旦那、その手紙を読んでどないにお考えどす」

「うむ、これは本当に岩松が書いたものであろうな。下手なりに、立派に書けておる。八歳の子どもの字とは思われぬほどじゃ。父親をはじめ姉や弟を案じるこの文を見るかぎり、岩松はなかなか行く末頼もしい子どもじゃな。だとすれば小吉とやらもうすその弟も、さぞかししゃらくさい童であろうが、やはり見所のある奴にちがいない。利助、このようなすぐれた息子たちを持ち、そなた親として、少々考え直さねばならぬのではないのか」

しゃらくさい童という菊太郎の言葉に、利助はうっと声を詰まらせた。

四つになる小吉の手を引っ張り、岩松の消息をたずねて親戚縁者の許を走り回っていた日のことを、ふと思い出したからである。

三条大橋の真ん中で小吉が転んだときには、苛立って思わず声を荒らげてしまった。しかしそのときの幼い息子の理にかなった反発には、内心で舌を巻いていたのだ。

自分が職人として腕は立つものの、暮らしぶりにどうも締りが欠けるのはよくわかっていた。あのときばかりは、そんな自分に似ぬ子どもたちのしっかりした気性を、改めて知らされたものだ。

利助は菊太郎に、自分の心の中を見透かされた思いだった。

「へえ、田村さま、そのことにつきましては――」

「いや、これは出すぎた言葉であったわい。岩松が行方知れずになり、そなたもいろいろと考えることがあったであろうでなあ。ときに枡屋、そなた、岩松の行方を知らせた者には、十両の金を出すともうしておったな」

菊太郎は急に顔付きを改め、甚兵衛に問いただした。

「へえ、確かにそうもうしましたが――」

「利助が腕利きの彫り師であるのなら、そなた、金などではなく、三人の子どもたちにも慕われるような女子を、女房に世話する気にはならぬか。およそ名人といわれるような男は、おおむね箸《はし》にも棒にもかからぬ気ままな気性をそなえておる。そんな奴をうまく丸め、するっと懐に呑みこんでしまうほど度量の広い女子は、どこぞにおらぬものか。なあ、源十郎――」

「わかりました。わしが気を配らなんだのが、いかんかったのかもしれまへん」

さすがに多くの職人を使ってきた親方だけに、枡屋甚兵衛ははたと気付いたようすで、菊太郎に頭を下げた。

「ところでいまこの手紙を読んで、岩松がどこにいるか、わしにはちと思い当たるところがある。もしおぬしたちさえ承知してくれるのなら、文にある四、五日を待たず、迎えにいってつかわそうと思うが。ただそれがどこなのかは、当座はきかずにおいてもらいたい——」

「菊太郎の若旦那、それほんまどすか」

かれの突然のもうし出に、真っ先に声を上げたのは源十郎だった。

なにか問いかけようとした仁兵衛を制するように、銕蔵が膝を進めた。

「兄上どの、次第は深くおたずねいたしませぬ。この文をお読みになっただけで、岩松の居場所がおわかりになられたのなら、一件を早く片付けるためにも、さように計らっていただきとうございます」

枡屋甚兵衛と利助は、目を白黒させ、言葉もなかった。

「銕蔵がさようにもうしてくれるのなら、そうしてとらせよう。ついてはそなた、ちょっとわしの部屋にきてくれまいか。源十郎と仁兵衛どのもじゃ」

菊太郎は銕蔵から、坂上兵大夫の妻女がいまどこに住んでいるかをきくつもりであった。

「かしこまりました」

三人は甚兵衛と利助の二人を客間に残して立ち上がった。

仏壇に、黒塗りの立派な位牌が祀《まつ》られている。菊太郎は点《とも》されたろうそくから、そっと線香に火を移した。

神妙な顔で手を合わせ、瞑目するかれの後ろには、坂上兵大夫の妻お寿と、姪のお志保がつつましげに坐っている。

裏庭では、岩松が薪割りをしていた。

朝からの習字に飽き、気晴らしにはじめたとみえ、薪を割る音が高らかであった。

「よくお参りにきてくださりました。田村さまのお名前は、亡き兵大夫どのからたびたびきかされておりました。いつもどのようなお人であろうと思うておりましたが、ようやくお目にかかれて幸い。兵大夫どのも、さぞかしよろこんでおられましょう」

指物町の長屋にいきなり訪ねてきた菊太郎を、お寿はごく自然に仏間へ案内した。

振り返って自分たちに一礼した菊太郎に、目を細めて嬉しそうに話しかけた。

「兵大夫さまには、岩佐道場で大変お世話になりました。しかるに他国の空の下で御死去をききながら、長い間お参りにも寄せていただかず、まことにもうしわけございませぬ。されどそれがしが本日お訪ねいたしましたのは、一つ、お願いしたきことがあってでございます。いま庭におる岩松を、それがしに家まで送り届けさせていただきたいのでございまする。家の者が心配せぬように、岩松に手紙を書かせられたのは、お寿さまの計らいでございましょう。かれの手紙の末尾に、努力練磨とありました。そこだけ漢字で記されたあの文字を見て、それがしは不意に兵大夫さまのことを思い出したのでございます。あれは剣の稽古をつけていただいていた子どものころ、兵大夫さまがいつも口にされていたお言葉。兵大夫さまの口癖が、いつの間にかお寿さまにも移っていたようでございますなあ」

「なるほど、さような次第でありましたか。あの岩松の父親は、職人としてはひどく腕が立つときききました。しかし気ばかりよくて、子どもたちに苦労をさせておりますとか。わたくしと岩松の間には、先ごろ少々関わりが生じましてなあ。話をするうち、これは末頼もしい子どもとみて、こうして手許で、まず字を習わせることにいたしました。人は文字さえ学べば、あとは一人で書物を読み、さまざまな異なる生き方や考え方を、思案することもできまする」

突然、切り出された菊太郎の言葉に、お寿は少しも動じなかった。

仏壇の位牌に両手を合わせると、静かな声でつぶやくように伝えた。

庭の岩松には、どんな話をしているのか、全くわからないほどの小声であった。

「お寿さまとあの子とは、どこでどんな関わりを持たれたのでございます」

「田村さま、それはうちからもうし上げるわけにはまいりませぬ。岩松の将来を守るため、たとえ口が裂けても、絶対に漏らしませぬぞ。やがて岩松が己の口から、お話しするときがくるかもしれませぬがなあ」

「さればそれがしは、強いておききいたしますまい」

「岩松の人相書が出回っているのを知ったのは、つい先日のこと。ひとまず親御さまたちを安心させてやらねばと、あの手紙を書かせました。家の障子戸に文を差しこんだのは、ここにおります姪のお志保。されどいくら身形や顔付きまで改まったとはもうせ、いずれは人に怪しまれようと思うておりました。ご近所さまには、甥が手習いにまいっておると、お話ししていたのでございます」

「それは賢いいたされ方。さすがに坂上さまのご妻女さまでございまする」

「岩松には、家まで送ってもらうため、田村さまにお越しいただいたことにいたしましょう」

「はい、それがよろしゅうございます。岩松の父親は、それがしが身を寄せる公事宿に、親方とともにひかえておりまする」

「そなたさまが公事宿に身を寄せておいでとはなあ。兵大夫どのは、菊太郎さまが遊蕩《ゆうとう》のすえ出奔されたとの噂《うわさ》を耳にされ、あ奴は腹違いの弟に家督を継がせるため、大芝居を打ちよったのじゃと、こぼしておられました」

お寿は菊太郎の顔を正面から眺め、しみじみとした声をもらした。

「このたびはご隠居さまとそれがしが、ちょっとした芝居を打つわけでございますな」

「世間はどこで誰と関わりになるやら、なにかと面白いものでございます。お志保、裏庭にまいり、岩松をここに呼んできてくれませぬか」

お寿からいわれ、お志保ははいとうなずいて立ち上がった。

薪割りの音がすぐに止み、身形や髪の乱れを急いで整えた岩松が、お寿と菊太郎のそばにきて正座した。かしこまった顔で畳に手をつき、二人に行儀よく一礼した。

「岩松、ようききなはれ。うちがそなたをかどわかしたと咎められるのは、やはりかないまへん。このお人は田村菊太郎さまともうされ、うちの死んだ連れ合いと同門のお方どす。そなたを連れ帰っていただこうと、こうしてお呼びいたしました。親父さまをはじめ、そなたの行方を心配してくだされた親方さまたちが、すでに待ってはるそうどす」

彼女は有無をいわせぬ厳しい態度で、岩松に言い渡した。

「わ、わしはまだ、ここから帰りたくありまへん」

「なにを気ままをもうしているのです。家にもどったのちも、もしうちに叱られたかったら、いつでもくればよいではありませぬか。さあ、家に帰る仕度にかかるのじゃ。あそこに置いてある手習い道具一切と机。それと右に積んである書物も、すべて持っていくのです。それから少なくとも十日に一度は、手習うた文字を見せにきなはれ」

「机まで持って帰るんどすか――」

言われた荷物のあまりの多さに、岩松は驚いてきき返した。

「田村さまが、持っていってやろうともうしておられます」

一瞬、菊太郎はこれはかなわぬと思った。

だが、お寿がどうして岩松をこの家に置き、文字を学ばせることになったのか。その経緯について彼女は、かれの将来を守るため口が裂けても絶対にもらさぬと言い放っている。

自分が岩松のために荷物を運ぶぐらい、それに比べれば、たいしたことではなかった。

しばらく後、菊太郎は背に手習い机を負い、胸許に蛸唐草模様の大風呂敷包みを抱えこんだ格好で、鯉屋に向かっていた。

手習い道具を入れた小風呂敷を両手で抱えた岩松が、その横を歩いている。

「岩松、親父どのが鯉屋という公事宿で待っておられる。公事宿ともうすのは、町奉行所と力を合わせ、世の中の揉め事の解決に当たるのを商いとする店じゃ」

「そんなお店が、世間にあるんどすか」

「ご隠居さまのところで字を学んだついでに、弟ともども将来、そんな商いに就いてはどうじゃ。そなたさえその気になったら、どこか適当な公事宿に、奉公の口利きをしてつかわすぞ。もちろん、わしがいま居候しておる鯉屋にまいってもかまわぬがなあ」

指物町の長屋を出てくるとき、お寿は小粒金を包んだらしい紙包みを、岩松が持った風呂敷包みに入れていた。そうしてなにか小声で話しかけていたが、あれはまた努力練磨といいきかせていたのだろう。

――あのころのわしと兵大夫どのの姿と、まあさしたる相違はないな。

かれは岩佐昌雲の道場に通っていた当時の自分を思い出しながら、かたわらの岩松のきかん気そうな面構えをちらりと眺めた。

冬の蝶

一

昨夜からときおり雪がちらついている。

今朝の京の冷えは、今年一番のものといえそうであった。

「ほんまに今日は底冷えするわい。京の水は旨《うま》いけど、これと冬の冷えには関係があるそうやわ。なんでも地下深くに、あの大きな琵琶湖と同じぐらいの水が、溜《た》められているのやて。普段、水の出口は南の大山崎の淀川近くだけ。そやけど冬になると、その水が凍って、土の上に染み出してきよるんや。まるで誰かが土の中に潜って見てきた嘘《うそ》みたいな話やけど、これはほんまやそうやわ」

公事宿「鯉屋」の帳場のほうから、手代の喜六の声が届いてくる。

「へえっ、そやさかい京の水はおいしゅうて、どんな日照りつづきの暑い夏でも、井戸水は涸《か》れへんというわけどすか。ありがたいこっちゃけど、それにしても冬は、確かにたまらんほど冷えよりますなあ」

相槌《あいづち》を打ったのは、丁稚《でっち》の鶴太のようだった。

田村菊太郎は自室でかれらのやりとりをききながら、大きなあくびを一つもらし、帯を結んだ。

冷えが深々と足許から這《は》い登ってくる。

かれは腰をかがめ、急いで足袋《たび》を履いた。

往古から京の人たちの間でひそかにいい伝えられてきたこの話は、近年、地質学の発達によって、事実であることが証明された。

すなわち、京都盆地の地下は巨大な岩盤によって水甕《みずがめ》状になっており、地表から岩盤までの深さは約八百メートル、蓄えられる水量は約二百十一億立方メートルといわれ、これは琵琶湖の水量の約八割に相当する。巨大な地下ダムがここに形成されているのだ。

延暦《えんりやく》三年（七八四）十一月、都を一旦、奈良から山背《やましろ》国・長岡京に移した桓武天皇は、わずか十年後の同十三年、再び山城国葛野《かどの》（京都）に遷都している。

これは長岡京が、すぐ近くに桂川や宇治川をひかえながらも、その実は暮らしのための良水に、恵まれない土地だったからであった。

天皇は北山から京都盆地に注ぎこむ東の鴨川、西の桂川など大小の河川に気付かれ、加えて地下の奥深くに隠される巨大な水甕の存在を、すでに何者かから教えられていたのだろう。

「まことか嘘か、それくらいおわかりにならねば天皇《みかど》とはもうせますまい。奈良から長岡への遷都は、児戯にひとしい行い。この十年の間、多くの無駄をいたされたものじゃわ。民の疲弊を少しは考えられねばなりませぬぞ。うひひっ――」

　頭髪の一部を薄汚い頭巾《ずきん》でくるんだ道服姿の男が、道端でいきなり天皇を、不気味な声で嘲笑《あざわら》った。

「こ奴、天皇に大変なご無礼をもうし上げおって――」

　桓武天皇に従う武官たちが、一斉に腰から剣を抜き放ったとき、男の姿は早くもどこかに消え失せていた。

　当時は魑魅魍魎《ちみもうりょう》が縦横に跋扈《ばっこ》した時代。それらの中には、自然の摂理に通じ、人知を超えたとてつもない存在もいたのである。

「よいよい、みなのもの、剣をおさめて跪拝《きはい》いたせ。余の前に突如として現れ、苦言を呈していかれたあの奇怪な人物、余には水神と見えたぞ。その証拠に、いまも濃い水苔《みずごけ》の匂いがいたしておるではないか」

　なるほど、男が片膝《かたひざ》をついていた場所が、わずかに水に濡《ぬ》れていた。

　水神は大袈裟《おおげさ》としても、そんな想像がわいてくる。

　それほど京の町は水に富んでおり、それゆえ、この地には生麩《なまふ》、豆腐《とうふ》、京漬物など水に関わりを持つ数多くの食べ物が生まれ、豊かな食文化が育まれたのであった。

「手代はん、するとわしらの足許にあるというその水の中は、おそらく真っ暗で、なにも見えしまへんのやろなあ。そやけど、闇の中でも目が見える魚みたいなものぐらいは、おりますのやろか」

「この世の中は、まだまだわたしらにはわからんことばっかしや。実はわたしもそんな奇妙な生き物が、深い水の中を泳いでいる様を考えたりするのや。そやけど、わからんことの最たるもんは、案外毎日、こうして接している人間さまかもしれへんで。いま鶴太はわたしと機嫌のええ顔で話をしてる。けどほんまは、こいつ、牛車《ぎゅうしゃ》にでも轢《ひ》かれて死んでしもうたらええと、こっそり思うてるかもしれへんさかいなあ」

喜六が鶴太の顔を見て、皮肉げに笑ったようだった。

「手代はん、変な冗談いわんといておくれやす。そら、空に果てがあるのかないのか、地の底はどうなっているのかわからんのと同じように、なかなか知れへんのは人の心どす。そやけどわしは、喜六はんが牛車に轢かれて死んでしもうたらええなどとは、決して考えてしまへんで」

鶴太がむきになって抗弁している。

かれらがこんな話をのんびり交わしていられるのは、主《あるじ》の源十郎と下代《げだい》の吉左衛門が、すでに町奉行所に出かけているからに違いなかった。

菊太郎は寝床を上げ、押し入れに納めた。

「弘法大師さまはご自分の書物の中で、『生まれ生まれ生まれ生まれて生の始めに暗く、死に死に死に死んで死の終りに冥《くら》し』と書いてはるそうや。つまり大師さまほどのお人でも、人間は何遍生まれ変わってきても、わからぬものやというてはるのやわい」

「そない回りくどいいい方をせんと、人間は何遍生まれ変わってきてもわからんものなんじゃと、はっきり短くいうていただくほうがよろしゅうおす」

「ありがたいお言葉をわかりやすくいうたら、値打ちがあらへん。むつかしい言葉で残しておいたほうが、ありがたそうで効果があると思わはったんやろ」

「なにかと格好ばかりつけはるさかい、わしは偉いお人が嫌いなんどす。偉ぶった顔をしてむつかしい言葉でいわはったかて、わしには何のことやらさっぱりわからしまへん。鯉屋の旦那《だんな》さまは、あんなお人たちとよう付き合うておいでどすなあ」

　どうやら鶴太は、町奉行所のお偉方を指していっているようだった。

「鯉屋はいろいろなお人にお会いせなならん商いをしてますさかい、それは仕方のないことやわ。だいたい、偉いお人が優しいにこにこ顔、わかりやすい言葉で話さはる場合を考えてみ。有り難味も威厳も、薄れてしまうやろな」

　喜六の言葉を耳に入れながら、菊太郎は厠《かわや》をすませ、顔を洗った。

　それからお与根が布巾をかけておいてくれた箱膳の前に坐ったが、昨夜、深酒をしたせいか、どうも食欲がわかなかった。

「お与根、今朝は茶だけにしておく。すまぬが、それも下げてもらいたい」

かれは小女《こおんな》が温めてきた味噌汁《みそしる》に向かい、遠慮がちに手をふった。

「菊太郎の若旦那さま、ゆうべもまたお酒がすぎはったんどっしゃろ。そんなんしてはったら、お身体に毒どっせ。一口ぐらい、御飯を食べはったらどないどす」

「小言をいうてくれるのはありがたいが、どうぞ今日だけは勘弁してくれ。わしのことより、町奉行所から座敷牢に預けられている松吉とかもうす桂屋の手代こそ、ちゃんと飯を食うているのか」

かれは座敷牢のほうに目を投げてたずねた。

「それが若旦那さまみたいに深酒をしてはるわけでもないのに、あんまり食べてはらしまへん」

「わしを皮肉るのもよいが、桂屋の手代にはしっかり食うてもらわねばならぬな。だいたいお店《たな》大事に十五年も勤め上げてきた男が、いきなり二十両の金を使いこむものか。桂屋は由緒のある菓子屋。されど少々女癖《おんなぐせ》の悪い三男坊がいるという噂《うわさ》ではないか。松吉は忠義の思いから、そ奴を庇《かば》って金の融通をしたに相違ない。店に知れる前にこっそり金を戻す手はずが狂うたため、家の商いを継いだばかりの吝嗇《けち》な長男に、ここぞとばかり町奉行所に訴え出られたのよ。長男はそうすることで、弟たちには身代《しんだい》の分与、長年働いてきた奉公人には、暖簾《のれん》分けをせずにすまされると考えたのであろうが、そう易々と計算通りにはさせぬわい。されどそれを十分わかっておりながら、源十郎の奴は、同業の奈良屋と競うていよるのだなあ」

かれは袷《あわせ》のきものの裾《すそ》をはたいて箱膳の前から離れ、座敷牢へと向かった。

牢の中では、桂屋の手代の松吉が、うなだれてじっと坐っていた。

鍵はかけられていなかった。

「おい、松吉。いつまでも黙ったままでいると、お上の手を煩わせおった不埒《ふらち》者として、奉行所から要《い》らぬお咎《とが》めを食らうぞ。こっちはなにもかも調べ、およその察しを付けておるのじゃ。そなたが金を使いこんだとは考えられぬ。だからこそ町奉行さまも、この鯉屋に身柄を預けられたのであろう。ここでは飯をたらふく食い、のんびり身体を休めていたらよいのよ」

菊太郎は座敷牢の外にうずくまり、牢内の松吉に声を浴びせかけた。

「そ、そうやございまへん。わけがあって、あの二十両はわたしが確かに使いこみました」

「こ奴、初めて口らしい口を利《き》きよったわい。されどそんな言い訳ぐらいで、奉行所の吟味役や公事宿の主たちを誤魔化せると考えたら、大違いじゃぞ。忠義面もいい加減にいたせ」

菊太郎はちぇっと舌を鳴らして立ちあがると、自分の差し料を摑《つか》み、店の表に出てきた。

「菊太郎の若旦那さま、どこかへお出かけどすか」

帳場に坐っていた喜六が、顔を上げた。

用事でもいい付けられたのか、鶴太の姿はもうそこにはなかった。

「ああ、所司代組屋敷の道場にでも行き、ひと汗かいてくるつもりじゃ。どうも近頃、身体がなまっているようでなあ」

「お与根がさっき、若旦那さまが朝御飯に箸《はし》をお付けにならはらへんと嘆いておりましたわ。そら身体を動かしてきはったら、酒気も抜け、御飯もおいしくいただけますやろ。是非そうしておいやす」

「そなた、もうそれまで知っておるのか」

「狭い店やさかい、なんでも筒抜けどすわ」

「されば、座敷牢に入っておる松吉に、熱燗《あつかん》の一本でもつけてやれ。飯がすすまぬのは、鯉屋の中でわし一人ではないのじゃ。あ奴、飯は食いたくなくとも、酒なら飲みたそうにしておった」

「若旦那さま、無茶いわはったら困りますがな。そんなんしたら、わたしがお奉行さまからお咎めを受け、松吉はんの代わりに座敷牢に入らななりまへん」

「仕事をおっぽり出し、あそこでごろ寝しておるのも、なかなか乙なものだぞ。人の世の色と欲、醜い諍《いさか》い事に関わらずともすむのでなあ」

「それどしたら、ご自分が入っておいやしたらよろしゅうおすがな」

「こいつ、なかなか見事に切り返しおるわい」

菊太郎は喜六に笑いかけると、土間の草履《ぞうり》を拾って外に出た。

かれが少年のころ通っていた一条戻り橋東詰めの岩佐道場は、一応、市井の町道場とされていた。だが実際に、道場主の岩佐昌雲から稽古《けいこ》を付けられていたのは、京詰めの幕臣の子弟がほとんどだった。

昌雲の没後、岩佐道場は閉じられた。

いまは所司代組屋敷の北、下立売通《しもだちうり》りに面した勝岩院の横手に、新たに道場が設けられ、子弟たちはそこに通っている。

道場を預かっているのは、二条城番下役の三浦六右衛門《ろくえもん》。主とされるかれが道場に詰めるのは、五日のうち二日。それ以外は、留守番役の小者夫婦がいるだけであった。

六右衛門は四十すぎの小柄な男だが、その腕前のほうはさっぱり不明であった。

それというのも、誰が一手ご指南をと乞うても、かれはご冗談をと笑って取り上げなかったからだ。

「それがしは勘定奉行さまからもうし付けられ、留守番をしているだけ。道場主ではございませぬ」

平然ととこうとぼける人物だったが、一度も木剣を合わせなくても、菊太郎の睨《にら》んだところ、かれは相当な遣い手のはずだった。

菊太郎は大宮姉小路の鯉屋から堀川端に出て、流れに沿いそのまま北に向かった。

二条城の大手門が立派な構えを見せている。

所司代屋敷の前を通り、魚棚通りをすぎ下立売通りまできて、菊太郎は道を左に折れた。

二条城の周りは武家地、なんとなくいかめしい感じだが、下立売通りにさしかかると、町全体がほっと息を継いだように賑《にぎ》やかだった。

勝岩院の前に、小さな茶店が営まれている。

この茶店を、町の人々は〈思案茶屋〉と呼んでいた。

この辺りから北野天満宮の一帯にかけ、上七軒、北野などの遊興地のほか、あちこちに色茶屋が点在していたからである。

この店の床几《しょうぎ》に腰をかけ、それらの色街に行こうかどうかを男たちが思案するため、そんな異名が付けられたのだ。

いつもならここまでくると、道場のほうから鋭い気合の声がきこえてくる。しかし今日はまだ誰も稽古にきていないのか、辺りは静まり返っていた。

——朝飯を抜いてきたせいか、急に腹が減ったわい。茶を一服飲み、団子でも食うとするか。

菊太郎は葦簾《よしず》を立て廻した茶店の床几に腰を下ろした。すぐに老爺《ろうや》が、盆に湯飲みをのせてきた。

「団子を一皿頼みたい。それに熱燗じゃな」

「朝から熱燗、酒を飲んで、道場へいかはるんどすかいな」

ときどき道場の四脚門《しきやくもん》をくぐるかれを覚えているらしく、茶店の老爺はあきれ顔で問い返した。

「わしはどうせ半端者じゃでなあ。いまさら誰にも怒られはせぬわい。まさか一本つけぬともうすのではあるまいな」

「いいえ、とんでもない。二本でも三本でも、出させていただきまっせ」

老爺が土釜を置いた店の奥に消えたとき、勝岩院の前に、きれいな中振袖を着た十一、二歳の女の子がふらふらと現れた。

目を宙に据え、菊太郎が坐る床几の前でくるくると廻り、虚空のなにかを追いかけているようすであった。

門前を行き交う老若男女が、気の毒そうに彼女を見て、通りすぎていった。中には薄ら笑いをにじませ、歩み去る男もいた。

「おい、父っつぁん。あの子はなにをしておるのじゃ」

熱燗を運んできた老爺に、菊太郎はたずねた。

「可哀相にあのお栄はんは、ちょっとお頭《つむ》がおかしいのどすわ。あれで多分、蝶々を追うているつもりなんどっしゃろ。世間のお人たちは、親の因果が子に報いてるのやと噂してます」

「親の因果が子に報いてじゃと――」

「へえ、あの子の父親は吉兵衛はんといい、この先の五番町で末広屋という遊女屋をしてはりますねん。いくらきれいに見えたかて、遊廓は所詮《しょせん》、若い女子《おなご》はんの生き血を吸い取るところ。仰山《ぎょうさん》の女子はんたちを、苦しませてきはりましたやろ。そやさかい世間のお人たちは、親の因果が子に報い、娘があんなふうになったのやというてるんどす。お家は店から離れてここのすぐ裏、善福寺はんのそばやさかい、ああやってあの子はときどき、この門前で蝶を追いかけてはりますのや」

老爺は床几に盆を置きながら、小声でささやいた。

菊太郎はじっと彼女を見つめていた。

蝶々を追ったつもりでこちらを向いたお栄の視線が、かれのそれとふと交差した。

「お栄とやら、こちらへきてわしと団子を食べぬか」

菊太郎は優しい声をかけたが、お栄はきらっと目を光らせただけで、無言のままかれに背を向けた。

そしてまたこの季節に飛んでいるはずのない蝶を追い、勝岩院の門の中に立ち去っていった。

二

「ごめんくだされ——」

菊太郎は勝岩院の横を通り抜け、道場の拭《ぬぐ》い板敷の前に立つと、奥に大声をかけた。

やはり誰も稽古にきていないらしく、中からは気合一つきこえてこなかった。

しかし今日は十五日。五と十、三と八のつく日なら、三浦六右衛門が道場に詰めているはずであった。

「六右衛門どの、どこにおいでなのじゃ」

かれは草履を脱ぎ、道場に勝手に上がりこんだ。

途中の長廊から稽古場をのぞくと、よく磨きこまれた広い板間は、やはりしんと静まり返っている。道場主が背にしているはずの床の鹿島大明神と大書された軸が、白々しく稽古場に臨んでいた。

「六右衛門どの――」

菊太郎はここではっと足を止めた。

平桶をかたわらに置き、六右衛門が道場の床柱を雑巾で拭いていたからだった。

「ああ、これは田村さま。気付かずに失礼をいたしました」

「所司代さまから立派な道場を造っていただきながら、この時刻になっても誰一人として稽古にこぬとは、幕府の行き先を見るようでございますなあ」

「いや、これでも正午《ひる》をすぎると、ぼつぼつ若いお人たちがまいられ、稽古をしておられまする。まだまだ侮ったものでもございませぬぞ」

「六右衛門どのに一手ご教授をと願い出る若者は、おいでになりませぬか」

「なかなか。ございましても、それがしは嫌でございまする」

「あくまでもご自分は、当道場の留守を預かるだけと、言い逃れられるご所存なのじゃな」

「事実をもうし上げてご辞退しているまで。若いお人たちに打ちこまれたら、さぞかし痛うございましょうでなあ。さようもうされるのなら、いっそ田村さまが道場主を引き受けられたらいかがでございまする。されば所司代さまも町奉行さまも、大いによろこばれましょう」

「やれやれ、この京にわしより臍曲《へそま》がりなお人がおいでになるとは思いませなんだ」

「なにをもうされる。御身さまのほうがずっと臍曲がり。それがしはとかく厄介《やっかい》は嫌いなだけでございまする。ただし、田村さまが町奉行所のご出仕をご承知になられれば、それがしも道場主を引き受けるやもしれませぬ」

「まあさような怠け者の一人や二人、世の中にいるのも、興があってようございましょう」

二人はいつの間にか、板敷きの床に坐りこみ、談笑し合っていた。

「ところで先ほど、勝岩院の門前の茶店で、団子を買うてまいりました。よければお食べになりませぬか」

菊太郎は六右衛門の膝許に、竹皮包みをすすめた。

「これはかたじけない。思案茶屋の団子でございますな。それにしても誰がいい出したやら、思案茶屋とはよく名付けたものと感心いたしまする」

「わしはあの茶店で一皿食うてきましたが、この団子なら何串でも結構。諸国遍歴をつづけていた折り、団子にはさまざま世話になりもうした。各地でそれぞれ特徴があり、旨うございましたわい。木曾路や信濃の団子のたれには、胡桃《くるみ》味噌が用いられ、美濃の団子は、たまり醬油《じょうゆ》に漬けて焼き上げておりまする。京のおかきの柔らかいものと解したらようございましょう。一方、この京の団子は甘だれ。女子の口には合いましょうが、男にはどうもなじみませぬ。されど思案茶屋の団子は、美濃と同じたまり醬油の味。これなら酒の肴《さかな》にも、茶を飲んでなら飯の代わりにもなりましょう。総じていえば、団子はやはりたれで決まるといえまする。おお、相模国の団子も旨うございましたなあ」

菊太郎は長々と団子談義を講じた。

かれの表情は、異腹弟の銕蔵《てつぞう》に田村家の家督を継がせるため、出奔を装って何年も各地を放浪していた往時を、なつかしく偲《しの》ぶ気配になっていた。

当時、菊太郎は行雲流水のごとく旅をつづけていた。やくざの用心棒に雇われた日も、道《み》普《ぶ》請《しん》の人足として働いたこともあった。

相模国の寺に逗留《とうりゅう》していたときには、住職の代わりに毎日、鐘楼の鐘を撞《つ》かされた。

「こんな相模の山深い寺に、なにゆえ天女を四体も鋳出したこれほどの名鐘があるのじゃ」

梵鐘には、藤原頼通が宇治に〈平等院〉を開創したとされる永承《えいしょう》七年（一〇五二）の年号が鋳出されていた。

鐘の音色は深く、余韻が山々の谷間に、長くとどまっている感じだった。

「永承七年の年号をもったそんな名鐘が、相模の山寺にもとからあるはずがありまへん。おそらく奥州の藤原氏あたりが、京の都で鋳造させた品。運ばれる途中、なにか思いがけない災難が起こり、道に放り出されたのとちがいますやろか。それがめぐりめぐって、その山寺に納まったんどっしゃろ。当時の相模の名物は山賊。鐘を運んでいた人足衆が襲われたか、それともひょっとしたら、当の人足たちが急に嫌気がさし、鐘を勝手に売り飛ばして逃げたのかもしれまへんなあ」

鯉屋の主源十郎が、菊太郎の話をきいて、漏らした感想であった。

「田村さま、それがしも思案茶屋の団子は、京のそれとはひと味違い、好物でございます」

「ならばどうぞ、柔らかいうちにお食べになられたらいかがでございます。わしもまた一串ご相伴つかまつりまする」

菊太郎は顔に微笑をにじませ、六右衛門に勧めた。

「ではお言葉に甘えさせていただきます。されど大の男が二人、団子についてあれこれ論じたすえ、そろって食らいついているのを見たら、人はどう思いましょうかな」

六右衛門は苦笑しながら、包みから取り出した団子を一つ頰張《ほおば》った。

「おそらくうつけた侍どもだと、嘲笑《ちょうしょう》いたしましょう。六右衛門どの、お茶でも淹《い》れてまいりまする」

「いや、それにはおよびませぬ。ここでいただくのは一串だけ。あとは後ほどまたゆるりと、頂戴いたしまするほどに」

そのとき勝岩院の裏の辺りから、大きな水音がひびいてきた。

「あの水音、何事でございましょう」

「勝岩院の境内《けいだい》の隅に、深そうな古井戸があり、あれはその井戸からのものと察せられまする」

「子どもたちが境内で遊んでいるのか、先ほどまで賑やかな声がきこえておりましたが――」

「さては――」

菊太郎と六右衛門の口から、同時に同じ言葉が発せられた。

二人は食べかけの団子を投げるように竹皮包みに戻すと、あわただしく道場から外に走り出た。

勝岩院の境内では、八、九人の子どもたちが一人の少女を取り囲み、口々に悪態を吐《つ》いて彼女をからかっていた。

輪の中心にいるのは、先ほど菊太郎が見かけた五番町の妓楼《ぎろう》の娘だというお栄であった。

年嵩《としかさ》の少年が、棒にくくり付けた赤い鼻緒の草履を、くるくると振り回している。

「親の因果が子に報い、親の因果が子に報い……。さあ草履を返してほしかったら、ここまで取りにきな」

少年にうながされてお栄が近づくと、かれはさっと素早く横に逃げた。

彼女はそれでも哀しそうな顔もしなかった。

「こらっ、おまえたちはなにをしておるのじゃ」

菊太郎がかれらに一喝を浴びせ付けた。

「いま井戸からひびいてきた水音は、なんなのじゃ。さっさともうせ」

かれの怒声につづき、六右衛門が子どもたちを叱《しか》り飛ばした。

勝岩院の住職も納所《なっしょ》坊主も留守なのか、建物の中からは誰も出てこない。子どもたちは菊太郎たちの剣幕に逃げ腰ながら、足はその場に釘《くぎ》付けになっていた。

「わしら、このお栄と遊んでいるだけやねん。お栄はちょっとお頭がおかしいのや」

「お頭がおかしいのは、それをからかっておるそなたたちであろうが。男子が、誰であれ弱い女の子をいじめてどういたす。それより先ほどの水音はなんだったのじゃ」

「さっきから自分の草履が取れへんのに腹を立てたんか、お栄が井戸のそばにあった大石を、中に投げ落としたんや」

「ならばどうしてそのお栄に、草履を返してやらぬ」

年嵩の男の子を怒鳴り付ける六右衛門のかたわらから、菊太郎がお栄を見ると、彼女はおとなしくその場に坐りこみ、かすかに笑っていた。

　辺りの小石を一つひとつ拾ってきものの袂《たもと》に入れ、小声で手まり歌を口ずさんでいる。

「京や小判や　八千銀で　おつつが八丁で　しもやんで　霜も降らずに　女郎《じょろ》降って　女郎屋の向かいの　とめ女子　とめも島田に　縞前《しままい》だりで　にしきのお襷　はねかけて　通るお客は　お泊《と》まんなんせ　お泊《とも》がいやなら　お休みなんせ――」

　縞前だりとは縞の前掛けのこと。この歌の歌詞には、明らかに遊女屋の一光景が詠みこまれている。

　ただこれは京の手まり歌ではなく、丹後地方のものだった。

　この地は縞の財布が空になるといわれるほど、遊女屋が繁盛していた。また丹後ちりめんの主産地として知られ、それだけに京・西陣とのつながりも深かった。

　その縁から、丹後や丹波の貧しい村々から、京都へ身売りしてくる若い女たちも多かったのである。

　お栄が丹後の手まり歌を知っているのは、おそらくこの地から父親の営む妓楼の末広屋に売られてきた女が、口ずさんでいたのをきき覚えたのだろう。

　親の因果が子に報いていると陰口を叩《たた》かれる遊女屋の娘が、静かに微笑して、遊廓の光景を詠みこんだ歌を唄っている。

お栄の物狂いは誰の目にも明らかであった。

「全く哀れな。おい、その草履を早く返してつかわせ。気が変になっているからといい、この子をからかってはならぬ。許さぬぞよ」

貧しい長屋の子どもたちが、見るからに裕福そうなお栄をいじめるのは、彼女が正気でないからではなかった。

これがもし同じ長屋の娘なら、反対に彼女をかばっていたかもしれない。富める者への妬《ねた》みが、そこから濃くうかがわれた。

ましてや相手は、人の生き血を吸って稼《かせ》いでいると評される遊女屋の娘。子どもなりに、いくらかの正義感も働いていたのだ。

「お侍さまがそないいわはるんどしたら、こんな草履ぐらい返したるわい。そやけど、きのうも五番町遊廓で、お女郎はんが首を吊《つ》って死なはったんやで。わしんとこのお母《かん》はいつも、北野や五番町はこの世の地獄やというてるわ。そこで働いてるお女郎はんたちが、客の男からなにをされるのか、わしらかて薄々知ってるわいな」

年嵩の少年は悪態を吐きながら、棒からはずした草履を、お栄の目の前に投げ出した。

「あそこにいてはる遊女はんたちの寿命は、だいたい二十三、四。食う物もろくに与えられんと、やがては労咳《ろうがい》（肺結核）になって、げっそり痩《や》せていかはる。死んだあとは投込寺の墓地に、無縁仏として葬られるんやと。この近くやったら、さしずめ四番町の報土寺。あそこにはびっしり卒都婆《そとば》が並んどるわい」

仲間を庇うように、他の子どもたちが抗議めいた口調で口々にいった。

「紙屋で働いてるわしんとこのお父がいうには、こないだ若い職人が、五番町に遊びに行ったんやと。すると入った布団がまだ温《ぬく》とうて、気色が悪かったそうやわ。どんなふうに気色が悪かったんか知らんけど、そない次から次に客の相手をさせられ、一日に五人も十人も客を取らされてたら、そら死にたくもならはるやろ」

まだ子どもとはいえ、悪餓鬼《わるがき》たちの話は妙に生々しかった。

遊女屋の娘お栄は、自分に投げ返された草履を、しゃがみこんだまま眺めていた。

ふと華奢《きゃしゃ》な顔をめぐらせ、菊太郎と六右衛門を見上げた。

その目は菊太郎が最初に見かけたときと同じで、冷たい表情を浮かべていた。

「さあ、それを履いて家に戻るのじゃ」

六右衛門がうながしたが、お栄は再び顔をうつむけ、また同じ手まり歌をつぶやきながら、周囲の小石を袂に入れはじめた。

小石でも両の袂いっぱいなら、相当な重さになる。

大きな石を投げこんだ調子で、そのまま井戸に飛び込めば、溺死《できし》してしまうだろう。

彼女をからかっていた子どもたちは、勝岩院の境内からすでにすばしっこく姿を消していた。菊太郎たちはみんながいなくなったあとを考えると、お栄をこのまま一人残して立ち去りかねた。

廓は金のある男には極楽世界だが、そこにいる女にとっては地獄。それだけに悲惨な話は、数え切れなかった。

性的奴隷労働の強要に始まり、何年もつづく身体の拘束と搾取の仕組みが、この世界を構築していた。『日本遊里史』には、十六人の娼妓が、一日に二百六十四人もの客と接した驚くべき記録が残されている。

こうした重労働を拒めば、残忍な仕置きが待ち受けていた。

厳寒の中、丸裸で木に縛り付けられたり、両手足を縛られて天井から吊るされたりする。そうして剝《む》き出しの尻を、割れ竹で打ち叩かれるなどは、ありふれた折檻であった。

『街談文々集要』は「文化七（一八一〇）庚午《かのえうま》十月末の事なり。浅草田畝度印寺へ、吉原中万字屋抱えの妓を葬る。此妓病気にて引込み、打臥《うちふし》居りしを、其家の妻女偽《いつわ》り病なりとて折檻をくわえ、又或時、小鍋に食を入れ、煮て食せんとせしを見咎、其鍋を頸《くび》にかけさせ、柱に縛り付置し処、終に死去せり。其幽霊首に小なべをかけて廊下に出るよし卜云沙汰《さた》あり」と記している。

また『吉原遊女屋掟書』には、「病気にても、大病になるまで押して勤《つとめ》を引き申す間敷、病中の取扱食事等粗末に候共、小言《こごと》申す間敷、万一大病に至り必死の症とも見極め候上は、年季何年残り候共、証文呉れて遣《つか》わし可申候」と過酷な実態を伝えている。

遊廓のこのような有様は、全国の遊里ともほぼ同一。加えて江戸や京大坂などの都市では、遊廓は一般世界から隔離された空間だけに、実際に内部でなにが行われているかわからないのが実情だった。

文政九年（一八二六）九月には、大坂・安治川《あじがわ》新堀の遊女屋の小女四人が、姉女郎が折檻されるさまを見て将来を悲観し、そろって投身自殺をするという事件も起きている。また奉公している妓楼に火を放ち、焼身自殺を図った遊女すらいた。

五番町遊廓の名の起源をたどれば、天正十五年（一五八七）、豊臣秀吉が内野（大内裏《だいだいり》跡）の東北に、聚楽第《じゆらくてい》を造成した時代にまでさかのぼる。秀吉は一般武士たちを集住させる目的で、この地を六軒町通り仁和寺《にんなじ》街道を中心に七区に分け、それぞれ一から七まで番号を付けさせた。

その中で五番町近辺は北野天満宮をひかえ、また愛宕山《あたごやま》参詣の道中にも当たるため、もともと茶屋が店を開いていた地域。これらの店に寛政二年（一七九〇）、遊女商売が差し許されたのである。

明治四十四年の『京都府警察部遊廓統計』によれば、五番町遊廓には当時、百三十三の業者、芸者八十一人、娼妓三百六十四人がいたという。

娼妓にかぎれば、江戸時代はこれより多人数と考えられ、また京の娼妓は年季が終わったあと、三月《み》か半年、お礼奉公として只《ただ》で働かされるのが慣例となっていた。

五番町遊廓は俗に〈西陣〉と呼ばれる地域の中に位置しており、主な客は西陣の機屋《はたや》や染屋で働く職人たち。それだけに娼妓たちの肉体的消耗もひどく、重労働と粗食、不衛生な環境などの悪条件が重なり、勤めを終えずに死ぬ者も多かったのである。

「六右衛門どの——」

菊太郎は困惑した顔で、六右衛門を眺めた。

お栄は中振袖の袂だけではなく、今度は懐《ふところ》にまで小石を入れはじめていた。

このまま彼女のそばから離れかねると、菊太郎は無言のうちにいったのである。

しかしその一方で、菊太郎の目は冷静にお栄の所作を観察していた。

「田村さま、いかにもでございまする。このうえは無理にでも小石を棄てさせ、親許に送り届けねばなりますまい」

「されどまさか、五番町遊廓の店に連れてゆくわけにもまいるまい。まあ住まいの詳しい場所は、思案茶屋の親父どのにきけばわかりましょう」

かれがひそかにうかがっていると、お栄のこめかみがひくっと動いた。

自分たちの会話に、彼女が耳を澄ませていると見てとり、菊太郎はこう声高にのべた。

陽が翳《かげ》ってきたせいか、急に肌寒くなってきた。

北の空の様子からして、今夜はどうやら雪になりそうだった。

三

冬の薄陽が、鯉屋の中庭を淡く照らし付けている。

数日前に降った雪が溶け、店の外の道はひどくぬかるんでいた。それでもまだ軒下の隅には、白いものが溜まったままだった。

台所では、猫のお百が竈《かまど》のそばに丸くうずくまり、ときどき耳をぴくりとさせていた。

「ご免つかまつる」

店の前の泥道に難渋しながら表の腰高障子戸を開け、帳場に声をかけてきたのは、東町奉行所同心組頭の田村銕蔵だった。

後ろに曲垣染九郎が従っていた。

「これは銕蔵の若旦那さま――」

帳場から主の源十郎と下代の吉左衛門が急いで立ち上がった。

「兄上どのはおいでになられような」

「へえ、いま厠に行ってはります。そやけど旦那さま、菊太郎さまが厠に入らはってから、もうだいぶ時刻が経《た》ちますすわなあ」

「いわれてみれば、そうどす。四半刻《しはんとき》（三十分）ぐらいすぎてますがな」

源十郎ははたと気付き、眉根《まゆね》を寄せた。

「四半刻ぐらいじゃと。それは少し長すぎるのではないか」

「長雪隠《せっちん》（便所）という言葉もありますさかい」

「なにをもうす。厠の中で倒れておいでになるやもしれぬであろうが――」

鋏蔵の一言で、曲垣染九郎がさっと草履を脱ぎ、店の奥へと無断で上がりこんでいった。

「旦那さま、雪隠の紙がのうなっているのかもしれまへんなあ」

「若旦那さまのことどす。紙がなければ、お行儀が悪うても、大声でそう叫ばれますわ」

「この寒い季節、厠でお尻を丸出しにしてはったら、風邪をひいてしまわはりますがな」

「お尻は人から叩かれるところで、風邪をひくところではありまへん。女子はんどしたら、触られたりもしますやろけど――」

「源十郎に吉左衛門、二人ともなにを呑気をもうしているのじゃ。大概にいたさぬか」

さすがに鋲蔵は、かれらのやり取りに声を荒らげた。

「へえ、すんまへん。そやけど、菊太郎の若旦那さまともあろうお人が、雪隠の中でくたばらはったり、紙がないため出られんようになってはるとは思われしまへんさかい」

自分を睨《にら》み付ける鋲蔵に、源十郎はまだなにかいいたそうだった。

このとき奥から、幾つかの足音がひびいてきた。

「わしが『重阿弥』やお信の長屋にまいっているのならまだわかる。されど厠にまで、染九郎どのに迎えにこられてはたまらぬわい」

ぶつぶつ苦情をのべながら、菊太郎が中暖簾《なかのれん》をはね上げ、姿をのぞかせた。

「そやけど菊太郎さま、長雪隠にしても程度がありまっせ」

「源十郎、長雪隠のどこが悪いのじゃ。雪隠でしゃがみ込んでおるとき、不思議に物事をふと考え付くことがあるのじゃわい。おぬしにも覚えがあろう」

「それで菊太郎さまは、いまの長雪隠でなにを思い付かはりました」

「わしは俳句をひねっていたのじゃ。世を捨てて人の恋しき庵かな。こんな句を作ったのじゃが、改めて考えてみると、これは芭蕉か与謝蕪村《よさぶそん》が詠《よ》んだ句ではなかったかと思い、あれこれ思案しておったのよ。俳句に親しむと、人の句か我が句か入り乱れてわかりかねることがあってなあ。結局、どうなのか決めかね、とうとう諦《あきら》め、別の句が浮かびかけたとき、染九郎どのに声をかけられたのじゃわい」

「兄上どの、何事もいい加減にしていただかねば困りまする」

「そういわはりますけど、銕蔵の若旦那さま。世を捨てて人の恋しき庵かなとは、まことにええ句どすがな。わたしが知るかぎり、これは芭蕉さまや蕪村さまの作ではありまへん。これまで菊太郎さまが詠まはった句の中でも、とびきりの名句どすわ。世を捨てたつもりで山の中に庵を結んでいても、とかく人の世が恋しい。隠棲するのは止《や》めにせい、そんな庵に住んでいてどうするつもりだと、当人としては、誰かにいうて欲しいんどすわ。そんなお人の一番の例が、『方丈記』を書かはった鴨長明《かものちょうめい》はんと違いまっしゃろか。悟ったつもりでも、人間の心いうもんは、きっとそんなんどっしゃろ。さすが菊太郎の若旦那さま、無駄に長雪隠をしてはったわけではあらしまへん」

　源十郎にたしなめられ、銕蔵はしゅんとした表情で、異腹兄の菊太郎に目を這わせた。

「それは確かにいえてます。若旦那さま、早速、短冊に書いておくれやすな。中暖簾のそばの短冊掛けに、あとで嵌《は》め込ませていただきますさかい」

　吉左衛門がその場をとりなすようにいった。

「ところで銕蔵、頼んでおいた五番町の一件を、わざわざ知らせにきてくれたのじゃな」

「はい、この曲垣染九郎が、じっくり末広屋の調べをつくしてくれました」

「それはありがたい。染九郎どの、いつも造作をかけてあいすまぬ」

いつの間にか、帳場に置かれた大火鉢のそばに坐り込んだ菊太郎が、染九郎に向かって頭を下げた。

あの日、菊太郎は三浦六右衛門とともに、お栄を末広屋吉兵衛の住居まで送っていった。

彼女の家は、北に繁華な五番町遊廓を控えながら、いたって普通の構えの建物であった。

その時刻でも、五番町の各遊女屋は店を開いていた。思案茶屋の辺りには、妓楼に向かう男たちの姿が見られ、どこか猥雑な雰囲気が漂っていた。

「ご当家の娘御をお連れもうした。勝岩院の境内で、悪童たちにからかわれておられてなあ。そばに古井戸がござったゆえ、どうも心配いたしましてな――」

案内を乞う菊太郎の声に、地味な身形《みなり》の若い女が、格子戸を開けて出てきた。

十六、七歳の彼女に、六右衛門はこう伝えた。

「それはありがとうございました。お栄、あまり外に行ってはいかんというてたのに、いつの間に出かけてたんえ。お母ちゃんはお店の手伝い、お姉ちゃんも縫い物が忙しゅうて、なかなか一緒に遊んであげられへん。そやけど表に出ていっても、みんなにいじめられたりからかわれてばっかしやろ」

彼女のお栄を見る目は、ひどく哀しそうだった。

「そなたはこの娘御の姉上どののじゃな」

菊太郎は彼女に問いかけた。

「はい、多栄《たえ》ともうします」

「お多栄どのか、なかなかよいお名じゃのう。ところでこのお栄ともうされる妹御、生まれつきの知恵遅れとは思われぬが、いつごろからこのようにならられたのじゃ。よければそれをきかせていただきたい」

菊太郎はたずね難いことを、ずばりと姉娘にただした。

彼女に招じ入れられるまま、二人は家の土間に入っていた。

それとなく眺めると、しっかり普請された家ながらも、置かれている調度品はいずれも質素な物ばかりだった。とても遊廓の楼主の家とは思えなかった。

「この子のお頭がおかしゅうなったのは、二年ほど前から。それまでは賢い子で、九九算も覚え、いろは文字もすらすら書くほどでございました。お父はんもお母はんも、行く末が頼もしいというてたんどす。それが急に変になり、お釜から手摑みで御飯を食べはじめたのが最初。驚いてお医者さまにも診《み》ていただきましたけど、どうにもならぬ病だといわれ、それからずっとそのままなんどす」

「わしの影ふんだら　十九の病。医者にみせても　なおらん病か――」

菊太郎が小声でつぶやいたのは、京の子どもたちが影踏み遊びをするときに唄う外遊び歌。十九の病とか、医者にみせてもなおらん病とは、恋の病を指していた。

「医者にみせてもなおらん病どすか――」

姉のお多栄が、怪訝《けげん》そうな表情を浮かべた。

「いやすまぬ。医者にもどうにもならぬときいたので、つい子どもたちの外遊び歌を思い出しただけのことじゃ。許してくれ」

お栄は表座敷にぺたんと坐り、ぼんやりした目付きで、天井を見上げている。

土間からそんな彼女に目を投げ、菊太郎はお多栄に詫《わ》びた。

「お頭がおかしゅうなるまでは、妹もよく外に出て、ご近所のお子たちとその歌を唄うて遊んでいたもんどす。それがこの子がおかしゅうなって以来、ぷっつり誰も相手をしてくれへんようになってしもうて」

お多栄の目に涙がふくれ上がっていた。

「酷《むご》いことをもうすが、家業が遊女屋ゆえ、親の因果が子に報いておるなどといわれておるようじゃな」

「そ、そうどす」

彼女はうっと声を詰まらせ、薄紅色の前掛けで顔をおおった。

「お多栄どのとやら、泣かぬでもよい。親がなんの商いをしていようと、その因果が子に報いるなどということはないわい。世間は面白半分に、取り沙汰しているのじゃ。それに負けてはなるまいぞよ。わしはそなたの両親とて、好き好んで遊女屋をしているのではないと思うておる」

「そないにいうてくれはりまして、おおきに。いまのうちには、お二方が仏さまみたいに見えます」

「それがしは勝岩院の横にある剣道場の留守番役の三浦六右衛門ともうす。なにかあればすぐ駆けつけてとらせるゆえ、迎えを走らせるがよいぞよ」

「わしは田村菊太郎。さいわい弟の奴が、東町奉行所で同心組頭をしておる。この界隈《かいわい》の町年寄たちに、お栄をいじめる悪童には、その両親に厳しく注意いたすよう命じよと、頼んでおいてつかわそう」

菊太郎と六右衛門はお多栄になぐさめ顔で、口々にいった。

ふと座敷を見ると、妹のお栄が行儀よく正座し、二人に向かい両手をついて低頭していた。

「田村さま、いったいなんのつもりでございましょうなあ。それがしの見たところ、お栄ともうす小娘、あれは実は狂うてはおりませぬ」

お多栄に見送られて末広屋の本宅から外に出ると、六右衛門はすぐ菊太郎に小声で話しかけてきた。

「それがしも同意見でございます。おそらく物狂いを装うているだけ」

「さればなにを思うて、あのような真似をいたしておるのやら」

「しかとはもうせませぬが、あのお栄とやらは、世間から女の地獄と評されるような商いを止めてほしいと、両親に頼みたいのでございましょう。されど賢い娘ゆえ、両親の立場も考え、それをいい出しかねておるのではありませぬかな。自ら狂人を装い、親の因果が子に報いておると世間にいわせることで、両親のほうから遊女屋を止めるよう仕向けているのじゃと、わしは睨んでおりまする」

「小賢しい娘と思われぬでもござらぬ。されど遊女屋の娘として生まれたゆえの偽物狂い、なんとも哀れな仕儀でございますなあ」

六右衛門は太い眉を翳らせ、溜め息をついた。

「ところで六右衛門どの、なにを思うておるのかとは、わしがそなたさまに問いたい言葉でもござるぞ。道場主を仰せつかりながら、通うてくる者たちに、なにゆえ稽古を付けてやられぬのじゃ。一手ご教授をと願われるたび、とんでもないとご辞退されるのは、全く慮外ではございませぬかな」

「それをいわれると、答えに窮しまする。実は道場をお預かりする一年半ほど前、東町奉行さまから、備前国長船《おさふね》与三左衛門祐定《すけさだ》の刀を託され、切れ味を試すため、罪人の首を刎《は》ねましたのじゃ。その折り、罪人がそれがしを振り返りましてなあ。わしみたいな卑しい男の首を斬るため、おまえさまは剣の修行をしてきはりましたんかいなと、薄笑いをしてもうしましたのよ。以来、いまでもつい気後れがして、竹刀《しない》すら握る気になりませぬのじゃ」

六右衛門は気恥ずかしそうに打ち明けた。

「それはいけませぬなあ。さようなことでは、あの小娘と同じではございませぬか。あのお栄も物狂いを装うているより、親にいまの商いを止めてくだされと、はっきり意見をのべればよいのじゃ」

六右衛門とそんな話を交わしながら、鯉屋に戻ってきた菊太郎は、すぐさま主の源十郎に遊女屋の娘お栄の一件を打ち明けた。

その上で、異腹弟の銕蔵に、末広屋の内情の調査を依頼したのであった。

四

小女のお与根が、熱い茶を運んできた。

今日、鯉屋に手代の喜六や幸吉《こうきち》、手代見習いの佐之助のほか、丁稚の正太、鶴太、お店さまのお多佳の姿もなく、店内はひどくひっそりしていた。

六人は、高台寺脇の隠居と呼ばれる鯉屋の先代、宗琳の家の大掃除の手伝いに、そろって行っているのだ。

「染九郎どの、では末広屋の様子をきかせてもらおうか」

菊太郎が銕蔵とうなずき合い、曲垣染九郎をうながした。

「はい、まず末広屋の所在は白竹町。遊女屋としては、五番町の中でまずまずの格の店といえましょう。奉公人のうち娼妓は十一人、ほかに番頭と手代、遣り手婆《ばばあ》が各一人。それに男衆二人と、中年すぎの台所働きの女がおります」

「そしたら主夫婦を合わせて十九人。まずまずどころか、えらい大所帯の店ではありまへんか」

源十郎が火鉢から手を引っこめ、染九郎の顔をまじまじと見つめた。

「いかにも、界隈の妓楼にくらべれば、大所帯といえましょう」

「すると店はいつも大賑わいどすな」

「それがいたって客が少なく、静かなものでございます。ともうしますのも、あの店の商いが少々変わっておりますゆえ。たとえば末広屋の娼妓たちは、店格子から通りを覗き、客の呼びこみなどいたしておりませぬ」

「なんだと、遊女屋の女子が客の呼びこみをせぬとは、いかなることじゃ」

意外なことをきかされ、菊太郎は胸の前で組んでいた両腕を解いた。

「それがしは、田舎侍を装って末広屋の客となり、もえぎともうす遊女から一刻（二時間）余り話をきいてまいりました。主の吉兵衛は、店の娼妓たちに無理をさせてはならぬと、二日働きの一日休みをさせているそうでございます。されば娼妓の数は多くとも、たくさんの客をあしらい切れぬゆえ、呼びこみもさせておらぬとか」

「客があっても、遊女たちの身体をいたわり、あえて休ませているともうすのじゃな」

「いかにも、さようでございます」

「遊女屋を営むのは、阿漕《あこぎ》な人物が大半じゃ。娼妓たちに暇を与えず、日に幾度も客を取らせるのが当たり前。それどころか女子たちにあれこれ物を買わせ、借金をふくらませて年季を長引かせる。日々の食い物も吝嗇るものじゃわい。そんな中で、異な商いをする店もあるものじゃなあ」

「もえぎがもうしておりましたが、主の吉兵衛は、身体を大事にして一日も早く年季奉公を終えねばならぬと、店の女たちに常々いいきかせているそうでございます。さような商い振りには、同業者から苦情も寄せられているとか。されど吉兵衛は、これはうちの遣り方でございますさかいと、耳を貸しませぬそうな。五番町遊廓に身を置く娼妓たちは、どうせ働くなら末広屋のような店がよいと、もえぎたちを羨《うらや》んでいるというておりました。ほかの楼主たちは、己の店の娼妓たちが、末広屋と比べて不満を抱き、何事か不穏なことを起こすのではないかと案じているともうします。結果、あの店を必要以上に悪しく評している工合でございまする」

「わしが知るかぎり、江戸の吉原を始め、諸国の宿場やお城下の遊女屋の楼主は、店の遊女たちを人とは思わず、働かせるだけ働かせようといたしておる。吉兵衛の所業は、遊女屋の主としてきわめて稀といわねばならぬ。しかれど所詮、遊女屋は遊女屋。ましてや店の実際を知らぬゆえ、お栄は親の因果が子に報いているといわれ、子どもたちからいじめられておる」

菊太郎は感慨深そうな表情で、また腕を組み直した。

「店は当代で三代目。遊女屋仲間（組合）では、そこそこの古株だとか。主の吉兵衛夫婦は、遊女や奉公人たちに贅沢《ぜいたく》を禁じるばかりか、自分たちの暮らしもいたって質素。ただし、皆の食い物だけには銭を惜しまぬそうでございます」

「遊女屋はどう転んでも儲かる商い。遊廓の楼主たちがみんな、末広屋みたいな姿勢でおりましたら、折檻だの首くくりだのといった忌まわしい話も、起こりまへんやろなあ」

源十郎が嘆息していうのに、吉左衛門も大きくうなずいて同意した。

「遊女屋の主たちはだいたいが守銭奴。自分らは贅沢三昧に暮らし、店の男衆も酒や博打《ばくち》にふけり、心得よく過ごす者は少のうございます。さらに金と女子が集まるところには、ほぼ必ずならず者が寄り、弱い者を食いものにして、ぬくぬくと暮らしておりまする。すなわち、紅灯は悪の温床といえましょう。遊里を必要悪と認めながらも、われらは一面、頭を悩ませておりまする」

銕蔵が菊太郎に視線を向け、苦々しげにつぶやいた。

そのとき菊太郎の胸には、物狂いの真似をし、どこにも飛んでいない蝶々を追うお栄の姿が浮かんでいた。

次には、自分たちが家から辞すとき、こちらに向かって両手をつき、丁寧に辞儀をした彼女の姿が、そして更に、前掛けで涙を拭う姉娘お多栄の顔が思い出されてきた。

自分を含め、人間とは一筋縄ではいかず、どうにもならぬものだ。幕府さえそのどうにもならぬものに頭を痛めている。それを思うと、やりきれない気持がつのってきた。

「ついでもうしあげまする。末広屋吉兵衛は女房のお糸と、お多栄、お栄姉妹の四人家族。店で働く者たちのきものは、諸事節約のため、すべて姉娘のお多栄が仕立ても直しも行っているとききおよびました。十一人いる遊女たちは、二十三歳のもえぎを筆頭に、一番年少の芳野が十八歳。いずれも丹後や丹波の村々から、西陣へ奉公にいくとの口実できているともうしておりました。吉兵衛は年季が明けた女子には、それ相当の金子《きんす》をあたえ、五番町にいたことは決して知られぬようにといい含め、故郷の村に戻らせているそうにございます」

「染九郎の面目のため、わたくしから兄上どのたちに一言、断っておきまするが、染九郎は客として末広屋に揚がったものの、娼妓のもえぎから話をきいたのみ。同衾《どうきん》はもちろん、指一本触れず、ただ銚子二本を空けてきただけでございまする」

「それがしに、銭で女子を買う気などいささかもございませぬ。それが娼妓の務めとはもうせ、抱かれたくない男もおりましょうほどに。仏の教えによれば、苦悩の絶えない人間世界を苦界《くがい》ともうしまするが、遊廓はその中でもさらなる苦界。金ゆえに嫌な男と同衾せねばならぬ女子たちの苦しみは、いかばかりかと察せられまする」

組頭の銕蔵につづき、染九郎が厳しい顔で一同を眺め渡した。

「染九郎どの、見上げた心根じゃ。わしなら相手次第では、娼妓の身体に手をのばさぬでもないわい」

菊太郎は昏い顔のままつぶやいた。

「兄上どの、この場でいつもの冗談はおひかえくださりませ。兄上がさようなお人でないぐらい、それがしたちはよく存じておりまする」

「ほんまに菊太郎の若旦那さまは、困ったお人どすわ。実際はそうでもないのに、いつもご自分を、悪者のように見せかけはりますさかい。脇で見てててはらはらすることが、たびたびおますわいな。根性がひねくれているとしか思われしまへん」

「旦那さま、それは少しいいすぎではございまへんか」

苦笑いしながらの源十郎の愚痴《ぐち》に、下代の吉左衛門が、あわてて口をはさんだ。

「吉左衛門、さようにわしを庇わぬでもよい。源十郎とて、悪口をもうしているわけではないのじゃ。強いていえば、芯のない男よと嘆きたいのであろう」

「菊太郎の若旦那さま、わたしにそんな気は少しもありまへん。ただ思うたことを、素直にのべさせていただいただけどす」

源十郎がむっとした顔で訂正した。

「お二方、それでこの一件、いかがされるおつもりでございまする」

染九郎に問われ、菊太郎と源十郎は互いの顔を見合わせた。

「わしはお栄ともうす娘に、なにか不慮のことが起こってはならぬと案じておるのじゃ。わしと三浦六右衛門どのに両手をついた辞儀は、深い思いを秘めたものと察せられるからじゃわい。狂気を装ってすでに二年。自らはじめたこととはいえ、まだ幼さを残す娘にとって、親を嘆かせ、周囲に謗《そし》られる日々はさぞ辛かろう。このまま見捨てておくわけにはまいらぬわ。鋏蔵、このうえはそなた、末広屋吉兵衛をどこぞに呼び出してはくれまいか。膝を突き合わせ、店を閉じてはどうかと説いてやりたいのじゃ。お栄が物狂いを真似てまで、商いを止めてもらいたがっているのを、伝えてやらねばならぬ。親の因果が子に報いておるとの謗りについては、吉兵衛も心を痛めておるはずじゃでなあ」

「兄上どの、わたしもそれが最も手っ取り早い解決の道かと存じまする。なんならいまからでも、吉兵衛に呼び出しをかけまするぞ。お会い召されるのはやはり、吉兵衛の本宅がよろしゅうございましょうな」

「それがしもさように思いまする」

染九郎が鋏蔵の意見に口を添えた。

一刻ほどあと、菊太郎と源十郎の二人は、末広屋吉兵衛の本宅の座敷で、かれと向き合っていた。

すでに一部始終が、菊太郎から語り終えられていた。

「お栄の親でありながら、恥ずかしい話どすけど、わたしはあの子がそれほど店の商いを嫌っているとは、考えもしまへんどした。あの子の気がおかしゅうなったのを見て、親の因果が子に報いてるのやと、人さまが陰口を叩いてはるのは、よう承知しておりました」

白髪混じりの頭《こうべ》を垂れ、吉兵衛は大きな溜め息をついた。

「末広屋はわたしで三代目。いまでこそ五番町で古株になっております。けど店をはじめた祖父の平助は、もとは摂津の広瀬の貧しい小作人の三男。京へ出てきて、少しでも多く銭を稼ぐため、心ならずも五番町で働き、四十をすぎて、ようやく小店を一軒持てたのやときいてます。なんのつてもない田舎者が、ちゃんとした店で奉公させてもらうのはなかなか困難。遊女屋ぐらいしか、働き口がなかったんどっしゃろ。わたしが大きくなったときには、末広屋はいまと同じ白竹町に店を構え、父親の忠三は、遊女屋仲間の年寄を務めておりました。ほんまをいえば、このわたしも、昔は家の商いが嫌でかなわんかったんどす。何度も親父に、店を閉めたらどないどすと意見しましたわ。けどそのたび父親の忠三は、この末広屋は爺さまが爪に火を点《とも》すようにして大きくしてきた店。いま廃業したら、わしが親不孝者になるといわれ、いつもその話はうやむやになってきたんどす」

「なるほど、初代の平助どのが貧しく育っただけに、初代への思い入れもあるわなあ。その苦労を見ながら大きくなられた忠三どのは、人一倍、店への責任感を強く持たれていたのであろう」

端座して吉兵衛の話をきいていた菊太郎は、天井を見上げてつぶやいた。

「それでも父親にそんな話を幾度かもちかけた末、店の商いが少しずつ改まってきたのは幸いどした。末広屋で働いてくれている女子はんたちを大切にし、早く年季をすませて田舎に帰ってもらうことに、おのずと決まったんどす。そやさかい、女子はんたちに、無駄金を使わず、身体を労《いたわ》らなあかんといいきかせ、わたしはいままでやってきたんどす」

　吉兵衛はうなだれたまま、急に涙声になった。

　奥の部屋で、お多栄とお栄の姉妹がきき耳を立てているはずだ。かれは自分の涙声を、娘たちにはきかせたくなかった。

「吉兵衛、なにもそなたが泣くにはおよぶまい」

「わたしが泣いているのは、自分が不甲斐《ふがい》なく情けないからどす。親父に説教までしておきながら、自分の代で店を閉めんと、迂闊《うかつ》にもずっと因果な商いを続けてきてしまいました。けど旦那さまたちからお栄の話をきき、きっぱり心を決めました。いまからでも遊女屋仲間の年寄に、廃業届をお出しするつもりでございます。いま末広屋には、六百両近いお金があります。この三分の一だけ、わたしたちがいただき、あとはまず、店で働いているお人たちの今後の身が立つように、お分けいたします。ついで古い帳簿を繰り、昔、丹後や丹波に帰っていかはったお人たちを探し出し、そこに二両三両のお金を届けてさしあげたいと思うてます」

「吉兵衛はん、そらええ考えどすがな。二百両近い金があったら、まずは町のどこかに家を買い、これからご自分がなんの商いを始めるか、ゆっくり思案できますやろ。そういうことどしたら、わたしらみんな、ご相談に乗らせていただきますわいな」

「ついでわしからもうせば、古い帳簿を繰ってかつての奉公人を探すつもりなら、鯉屋の下代か手代にでも手伝わせるのが良策。およそのめどがついたら、ともに丹波や丹後を旅してはどうじゃ。鯉屋の奉公人たちは如才ないゆえ、そなたの身許がばれぬよう、うまく計らうわい。西陣の立派な織屋の主として振る舞い、堂々ともとの奉公人たちを訪ねるがよいわ」

「そうすると、丹波の篠山《ささやま》あたりから、丹後の与謝のほうの村々まで、廻らなあきまへんなあ」

「そなたとて成人して以来ずっと長い間、苦界で働いてきたのであろう。これからの人生を考えるために、必要な骨休めの旅とでも思えばよかろう」

重苦しい話がすらすらと運び、菊太郎も源十郎もほっとした面持ちであった。

奥の部屋との境の障子戸が、このときからりと開かれた。

「お武家さま、物狂いのふりをしてて、堪忍しておくんなはれ。もう冬の蝶々を追わんようにしますさかい」

お栄がにっこり笑い、ありがとうございましたと両手をついた。

勝岩院から読経の声が大きくひびいていた。

菊太郎は安堵《あんど》すると同時に、なにやらこの小娘のお栄に、化かされたような気持になってきた。

解説

安宅夏夫

この「公事宿事件書留帳」シリーズは、先年来、二度にわたってNHKで「はんなり菊太郎～京・公事宿事件帳～」としてドラマ化された。

〝はんなり〟は、関西地方の語で「上品で明るく、華やかなさま」。また、ドラマ化の際の惹句《じゃっく》に「主人公菊太郎は〈武術に優れて正義心が強く、人情の機微にも通じているが、涙もろい〉」とあった。

今や押しも押されもしない京都在住の作家澤田ふじ子の世界を、改めて江湖に広めたことで、右の惹句の通り、田村菊太郎の魅力豊かなキャラクターとともに、この「公事宿」は、時代小説の世界に聳立《しょうりつ》するシリーズとなっている。

わたしは、この「公事宿」シリーズの第八作『恵比寿町火事』の解説で、澤田ふじ子と、江戸時代前期の小説家で浮世草子作者の第一人者、かつ俳諧作者であった井原西鶴との類縁性について記した。ちなみに、先年物故した西鶴研究の碩学《せきがく》暉峻康隆氏は、西鶴を「日本における最初の現実主義的な市民文学を確立した作家」と、定言しておられる。

今回、わたしは、この九作目『悪い棺』所収の諸編について、右の西鶴についての言及に加えて、これも西鶴と同じく元禄期に生きた浄瑠璃・歌舞伎作者近松門左衛門との類縁性について書く。

それは〈劇空間〉ということである。

公事宿「鯉屋」を中心（核《コア》）とする第一の「円」があり、その鯉屋を内包する京都がある。この二重の「円」を、登場人物たちの生きる「現場・場」とし、さらに時代背景として第三番目の「大円」が存在する図、である。

われらが主人公菊太郎は、「鯉屋」の居候だが、愛するお信が娘お清と住む長屋とを往来している。その日常において事件は突発し、菊太郎の明敏な頭脳の働きとすばやい行動力によって、各編はラスト場面へと、網が引きしぼられていく。最後に、的に向かって矢が弓づるを離れて、発止！　と命中する。

この〈作劇法《ドラマツルギー》〉は、事件が出来《しゅったい》してから解決するまで、「序破急」を踏まえて、融通無碍《ゆうずうむげ》に、硬軟両極を織りまぜて快テンポに進み、終結・終幕部での〔浄化《カタルシス》〕の醍醐味を存分に味わわさせる。

「良い作品を観《み》た・読んだ」と余韻に浸るところから次作を「観たい・読みたい」という思いに享受者を駆らせる。

こうした「後を引く」という読者の心的状況が生じるのは、以上の〔作劇法・装置〕が十全に仕組まれていて、その効果がビビッドに生じ、発揮されるからだ。

右の〔装置〕に内在化させて主要なのは、スタッフ（顔ぶれ）、キャスト（役割・配役）である。

まず「劇空間・鯉屋」を形成する人々がいる。

主人公菊太郎については言わずもがな、「鯉屋」のフルメンバーを、表題作「悪い棺」で掲げると、主の源十郎、その妻女お多佳。下代（番頭）の吉左衛門、手代喜六、同見習い佐之助。丁稚の鶴太、正太。小女お与根。老猫お百も逸せられない。

析《き》が入って、幕が上がって、こうした「鯉屋」の俳優《キャスト》が次々に現われる。

一方、この「鯉屋」グループと阿吽《あうん》の呼吸で登場する、京・東町奉行所の面々がいる。

菊太郎の異腹の弟・銕蔵が中心人物で、彼は父の跡目を受けた同心組頭だ。同じく同心福田林太郎、付き同心の曲垣染九郎、その手下の十手持ち松五郎。

この両キャストの前に現われて、「事件」を起こしたり、渦中の人となる人物が登場するのだが、毎回、秀逸な個性を与えられている。子どもから老人まで、こうした面々と、右記二つのグループ、そして勿論、菊太郎の対峙《たいじ》が〔公事宿劇〕の舞台空間に出入りし、時に乱舞する。それらを束ねて、菊太郎の、すばらしい「生きることへのベクトル・動輪」が読者〔観る者〕の琴線に、したたかに触れてくる。

「鯉屋」と「東町奉行所」の両スタッフがプロジェクトチーム〔計画推進機動班〕を組んで、事件・出来事に当たるのだが、奉行所〔役所〕という〔硬い組織〕と並列して、一方に「鯉屋」は公事宿という、公務を帯びる機関であるが、菊太郎の存在に代表されている如く、〔柔らかな組織〕と成っている。この二つのプロジェクトが、時に融合・合体し、時に一方が、その役柄・長所を生かしてプロジェクトを展開、成就させていく。この妙がえもいわれぬ面白さである。

詳述するまでもなく、こうした「市井の人々・その人情」を〔劇空間〕に拉《らっ》し来、封じ込めて、観客に、無上の〔浄化〕された思いを味わわせるのが、近松門左衛門の作品である。あるいは「であった」。

そうして公事宿シリーズの第九作目『悪い棺』においても、右の近松の作品の存在理由と、そのシステムとは交響していよう。「生きて、この世にある人々、様々の心情を抱いている人々」に、〔浄化〕される深い思いを与えるものであることの、その「母岩、共通分母、基盤」を探っていくと、西鶴と同じく、「関西の孕み持った伝統の力」の大きな姿の顕現者である近松門左衛門に、わたしは思いを及ぼさないわけにはいかない。

第一話「釣瓶《つるべ》の髪」は、新緑が鮮やかな初夏。

菊太郎の異母弟・銕蔵の妻奈々の実家から、「鯉屋」の菊太郎にと、四季ごとに届く鮮魚が、今年は「活きのいい鰹三匹」。すぐ台所の地下に入れて「冷蔵」する。

この「季節感」は、陰惨な話柄であれば「毒消し」の作用を成し、作品の情調を豊かにする。本作の筋書きは、川魚料理屋「美濃七」の養子清太郎が、家付きの娘であった妻お夏の死後に、そのお夏付きの女中お重が〝欲と嫉妬〟で作り出した〝狂言の幽霊〟に苦しむのを、菊太郎が見破って助けるまで。

この筋立ての中で、京の名所や美術品についての話柄が点綴され、それが緩衝として単線化する筋立てに生彩を生み出している。

第二話「悪い棺」の導入は、「東山が若葉の緑の色をまぶしく光らせる」初夏だ。

柝の音《ね》が鳴っての幕開きに、主役菊太郎が姿を見せていない。寄席でも「真打ち」登場は、後なのだ。

——子ども同士のささいな喧嘩から、あやまって狩野探幽の襖絵を破った修平（十三歳）は、ひどい目に遭うが、探幽の絵が贋作であることを瞬時に見破る菊太郎に助けられる。熟成され、錬磨された教養の力が、鋭い武器であることを示唆する作だ。

第三話「人喰《ひとは》みの店」は、夏から秋への季節。導入が哀切。けれども、菊太郎は、不運不幸の母子四人を、文字通り身を挺して助ける。本編中に、現下の日本の裁判状況について、「公事宿」と対比した箇所があり、傾聴させられる。

表題は、奉公人を、わずかな粗相であげつらい、無給で働かせ、ついには死に追いやる大店のこと。「強請《ゆす》りのうえの人殺し」と言える瀬戸物屋の泉屋。口入れ屋の生田屋は、金持ちの娘を宮中に仕えさせてやると誘い、法外な口利き料を取っている。菊太郎が立つ。晴れ姿だ。

第四話「黒猫の婆」は、旧暦、祇園まつりをもって始まる京の夏から秋の初め。「公事宿シリーズ」の魅力には、季節のみならず、京という歴史・文化の空間に参入して、生き生きと、それに触れる喜びがある。

古手（古着）問屋の伊勢屋の隠居、六十八歳のお里は、店と商い株を養子夫妻に渡したところ、邪険にされるようになり、たまりかねて愛猫を抱いて家出。とはいうものの「体力・

気力」を失えば、やがて死だ。

　この無体な話を、摑んできた染九郎と下っ引きの七蔵から聞いて、鯉屋の主源十郎も菊太郎も憤然。伊勢屋には、盗品故買の疑いもあり、そこで鯉屋の奥の客間を、奉行所抜きの、一件のお白洲として、すべてを内済《ないさい》（話し合い）で解決する。お里は伊勢屋に戻り、養子夫婦は、伊勢・松坂の在に戻り、古手の行商を始めることになる。鯉屋、奉行所のメンバーほどの正義心が果たして現下の日本の法曹界にあるか、どうか。

　第五話「お婆の御定法」は、柿の実が色づき、木犀《もくせい》匂う晩秋。法林寺脇長屋のお信と、娘のお清。お信は、愛読者には周知の料理屋「重阿弥」に通っている。

　おなじみのキャストが生きる「鯉屋」の様子。それに、本作では、「歴史の背景」として「西行」についての話。菊太郎の「蘊蓄《うんちく》」、さらに「俳句の実作」など、菊太郎ファンには、こたえられない。腕の良い彫り師甚兵衛と、八歳になる上の息子利助。「努力鍊磨」を始める利助を庇護するのが同心坂上兵太夫の奥方、お寿。第四話「黒猫の婆」ともども、老女のすばらしさを描いて、ともに白眉。人物の出入り・構成に、関西に伝統の〔劇空間〕のダイナミックさが生かされていて堪能させられる。

　第六話「冬の蝶」は「今年一番の冬冷え」から始まる。

　本作では、京文化を支え形造る西陣の歴史の移り変わりが、「劇空間の構成」の強味を生かして入念に描かれる。ちなみに著者は、「西陣織り」の織工を経て作家になった人。わたしは、先記した三重の輪・円の、「大円イコール歴史・時代背景」としての西陣を、これほどに生かした作家の〔文業〕は読んだことがない。「遊女・廓」と市井の隅々にも筆の穂先が込められていて、瞠目する。

著者は、単行本に収録されていた「あとがき」で、

「江戸時代の公事宿を舞台にしているが、事件の大半は現代でも日常的に起きている事象から拾い出している」

と記している。

この九作目『悪い棺』には、「お婆さん主役」の作が二編ある。

「定年六十五歳」「生涯現役」の意欲を保たないと、男性の老年は、「濡れ落ち葉・粗大ゴミ」として果ててしまう。女性の気力・意力が、去勢された如き現今の日本男性を蘇らせる。この意味でも、今回の一巻は、まことに時宜を得て送り出された「時代の書」だ。

二十一世紀になって五年。わが国は、ここ十年来、バブル景気が崩壊したまま長引く不況だ。リストラされる人の数知れず、世相は暗く、活気は見出せない。かつての「経済巨艦日本丸」は進路不明のままだ。こういう状況の中で、澤田ふじ子「公事宿シリーズ」の「老女

パワー」は、現下の時代相と通底していて、「良からぬもの」を撃っている。

この一冊に登場する老女たちからの「生きるメッセージ」には尊いものがある。それは先に引いた著者の言にもある如く、「現代の事象」と通底し、老人と子ども、主人と使用人など、人間社会を成り立たせるすべての人たちの「正しい姿」を見せてくれるからである。つまりは、「より良い明日」を願って生きている人々に、「希望のベクトル」を与えるものなのだ。

――詩人・文芸評論家

この作品は二〇〇三年十二月小社より刊行されたものです。

公事宿《くじやど》事件《じけん》書留帳《かきとめちょう》九

悪《わる》い柩《ひつぎ》

澤田《さわだ》ふじ子《こ》

平成17年6月10日　初版発行
平成22年4月30日　3版発行

発行人——石原正康
編集人——菊地朱雅子
発行所——株式会社幻冬舎
〒151-0051東京都渋谷区千駄ヶ谷4-9-7
電話　03(5411)6222(営業)
　　　03(5411)6211(編集)
振替00120-8-767643
印刷・製本—中央精版印刷株式会社
装丁者——高橋雅之

幻冬舎文庫

ISBN4-344-40659-1　C0193　さ-5-22